黑色呐喊译丛

W. E. B. Du Bois
The Souls of Black Folk

黑人的灵魂

〔加纳〕W.E.B.杜波依斯 著　　维群 译

人民文学出版社

图书在版编目（CIP）数据

黑人的灵魂 /（加纳）W.E.B. 杜波依斯著；维群译. -- 北京：人民文学出版社，2024
（黑色呐喊译丛）
ISBN 978-7-02-018538-2

Ⅰ.①黑… Ⅱ.① W…②维… Ⅲ.①散文集－加纳－现代 Ⅳ.① I445.65

中国国家版本馆 CIP 数据核字 (2024) 第 041580 号

责任编辑　李　娜　何炜宏
封面设计　李苗苗

出版发行　人民文学出版社
社　　址　北京市朝内大街 166 号
邮政编码　100705

印　　刷　山东新华印务有限公司
经　　销　全国新华书店等

字　　数　150 千字
开　　本　889 毫米 ×1194 毫米　1/32
印　　张　7.5　插页 2
版　　次　1959 年 4 月北京第 1 版
印　　次　2024 年 4 月第 1 次印刷

书　　号　978-7-02-018538-2
定　　价　50.00 元

如有印装质量问题，请与本社图书销售中心调换。电话：010-65233595

目　录

中译本序……………………………………… 1

前　言………………………………………… 1
一　我们的精神奋斗………………………… 3
二　自由的曙光…………………………… 14
三　博克·华盛顿先生和其他人………… 36
四　进步的意义…………………………… 52
五　亚塔兰塔的翅膀……………………… 65
六　黑人的教育问题……………………… 77
七　黑人地带……………………………… 94
八　探寻金羊毛…………………………… 115
九　主仆的子孙…………………………… 137
十　宗教信仰……………………………… 156
十一　头生子的夭折……………………… 171
十二　亚历山大·克伦迈尔……………… 178
十三　约翰的归来………………………… 189
十四　悲　歌……………………………… 207
后　语……………………………………… 221

五十年后…………………………………… 223
译后记……………………………………… 227

献给

失去的伯格哈特和找到的约兰德①

---

① 伯格哈特(Burghardt)是作者的第一个孩子,不幸夭折,详见第十一章"头生子的夭折"。约兰德(Yolande)是作者的女儿,长大后成为一名教师。——编者注

中译本序

我的《黑人的灵魂》能够和中国读者见面，使我感到无限欣慰。这是我在文学上的第一次尝试，我原想把自己大部分的精力贡献于文学事业，但这希望始终未能实现。我最早的两本书，分别在一八九六和一八九九年出版，都是对历史学和社会科学的研究。后来，芝加哥一家新成立的出版公司要我把已在许多杂志上发表过的文章编成一部文集交他们出版。那些现存的文章我不很满意，因而又加进了几篇研究社会问题的东西。那家出版公司对这个集子表示满意，于一九〇三年印出。这本书出版后很受欢迎，其后共再版二十余次。现在它已被译成中文，且让我以这本书向它的第一批亚洲读者和第一批社会主义国家读者致意。在我写这本书的时候，我并不是一个社会主义者，对共产主义更所知无多。但我了解人类和人类的苦难。我曾经竭力想说出他们的和我自己的悲哀。我望我的这点努力能在中国获得同情——这个国家在过去十年中的伟大成就，我现在已第一次亲眼看到。

威·艾·柏·杜波依斯
1959 年于北京

前 言

这里有许多掩藏着的东西,将帮助一个有耐心的读者了解在二十世纪初期作为一个黑人的奇特的意义。尊贵的读者,这种意义对你不是毫无关系的;因为二十世纪的问题是白人与有色人种间的界限问题。

那么,我请求你以最大的热爱来接受我的这本小书吧,同我一起来斟酌书里的字句,看在我所抱的信心和热忱的分上,原谅书中的错误和缺点,而在里面仔细地寻找真理的微粒。

在这里我打算用不甚明确的粗线条,勾画出千千万万美国人在那里生活、斗争的精神世界。首先,在头两章中,我试图说明黑奴解放对他们究竟有些什么意义,并产生了什么后果。在第三章中,我指出形成一个领导力量的不易并坦率地批评了那个在今天对他的种族负着主要责任的领导者。接着,在另外的两章中我匆促地描画了帷幕内和帷幕外的两个世界,从而谈到教育人如何去生活的那个中心问题。为了大胆地进行更深刻细致的分析,我在两章中讨论了数百万黑人农民群众所进行的斗争,并在另一章中企图说明过去的主仆两方的子孙在目前的关系。接着,离开白人的世界,我跨入了帷幕内的世界,把帷幕掀起来,让你可以隐约看到里面的幽深之处——它的宗教的意义,它的悲愁的感情和它的比较伟大的人物所进行的斗争。

在这一切之后，我用一个常被谈到但从未被写出的故事和一首歌作为结束。

我的这些文章有的在过去已用别种形式问世。承《大西洋月刊》《世界文汇》《日晷》《新世界》和《美国政治及社会科学研究所年鉴》的出版者容许，我把它们修订补充，在这里重新出版，我不能不向他们表示感谢。

现在这个集子，在每一章前面都印有《悲歌》的一节乐谱——那不过是仅有的一种在过去黑暗的年代里从黑人灵魂中流露出来的美国音乐的绕梁余音。最后，我还有必要声明一下吗？现在在这里说话的这个人是以那些生活在帷幕内的人的骨为骨，以他们的肉为肉的。

W. E. B. 杜波依斯
于佐治亚州亚特兰大

一
我们的精神奋斗

哦水啊,我的心声,在沙滩上号泣呜咽,
　彻夜不停地吟唱着凄厉的哀歌,
我躺着静听,我完全弄不清
　　这是我的心声还是海的呼啸,
　哦水啊,哭求安宁,这许就是我?
　　水彻夜不停地向我哭泣哀号。

永无安宁的水啊,安宁永远不会来到,
　一直到月不再升,潮不再起,
一直到世界末日的火在西方燃烧;
　　疲倦的心也将像海一样惊异、号叫,
　无益地哭泣,终生不停地哭泣,
　　一如水彻夜不停地向我哀号。

　　　　　　　——阿瑟·西蒙斯(Arthur Symons)

在我和另一个世界之间，始终存在着一个没有被提出的问题：所以未被提出，有些人是因为羞于开口，有些人却是因为不知该如何提法。但所有的人都为这个问题烦躁不安。他们犹犹豫豫地走近我，带着好奇的或怜悯的心情望着我，然后，他们仍然并不直接问我："被人当成一个问题，感觉如何？"他们只对我说，在我们镇上我认识一个卓越的黑人；或者说，我在米坎尼克斯维尔打过仗；或者说，你不因为南部的那些暴行而感到气愤填膺吗？对这些话，我随情况的不同，有时笑一笑，有时表示很感兴趣，有时尽量压制着自己的愤怒。对那个真正的问题"被人当成一个问题，感觉如何？"，我几乎从未作过一个字的回答。

然而，作为一个问题而存在，这的确是一种很奇怪的经历——甚至对那些也许除了在欧洲度过的童年时期以外，永远只不过是作为一个问题而存在的人来说，这也是一种奇特的经历。我在这方面的见识，是早在我还只知道寻欢取乐的儿童时代，简直可以说，是在一天里忽然获得的。那阴影忽然向我袭来时的情景，我还记得非常清楚。那时我还很小，住在新英格兰的边远山地，霍萨托尼克河就在那里从胡萨克和塔干尼克之间蜿蜒流入大海。在一所木板盖的小校舍里，有一些男孩女孩忽然想到要买些花花绿绿的名片————毛钱一包——来彼此赠送。交换名片本来进行得很愉快，可是到后来一个新来校的高个子女孩拒绝接受我的名片——她只对我望了一眼，就傲慢地拒绝了。于是，在一刹那间，我立刻明白了我和其他的孩子是不一样的；或者说，在感情、生活、欲望方面也许相同，但一幅宽阔无边的帷幕把我隔绝在他们的世界之外了。那以后，我并没有意思想撕开那幅帷幕，爬过去；我藐视帷幕那边的一切，而在那幅帷幕之上，在一个有着晴空和一些飘忽不定的巨大阴影的领域中过着我的生活。当我能够在考场上打败我的那些同学,或者在赛跑中打败他们,或者甚至能打痛他们的青筋毕露的头的时候,我的天空就显得格外晴朗。不幸,随着岁月的消逝,我的这种傲视一切的感情却开始消退了;因为我所希望进入的那个世界,以及他们的那一切大好的机遇,全都属于他们,而于我无份。但我说,我不能让他们永远占有这些好东西;有些好东西,所有的好东西,我要从他们手里夺过来。不过究竟应当怎样去夺,我始终无法决定:通过学习法律,通过治病救人,通过写出那些一直浮现在我头脑中的美妙故事——任何办法都行。对于别的黑人孩子来说,斗争却没有这样勇猛光辉:他们的青春活力化成了一副庸俗的乞怜相,或者化成了对身边惨白世界的无声仇恨和对一切白人东西的嘲笑与猜疑;再不就是把它消耗在一种悲痛的哀号中:"上帝为什么要使我成为我自己家里的一个被遗弃的人和陌生的人啊?"监狱的阴影始终紧紧地笼罩着我们所有的人:牢房对于最白的人显得严密坚实,而对于那些夜的子孙,却显得非人所能容忍地狭窄、高陡和无法逾越,他们只能听天由命地在黑暗中摸索,或者用手掌徒劳无益地在砖石上拍打,或者痴呆地、几乎不抱任何希望地凝望着头上的一抹蓝天。

在埃及人和印度人、希腊人和罗马人、条顿人和蒙古人之后,黑人有点像是第七个儿子,他在这个美洲世界上,生来就带着一幅帷幕,并且天赋一种透视的能力——这个世界不让他具有真正的自我意识,只让他通过另一世界的启示来认识自己。这给人一种非常奇特的感觉,这种双重意识,这种永远通过别人的眼睛来看自己,用另一个始终带着鄙薄和怜悯的感情观望着的世界的尺度来衡量自己的思想,是非常奇特的。它使一个人老感到自己的存在是双重的——是一个美国人,又是一个黑人;两个灵魂,两种思想,两种彼此不能调和的斗争;两种并存于一个黑色身躯内的敌对意识,这个身躯只是靠了它的百折不挠的毅力，才没有分裂。

美国黑人的历史就是一场这种斗争的历史——这种渴望着成为具有自我意识的人，渴望着使这双重的自我融合为一个更好的、更真实的自我的斗争的历史。在融合的过程中，他并不希望丧失两个旧的自我中的任何一个。他绝不愿使美洲非洲化，因为美洲值得世界其他部分和非洲学习的东西太多了。他也不愿在白色的美洲精神的洪流中漂白黑人的灵魂，因为他知道黑人的血对世界负有使命。他只希望使一个人有可能同时既是黑人又是美国人，而不受他的同胞们的诅咒和侮辱，不会永远在机会之门的前面吃闭门羹。

到这里他的斗争就可以结束了：在文化之邦里做一个和别人一样的工作者，免于死亡和孤立的威胁，可以自由地使用自己的所长，发挥自己被抑压的天才。在过去，这些人的体力和智力都被荒唐地浪费、抛散和遗忘了。一个黑人的巨影在黑影重重的埃塞俄比亚和狮身人面像的埃及的故事中一闪即逝。在整个历史中，个别黑人的光辉成就常常像陨落的星星一样放出耀眼的光亮，在世人还没有能够正确地估计出它的亮度以前，它就熄灭了。在美洲，在奴隶解放几天之后，黑人满怀着犹豫和顾虑所进行的毫无定见的努力，常常使他的强大力量失去效用，使它看起来好像无力，好像是懦弱无能。然而，这不是无能——这是那奋斗的双重目的发生了矛盾。一个黑人工匠所进行的双重目的的斗争——一方面要逃避白人对一个只会挑水劈柴的民族的蔑视，一方面又要为一群穷困的人耕耘挖掘——结果只能使他变成一个毫无技能的工人，因为他对两者都无心全力以赴。同胞的贫穷和愚昧，诱使黑人的教士和医生走向欺哄蒙蔽，招摇撞骗；来自另一世界的指责，又使他竭力追求一些使他以自己的低下工作为可耻的理想。可能被称为智者的黑人总遇到一个难以解决的问题，那就是，他的本族人民所需要的知识对于他的白人邻居只是老生常谈，而他可以用来教导白人的知识，对于他自己的同胞又全都如同天书。对于和谐和美的天然爱好能够使他的民族中的较粗犷的人为之歌舞，但在黑人艺术家的心魂又只能引起混乱和怀疑；因为他从那里面所见到的美，是被他的大多数观众所鄙视的一个民族的灵魂的美，而他又不能去传达另一个民族的心声。这种为双重目的而奋斗的徒劳，这种企图实现两种彼此不相容的理想的努力，已经残酷地毁弃了千千万万人的勇气、信念和成就——使他们常常向虚假的神明乞救，寻求虚假的得救的途径，有时甚至使他们感到自惭形秽。

极早以前，在枷锁未除的年代，他们以为通过一个神奇的事件便可以使一切疑虑和失望的感觉全部消除；在过去的两百年中，美国黑人在崇拜自由时所抱的坚定信念，是任何人都不曾有过的。对于黑人，就他所思索到和梦想到的来说，奴隶制的确是一切邪恶的总汇、一切悲哀的源头、一切偏见的根源；奴隶解放是一把钥匙，有了它，就可以进入一片比疲惫的以色列人所见到的还要美得多的应许之地。在歌词和彼此鼓励的言辞中，到处可以听到一个反复出现的字眼——自由；在他哭泣、诅咒的时候，他所叩求的上帝却把自由捏在他的右手中。最后，自由来到了——突然地、可怕地、像一个梦一样来到了。在一个粗野狂热的狂欢节中，黑人用他自己的哀怨的调子唱出了他心底的声音：——

> 欢呼吧，哦，孩子们！
> 欢呼吧！你们已不再是奴隶！
> 因为上帝已经给了你们自由！

现在许多年已经过去了——十年，二十年，四十年。四十年的民族生活，四十年的更生和发展，但在这个民族的筵席上，像往常一样仍然坐着那个黑色的幽灵。我们要求解决我们的这个最大的社会问题的呼号全是白费——

   怎么都行，只求换个样式吧，
   那样，我的坚强的神经就将不再发抖！

  这个民族由于自己的过失仍然不能有安宁的心境；这个自由人从自由中并没有找到他的应许之地。不管这些年来的改变带来了什么好东西，一个极端失望的阴影始终笼罩着黑人民族——因为要不是由于一个低下民族的愚昧无知，这个没有实现的理想完全有实现的可能，所以这种失望就格外显得令人悲痛。

  开头的十年只不过是徒劳无益地寻求自由，寻求那总是似乎就要到手而又抓不住的目标的活动的延续——就像一个戏弄夜行人的鬼火，把一群没有首脑的人逗得若痴若狂，并把他们引入了歧途一样。战争的大屠杀，三K党的恐怖，候选人的谎言，工业的解体，朋友和敌人的互相矛盾的劝告，使得这不知所措的奴隶除了重新提起那要求自由的老的呼号，再也找不到新的口号。但过了一段时间之后，他到底抓到了一种新的主意。要实现自由的理想必须有强有力的方法，而这种方法他已从第十五条修正案① 中得到了。过去，他认为选票是自由的有形的象征，现在他却把它看成是使他从战争中得来的自由进一步巩固和提高的主要方法。为什么不是这样呢？战争和解放数百万奴隶的问题，不是投票决定的吗？被解放的人能得到公民权，不

---

① 美国宪法中规定给黑人以公民身份的一条修正案，1870年宣布生效。——译者注（本书脚注若无特别说明，均为译者注）

也是投票决定的吗？一种力量既能决定所有这一切，那还有什么事情是它不能办到的呢？上百万的黑人于是带着重新燃烧起来的热情，要用投票的办法使自己真正成为一个国家的公民。就这样，十年的时间过去了，接着一八七六年的革命来到了，使得这些半自由的奴隶一方面消沉、彷徨，一方面仍然抱着希望。在随后的那些年头中，一个新的理想，缓慢地但确切不移地，逐渐代替了那种依靠政治力量的想法——那是一个强有力的群众运动，另一个指导无领导的人群的理想，另一根在乌云满天的白日以后来照亮黑夜的火柱出现了。这就是"专心致学"的理想；这就是由强加的愚昧所产生的想了解了解白人神秘典籍的力量的好奇心，这就是求知的渴望。他们似乎终于发现了一条通往乐土的山路；这条小径比通向奴隶解放和公正法律的大道更长，虽然坎坷陡峻却是笔直的，从这里能一直爬到可以俯视生活的高空。

先行的前哨顺着这条新路辛勤地、缓慢地、坚定地、百折不挠地攀沿而上；只有那些曾经看到过这些学校中的黑种小学生迟疑的脚步、迷糊的头脑和迟钝的理解力并加以引导的人，才能知道这些黑人曾经怎样诚心诚意地、怎样可怜地进行学习。这是一种使人疲惫的工作。冷静的统计学家记下了偶尔见到的一时半时的进展，也记下了哪里曾经有人滑过一跤，哪里曾经有人摔倒下去。在那些疲劳的攀登者看起来，前面的天边总是一片黑暗，云雾总是那么寒冷，乐土的影子始终是那么依稀难辨和高不可攀。不过，即使在眼前的景象中还看不见目的地，还看不见休息的地方，只要略有一些鼓励和批评，这段行程至少给了人一点闲暇来回忆和反省；它使得由奴隶解放产生的孩子变成了初具自我意识、自我认识和自尊心的青年。在他进行奋斗的阴暗的森林中，他自己的灵魂浮现到他面前，他看到了他自己——模模糊糊的，像隔着一道帷幕一样；但他终究看到了他的力量和他的使命在他自己身上隐约地显露出来。他开始模糊地感到，要在世界上占据一个地位，他必须作为自己，而不是作为另一个人而存在。现在，他第一次想到要分析一下自己身上所荷的重负——那个被笼统地称之为黑人问题的东西半遮起来的社会歧视，所加在他身上的重担。他感觉到了自己的贫困；尽管他一文莫名，没有家，没有地，没有工具，也没有积蓄，他却不能不和他的有钱、有地、有技能的邻人进行竞争。身为一个穷人是够苦的，但在一个只讲金钱的国土上作为一个贫穷的种族那更是苦不堪言的事。他感觉到了愚昧无知对他的压力——不仅是对书本无知，而且是对生活、对事务、对人性全然无知；几十年、几百年来积渐养成的怠惰、躲闪和笨拙，把他的手脚束缚住了。而且，他的负担还不只是贫穷和无知。两百年来黑人妇女所受的系统的合法凌辱，加在黑人种族上的私生子烙印，不仅意味着古非洲的贞操观念已被破坏无遗，同时也意味着从白种的淫乱者身上承袭了道德败坏的习性，这种烙印几乎威胁着要消灭黑人家庭。

　　一个像这样被种种不利条件限制住的民族，根本不应要它去和世界上的其他民族竞赛，而应该让它把所有的时间和思想都用在自己的社会问题上。但是天哪！当社会学家们带着无限兴趣计算黑人私生子和妓女的数目的时候，那个流血流汗、劳苦工作的黑人就连灵魂也被一个巨大的绝望的阴影遮盖了。人们把那个阴影叫作偏见，并且引经据典地把它解释为开化抗拒野蛮、明智抗拒愚昧、纯良抗拒罪恶、"高级"人种抗拒"低级"人种的天然防卫。对这些说法，黑人只有高呼"阿门"！并且发誓说，他对于这些以正当地尊敬文化、文明、正义和进步为基础的奇怪的偏见，将五体投地地表示尊敬和柔顺地表示服从。但在超乎这一切限度的那些无以名之的偏见面前，他却惊惶失措，一筹莫展，几乎完全目瞪口呆了；从人对人的无礼和揶揄、讥笑和一贯的侮弄,从对事实的歪曲和对幻想的纵容,从对善的玩世不恭的蔑视和对恶的喧嚣的欢呼,从无处不存在的对黑人的一切(包括杜桑①和魔鬼)的菲薄——从这一切当中产生出一种令人晕眩的绝望,这种绝望可以使任何一个民族解除武装、失去斗志,只除了黑人,因为在他们的文字中,"意志消沉"这个词是不存在的。

但面对着这样一种巨大的偏见,一个人不可避免地会对自己产生怀疑,自怨自艾,同时降低自己的理想,这些都是伴随着被压抑的处境而来,而且是在一种厌恶和仇恨的空气中滋生起来的。四面八方都是叽叽喳喳的耳语声和对恶兆的惊惶:瞧吧!我们都身染重病,命在垂危了,黑人们喊着说;我们不识字,我们投票没有任何作用;既然永远只能做饭,当仆人,我们又何必受教育?而全国这时也齐声附和,并且进一步加强这种自我批评说:安心做仆人吧,不要有任何其他打算;对于半人的动物,更高的文化有什么用?取消黑人的选举权,用武力或者欺骗手段都行——等着看这个民族自杀吧!然而,从这种恶意中却产生了某种善果——那就是,黑人的教育被仔细地调整得更接近真正的生活了,他对自己的社会责任有了更明确的概念,他也更清楚地认识到了进步的意义。

这样,一个狂飙时代开始了:今天的狂风暴雨摇撼着我们的航行在世界之海的怒涛上的小舟,船里船外到处都可以听到冲突的声音,看到被烧的肉体和被撕扯的灵魂,看到疑虑和理想、犹豫和信念的斗争。过去的那些光辉理想——人身自由、政治权力、智力的增进和技能的训练——所有这些都曾时明时暗,交替地发出光亮,而现在连最后的一次光也暗淡下去,全被抛弃了。难道所有这些都不对——都是不正确的吗?不,不

---

① 杜桑(Toussaint L'Ouverture, 1743—1803),黑人将军,海地黑人的解放者。

是那样，只是分割开来，它们之中任何一个都太简单，都不够完整——都是一个易于受欺骗的处于幼小时期的民族的幻梦，或者说是另一个对我们的力量不了解而且也不希望了解的世界所作的无稽的想象。要使这些理想有真实的意义，就必须把它们汇合起来，使它们融为一体。学校教育对我们来说，今天比过去任何时候都更为需要——我们必须训练出灵巧的手和敏锐的耳朵眼睛，而最重要的是，我们必须使聪明的头脑和纯洁的心灵具有更广、更深、更高的教养。我们需要选举权完全是为了自卫——不然我们靠什么来保证自己不再一次变成奴隶？自由，这个长期追求的理想，我们仍然是要继续追求的——生活和手脚的自由，工作和思想的自由，恋爱和发展的自由。工作，教养，自由——这些我们都需要，不是其中一种，而是全部，不是一种一种地来，而是一齐取得，每一种都自己发展又彼此增强，全都为着实现在黑人民族面前浮动的那个更大的理想，为着实现那个从种族团结的理想中得来的四海皆兄弟的理想而努力，那也是培养和发展黑人的个性和才能的理想，这种理想不是要去和其他民族作对或贬低其他民族，而是和美利坚共和国那些较大的理想大体一致的，这样，有一天在美洲的土地上，两个散布于全世界的种族就能彼此用自己特有的东西弥补对方可悲的不足。即使是在现在，我们这些黑皮肤的人也不是完全空着手跑到这里来的：今天，对于《独立宣言》所包含的纯洁的人类精神，没有比美国黑人更忠实的宣扬者；除了黑奴的粗犷而优美的旋律，没有真正的美国音乐；美国的童话和民谣无不是印第安人和非洲人的童话和民谣；而且，最重要的是，我们黑人在这片乌烟瘴气的只讲金钱和狡猾的沙漠中，似乎是唯一代表真诚信念和尊敬精神的绿洲。如果美国用黑人的心情愉快、然而意志果决的谦恭来代替她的粗暴的外强中干的鲁莽，她会因此变得穷一些吗？如果她用可爱的轻快的好脾气来代替她的粗鲁残暴的机智，或者用哀歌的精神来代替她的鄙俗的音乐，她会因此变得更贫乏吗？

　　黑人问题只不过是对这个大国的立国根本原则的一个具体考验，得到自由的奴隶子孙们的精神奋斗是那些荷着重担的灵魂的艰苦工作，那重担几乎是他们力所不能负担的，可是他们以一个负有历史使命的种族的名义，以他们祖祖辈辈居住的这片土地的名义，以人类机会均等的名义，负起了这个重担。

　　上面我只粗略地提纲挈领地讲到的问题，请让我在以下各篇中再更加生动和着重地、更深入和细致地从许多方面加以叙述，以便大家可以知道黑人的灵魂所进行的奋斗。

二

自由的曙光

伟大的裁判者注视着一切，
　　尽管他似乎是漫不经心；
翻开人类漫长的历史，
　　通篇记载着善与恶的斗争；
绞架上永远放出真理的光彩，
　　暴君的宝座永远是罪恶的象征；
绞架动摇着未来的基础，
　　正义终将把强权战胜；
上帝在暗中睁着他的慧眼，
　　把这场殊死的决斗看得分明。

——罗威尔（Lowell）

二十世纪的问题是白人与有色人种间的界限问题——是亚洲和非洲、美洲和海外各岛上的肤色较黑与肤色较浅的人种之间的关系问题。美国的南北战争就是由这个问题的一个方面引起的；尽管一八六一年那些走遍南北的人都把争论集中在统一和地方自治的技术问题上，以此作为战争的口号，当时的人却都知道，我们现在也知道，黑奴问题才是那次战争的真正原因。这个较为深刻的问题，尽管有人极力加以掩饰和否认，却终于表面化了，经过情形究竟是怎样，这也是值得探究的。北方的军队刚踏上南方的土地，马上就有一个披上新装的老问题冒出头来了——黑人的问题究竟应该怎么办？到处发布断然的军事命令，并不能解决这个问题；黑奴解放宣言似乎是徒然把困难扩大和加深了；战时的一些宪法修正案酿成了今天的黑人问题。

　　这篇文章的目的在于研究一八六一至一八七二年间的与美国黑人有关的历史。实际上，这段关于自由的曙光的历史是叙述那个被称为"自由民局"的政府里的人的事情的——那是一个大国企图解决种族和社会状况的重大问题所做的最新奇、最有趣的尝试之一。

　　国会、总统和全国都大声疾呼说，战争与奴隶无关；但是东部和西部的军队刚刚开进弗吉尼亚和田纳西州，马上就有逃亡的奴隶在战线上出现了。他们是在夜间来的，那时候闪烁的营火在漆黑的天边照耀着，好像一些不稳定的绝大星斗一般：消瘦的老人，披着一簇簇的花白头发；妇女们瞪着惊惶的眼睛，拽着哭哭啼啼的饥饿的孩子；还有壮健而憔悴的青年男女——一大群饥饿的游民，流离失所、无依无靠，他们都在凄凉的苦难中，令人怜恤。有两种对待这些新来的人的方法，在两种具有相反的心理的人看来，这同样都是合理的。本·巴特勒（Ben Butler）在弗吉尼亚州匆忙宣布，奴隶作为财物是战时违禁品，于是他就叫逃亡的黑奴工作；而弗雷蒙特（Fremont）在密苏里州却宣布奴隶在戒严法下获得了自由。巴特勒的行动获得了批准，弗雷蒙特的措施却很快就被制止了，他的继任者哈勒克（Halleck）对事情的看法不同。他命令道："今后根本不准黑奴进入防线；如果有黑奴在不知道的时候来到，他们的主人来找他们，就应该把他们交还原主。"这种政策是难于实行的：有些黑人难民自称为自由民，另外有些人证明他们的主人遗弃了他们，还有一些人是在军事要塞和种植园里被俘的。而且奴隶显然是南部同盟的一种力量的源泉，他们被用来从事劳动和生产。一八六一年末，国务卿坎麦伦（Cameron）写道："黑奴是军队的后备力量；既然如此，就不应该把他们交与敌方，这是显而易见、无须争论的。"于是军队里的长官们的态度渐渐改变了；国会禁止引渡逃亡的黑奴，巴特勒的"违禁品"受到欢迎，成了军队中的劳工。这种措施，与其说解决了问题，还不如说使问题更加复杂了，因为这么一来，分散的逃亡者就成了一股稳定的人流，军队越前进，这股人流也流得更快了。

于是白宫里那位为国事操劳的英明人物看出了无可避免的趋势，便于一八六三年元旦宣布解放叛军方面的奴隶。一个月之后，国会诚恳地征召黑人士兵入伍；按照一八六二年七月的法令，允许黑人参军原是有几分勉强的。现在障碍既已撤除，那道命令就实行了。逃亡者的队伍成了一股洪流，焦急的军官们不断地问道："黑奴几乎天天都有来的，究竟应该怎么处置？我们难道还要给妇女和孩子们解决食宿问题吗？"

波士顿的皮尔士（Pierce）指出了办法，他在某种意义上就成了自由民局的创始人。他是财政部长柴斯（Chase）的好朋友；一八六一年，处理黑奴和被放弃的土地这个任务归财政部的官员们负责的时候，皮尔士就从部里被特派去研究情况。起初他在孟禄要塞照料难民；后来舍尔曼[①]攻克了希尔顿角，皮尔

[①] 舍尔曼（W. T. Sherman, 1820—1891）：美国南北战争中的北军将领，1864年曾率军攻入佐治亚州。

士就被派到那里去创办他的五港实验站,要把黑奴变成自由的劳动者。但是他的实验刚刚开始,难民问题已经非常严重,于是政府因为财政部任务过于繁重,就把这项工作从财政部转移到部队中的军官手里。这时候已经有大批的自由民集中在孟禄要塞、华盛顿、新奥尔良、维克斯堡、科林斯、肯塔基州的哥伦布、伊利诺伊州的卡罗镇,以及五港等地受训。军队里的牧师在这些地方发现了富饶的新地;"违禁品的监督人"的人数增加了,军队里试行了通盘的措施,把身体壮健的人征募入伍,并给其余的人以工作。

然后又出现了许多救济自由民的团体,那都是响应皮尔士的动人的呼吁和其他难民站的要求而产生的。其中有以博爱会为前身的美国传教士联合会,它现在已经具有进行工作的充分力量了;此外还有各种教会组织的团体、全国自由民救济联合会、美国自由民协会、自由民西部救济委员会——一共有五十个以上的活动团体,它们都把衣服、金钱、课本和教师送到南部去。它们所做的事都是急需做的,因为据当时的报道,自由民的困苦情况每每是"惨不忍睹、救不胜救"的,而且这种情况并不是日见好转,而是越来越坏了。

事情越来越明显,这绝不是一个能靠临时救济解决的普通问题,而是一个全国性的危机;因为这里出现了一个大规模的劳工问题。大批的黑人闲散着,即便时断时续地有些工作,也没有获得工资的保障;如果他们幸而得到了工资,也会毫无头脑地把这种新奇的收获花得精光。军营生活和新的自由在这些方面和其他方面都使自由民腐化了。这种状态显然需要更广泛的经济组织来挽救,于是随着偶发事件和各地情况的要求,到处都出现了这种组织。皮尔士在五港拟订办法,采取租借种植园和督导工人的措施,指出了初步的道路。军队派出的负责长官,在难民站监督人的紧急呼吁之下,把没收的地产分给难民种植，于是在教堂附近便形成了许多黑人的农村。狄克斯（Dix）将军把没收的产业分给孟禄要塞的自由民种植，此外在南部和西部还有许多类似的措施。政府和慈善团体供给耕种的生产费用，黑人又慢慢地恢复工作了。这种督导的制度一经开始倡导，很快就到处发展起来，成为一些特别的小型政府；比如彭克斯（Banks）将军在路易斯安那州的机构就是这样，那里有九万黑人，五万受督导的劳动者，每年的开支预算达十万美元以上。一年之中列出了四千份工资表，登记了所有的自由民，探询他们的疾苦，予以救济，并规定和征收赋税，建立了公立学校的体系。还有田纳西和阿肯色州的监督人伊顿（Eaton）上校，管理着十万自由民，租借和种植了七千亩棉田，每年养活一万贫民。南卡罗来纳州有塞克斯顿（Saxton）将军，对黑人深切关怀。他接替了皮尔士和财政部的官员，卖掉充公的产业，把被放弃的种植园租借出去，鼓励兴办学校，还在舍尔曼的军队向海滨猛烈推进之后，从他那里接收了成千上万不幸的跟着军营迁徙的难民。

人们在舍尔曼率军穿过佐治亚的时候，可以看到三种具有显著特色的东西，这些东西使新的形势轮廓鲜明：那就是，征服者、被征服者和黑人。有人从这位摧毁者的森严的战地上看出事态的严重，有人觉得问题的严重性在于战败一方的那些遭难的人。但是在我看来，无论是军队或是逃亡者都不如那股黑色的人潮表达了如此深刻的意义，紧紧追随在那些迅速推进的部队后面，像是在谴责他们的良心一样，有时候人数多到部队的一半，几乎吞没和窒息了他们。军队命令他们回去，却不见效，切断他们的逃路，也是枉然；他们不顾艰苦地跟着前进，像汹涌的潮水一般，等到拥到了萨凡纳的时候，他们已经结集成一个好几万人组成的赤身露体、饥饿不堪的队伍了。军队又在那里采用了那种特有的补救办法："将查尔斯顿以南的岛屿，离海三十英里①的沿河一带被放弃的稻田,以及佛罗里达州圣约翰河沿岸的乡村,全都保留下来,划作那些由于战时法令而获得自由的黑人的居留地。"这是那道有名的"战地命令十五号"里说的。

这一切的实验、命令和方案都一定要引起政府和全国的注意,并使之惶惑不安。黑奴解放宣言刚刚宣布,众议员艾略特(Eliot)就提出了设立解放局的议案;但是这个建议根本没有列入议程。同年六月,陆军部长指派的一个调查委员会在调查报告中赞成设立一个临时的局,用以"改善逃亡的自由民的生活,并予以保护和雇用",后来实行的办法,大致就是依据这份报告书中提出的原则。有许多著名的公民和团体向林肯总统呈递请愿书,极力主张拟订处理自由民的广泛而统一的计划,专设一个局,"负责研究各项规划,执行各种措施,顺利引导黑人,并予以多方面的公正而人道的帮助,使这些名义上获得解放而实际上尚待解放的黑人从过去的强迫劳动的境况过渡到自愿劳动的新状态"。

于是全部工作又归财政部特派的代表负责,这样就算是采取了一些半心半意的步骤,部分地实现了这种建议。一八六三年和一八六四年颁布的法律指示他们接收被放弃的土地,将这种土地租借出去,为期不超过十二个月,并"在这些租借地上,或用其他方法,为自由民解决工作和一般福利问题"。多数军官都赞扬这种措施,认为这是棘手的黑人问题的一个值得欢迎的解决办法;一八六四年七月二十九日,财政部长费森顿(Fessenden)颁布了一套最良好的条例,后来霍华德(Howard)将军严格遵守了这些办法。在财政部的代表的主持下,密西西比河流域大量的土地租借出去了,许多黑人都得到了工作;

---

① 1英里约为1.6千米。——编者注

一八六四年八月，这些新颁的条例因一般政策的改变，停止实行，于是管理权又转入军队手中了。

同时国会也把注意力转到了这个问题；三月里众议院以超过两票的多数通过了一个在陆军部里设立自由民局的议案。参议院主持这个议案的查尔斯·桑姆纳（Charles Sumner）认为自由民局和被放弃的土地应该属于同一个部，于是他提出一个方案代替众议院的议案，把这个局划归财政部。这个议案通过了，但是已经太晚，众议院来不及采取行动了。辩论围绕着行政当局的全部政策和奴隶制的通盘问题进行着，并没有十分接触到当前这个措施的特殊功用。然后全国大选举行了；政府既然重新获得了全国的信任票，便比较认真地对待这个问题。国会的参众两院举行会议，共同制订了一个认真起草的方案，其中包括了桑姆纳提案的主要条款，但是使这个拟议中的机构成为一个单独的部门，不由陆军部和财政部的官员主管。这个议案是稳妥的，它给予这个新的机构以"全盘督导所有的自由民"的权力。它的目的是要给他们"制订规程"，保护他们，租借土地给他们，调整他们的工资，以"亲密朋友"的资格在民事和军事法庭上为他们出庭。授予这个机构的这种权力，附有许多限制；这个机构被规定为永久性的。但参议院又否决了这个议案，于是又指派了一个新的两院协商委员会。二月二十八日，这个委员会提出了一个新的方案，由于国会休会，匆匆通过了，这就成为一八六五年的决议，规定在陆军部内设立一个"难民、自由民与弃地管理局"。

这个最后的折衷案是一项匆促成立的法案，纲领很不明确。一个局设立起来了，它"将在当前的叛乱战争期间和战后一年内继续存在"，它的职权是"监督和管理一切被放弃的土地，处理一切与难民和自由民有关的问题"，"规章条例都由该局主管长官提出，呈请总统批准"。由总统和参议院委派专员一人，主持这个局,办公处职员以不超过十人为度。总统还可以在退出联邦的各州委派专员助理,军队可以派官员到这些办公处去,并支付正式薪俸。陆军部长可以给贫困难民发放口粮、衣服和燃料,所有被放弃的产业都归该局管辖,分成四十英亩①一块,租借或出卖给原先的奴隶。

这样,美国政府才算是明确地对被解放的黑人采取了管理的措施,把他们当成国家所保护的人。这是个惊人的行动。大笔一挥,就成立了一个管理几百万人的政府机构——并且这些人还不是普通的人,而是几百年来被一种彻头彻尾的奴役制度削弱了的黑人;现在他们忽然在战争和狂热的时期、在他们原先的主人遭到厄运的情况中,猛地获得了新的与生俱来的权利。也许任何人都会迟疑,不敢承担这么重大的任务,因为责任大得出奇,权力又不明确,财力也有限。除了军人,大概不会有人立即响应这个号召;事实上,除了军人,也不可能找别人来干这种工作,因为国会并没有拨出专款作薪金和开支的用途。

辛勤的解放者②逝世后还不到一个月,他的继任人就委派了奥利弗·欧·霍华德少将为这个新设的局的专员。他是缅因州人,当时只有三十五岁。他曾经随同舍尔曼向海滨进军,在葛底斯堡打过胜仗,一年以前曾被委派指挥田纳西军区。他是个诚实的人,对人性抱着过多的信心,不善于处理实际事务和错综复杂的琐事,但是他有过充分的机会,直接熟悉大部分摆在他面前的工作。关于这项工作,有一种说法是不假的,那就是"如果要写出一部接近正确的文明史,绝不能不把自由民局的组织和行政措施写得轮廓鲜明,作为政治和社会进步的大里程碑之一"。

---

① 1英亩约为0.4公顷,或6市亩。——编者注
② 指美国第16任总统林肯,他在1862年签署过黑奴解放法,1863年发布过黑奴解放宣言,1865年4月遇刺身亡。

一八六五年五月十二日，霍华德受到委派；他在十五日就赶忙就职，开始考察工作的场所。他发现一切都杂乱无章：有些人有小霸王的专制作风，有些人进行共产主义的实验，有奴役，有偿债劳动，有商业投机，有有组织的慈善事业，有无组织的施舍——一切都假借着帮助自由民的名义，非常活跃，一切都隐藏在战争的烽火和鲜血里，掩盖在愤怒的人们的诅咒和沉默之下。五月十九日，这个新政府——因为那实在是一个政府——宣布了它的宪法；每个退出联邦的州里都要委派专员，负责处理"一切与难民和自由民有关的问题"，一切救济和口粮都必须由他们批准才能发放。这个局经常邀请慈善团体合作，并且宣称："所有的专员都有一个目的，要采用切实的办法，使用有偿的劳动"，还要开办学校。随即委派了九个专员助理。他们必须赶快到各自的工作地点去；设法逐步结束救济机关，使贫苦的难民能够自给；在没有法院或是有法院而不承认黑人自由的地方，就执行法院的任务；在原先的奴隶当中建立婚姻制度，并实行结婚登记，要使自由民有选择雇主的自由，帮助他们签订公平的契约；通令最后说："我们希望各方面都对那些参与取消奴隶制度的人予以真诚的信任，这种信任将格外使专员助理们解除顾虑，便于执行他们对自由民的义务，并改善一般的福利。"

这项工作刚刚着手进行，全盘的工作体系和地方组织刚刚略有眉目，马上就出现了两个严重的困难，使这个局的工作在理论上和实际所得到的结果上发生了很大的变化。首先是南部被放弃的土地的问题。北方早已有一种相当明确的论调，认为只要把奴隶安置在他们的主人的充公的土地上，黑奴解放的一切主要问题就可以全盘解决——有人说，这是一种富有诗意的公道。但是这种诗变成严肃的散文，就只能有两种意义，不是大批没收南部的私人产业，就是大量拨付专款。而国会却没有拨付一分钱，后来大赦令刚刚宣布，自由民局手中的八十万英亩被放弃的土地很快就化为乌有了。第二个困难在于该局要使地方机构在广泛的工作范围内各方面都臻于完善。创立一套新的机构，并派出确实胜任的官员去进行一项大规模的社会改革工作，不是儿戏的事情；但是这个任务更为困难，因为原先已经存在着一个救济和管理原先的奴隶的杂乱无章的体系，现在必须把一个新的中央机构安置在这种旧体系之上；而且担任这种工作的人员又必须到一个忙于作战的军队中去抽调——这种人由于本身担负的任务的性质，要去担任细致的社会工作是不适宜的——否则就只得在追随军队的难民群里那些不可靠的人当中去物色。因此经过一年的工作之后，虽然干得很努力，问题却比起初更显得难于掌握，更不易解决了。然而那一年的工作毕竟有三项成绩，而且都是值得做的，那就是：救治了大批的病人；把七千难民从拥塞的集中地运回了农村；最后，最大的成绩，是发动了新英格兰的女教师向南部进军。

这个"第九次十字军"的运动的历史迟早应该写出来——这个运动对我们这个时代，似乎比圣路易追求理想的事迹对他那个时代所具有的传奇色彩还要浓厚。在一片破败和掠夺的烟雾后面，飘动着大胆的妇女的花布衣裙，在野炮的怒吼之后，响起了认字的声音。她们有贫有富，怀着好奇心，认真地工作。她们有的失去了父亲，有的失去了弟兄，有的牺牲了更多的亲人，却不辞艰苦地来到南部，寻求终身事业，要在南部的白人和黑人当中创办新英格兰那样的学校。她们的工作做得很好。在那头一年中，她们教了十万以上的学生。

这个匆促组织起来的自由民局发展得非常迅速，具有广泛的意义，而且大有发展的前途；显而易见，国会对这个机构，不久又必须制订新的法案了。像这样的一个组织，要想结束它，也和创办它是同样困难的。一八六六年初，国会讨论这个问题的时候，伊利诺伊州的参议员特伦布尔（Trumbull）提出了扩大自由民局和它的权力的方案。这个方案比它的前身在国会里经过了周密得多的讨论，引起了更大的注意。当时战云已经逐渐稀薄，大家对解放黑奴的工作可以有一个比较清楚的概念了。拥护这个提案的人认为加强自由民局仍旧是军事上的必要措施；他们认为必须这样做，才可以适当地实行第十三条修正案[①]，而且这样做对原先的奴隶是一件公平合理的事情，政府方面所花的代价却是很微小的。反对这个方案的人认为战争已经结束，战时的措施也成为过去的事了；自由民局具有非常的权力，这在和平时期显然是不合宪法精神的，这个机构势必会激起南部的反感，并使自由民贫困化，最后可能遭到上亿美元的损失。这两种说法都没有得到结论，而且也是无法解答的：一种是认为自由民局的特殊权力威胁着全体公民的公权；另一种是认为政府必须有权力去做它显然应该做的事情，而目前不管自由民，实际上等于让他们重新过奴役生活。最后通过的法案扩大了自由民局，并使它成为一个永久性的机构。但是，这个法案立即被约翰逊总统否决了，他认为这是"不合宪法的""不必要的""超出法权范围的"；经他否决之后，这个法案就没有成立。不过同时国会与总统之间的裂痕越来越深，后来国会把这个未获通过的法案加以修改，尽管总统在七月十六日再度予以否决，结果还是成立了。

一八六六年的法案使自由民局具有了最后的形式——后代将要根据这种形式认识这个机构，后人评判这个机构，也是要以这种形式为依据的。这个法案把自由民局的存在延长到一八六八年七月；它还规定增加专员助理的人数，从常备军里抽调军官参加该局的工作，将某些充公的土地廉价出售给自由

[①] 美国宪法中宣布"黑人自由"的一条修正案，通过于 1865 年。

民，变卖南部同盟的公产，兴办黑人学校，扩大该局在司法方面的解释权范围和审理权力。未经重建的南部的行政事务就是这样大量地派到了自由民局手里，尤其是有许多地方，军区司令也成了专员助理。自由民局就是这样成了一个羽毛丰满的行政机构。它制订法律，付诸实行，并有解释权；它还规定和征收赋税，判定和惩处犯罪行为，保持和使用军事力量，凡是它认为必要和适当的时候，它就宣布一些方案，完成它的各种任务。当然，这一切权力并不是经常不断地行使着，也不是充分行使着的；但是正如霍华德将军所说，"在一般社会必须经过立法手续才能办的事情，有时候几乎没有任何一项能使这个奇特的自由民局依法行事"。

我们要想正确地理解和批评这么庞大的一项工作，千万不可片刻忘记六十年代后期的时局。李将军已经投降，林肯已经去世，约翰逊与国会水火不相容；第十三条修正案已经通过，第十四条修正案①正在讨论，第十五条修正案在一八七〇年宣布有效。游击队的袭击，战火过去之后常有的余焰，对黑人施展它的力量，整个南部都好像从一场噩梦中惊醒过来，面对着穷困和社会革命的局面一般。即便是在太平年月，是在好心的邻居当中，而且具有源源而来的财富，要想提高四百万奴隶的社会身份，使他们在政治和经济的整体中占一个安稳和自给自足的地位，那也是一番惊天动地的事业；现在却除了这种棘手的社会改革所具有的先天的困难而外，还要加上斗争的仇恨和战火中的苦难；怀疑和残酷的心理到处弥漫，可怕的饥饿陪着亲人的死亡，痛哭哀号——在这种情况下，任何机构要进行社会革新的工作，多半都是注定要失败的。自由民局这个名称的本身，在南部就代表着一种想法，那是两百多年来人们连争论都

---

① 美国宪法中有关南部重建问题的一条修正案，通过于1868年。

不会去争论的——那就是，要自由的黑人在自己当中生活，简直是不可思议的事情，那只是最疯狂的实验。

自由民局所能控制的工作人员是形形色色、应有尽有的，从大公无私的慈善家到心地狭隘、劳而无功的好事之徒，以及窃贼之类，无所不有；尽管一般的人员比最坏的败类要好得多，但是偶尔有个害群之马，就把全局弄糟了。

解放了的奴隶弯腰低头地处在人们当中，在敌友之间惊惶失措。他从奴隶地位冒出头来了——他原来的奴隶生活并不是世界上最坏的，那种奴隶生活并不曾使生活完全无法忍受，毋宁说还随处带有几分亲切、忠实和快乐——但无论如何总是奴隶生活，只要联系到人类的愿望和功过，这种屈辱的地位就把黑人与牛马列为一类。黑人十分明白，无论南部的人内心信念怎样，他们总是曾经拼命奋斗，力求延长这种奴役状态，而黑人群众却在朦胧的意识中过着辗转呻吟、战栗不安的日子。他们欢呼着迎接自由。他们回避着企图再给他们加上镣铐的主人；他们奔向解放他们的朋友；尽管这些朋友准备利用他们作棍棒，驱使顽抗的南部重新效忠，他们也无暇顾及。南部的白人和黑人之间的鸿沟就是这样扩大了。如果说根本不应有这种现象，那是无稽之谈；这种现象是势所难免的，正如它的后果之悲惨一样。两种矛盾得出奇的势力互相对峙着——一方是北方、政府、骗子和奴隶；另一方是南部所有的白种人，无论他们是绅士还是流氓，是诚实的人还是坏蛋，是无法无天的凶手还是竭尽天职的牺牲者，都包括在一起。

感情作用是那样激烈地、愤怒的情绪是那样深深地支配着人和蒙蔽着人，要想心平气和地写这个时期的事情，不免感到加倍的困难。在这种情况中，有两个形象经常对后代表示着那个时代的特征——一个是头发花白的男人，他的祖先安分守己，他的子孙躺在无名的坟墓里；他屈从奴役的苦难，因为废除奴隶制就会使所有的人遭到无穷的祸害；他到了晚年，终于成了一个形容枯槁的废物，眼睛里含着仇恨；——另一个是个慈祥的形象，她阴沉而慈爱地徘徊着，面孔上布满了世世代代的阴云，严肃可怕，从前她听见白种主人的命令就吓得畏缩起来，她曾经慈爱地抚育过摇篮中的主人的儿女，还在他的妻子临死的时候替她抚平那双深陷的眼睛——哎，在主人的命令下，她甚至还屈辱地让他满足肉欲，生下一个黄褐色的男孩，后来却看见她的黑孩子被那些追杀"可恶的黑鬼"的深夜行凶的暴徒所杀，把肢体割开，向四处乱抛。这就是当初那个不幸年代的最悲惨的情景；谁也不肯和这个刚刚过去的时代里那两个苦难中的人握手；他们只好怀着仇恨，走进坟墓，他们的子子孙孙也怀着仇恨，至今还活在人间。

自由民局的活动场所就正是这样的地方；既然在经过一番踌躇之后，一八六八年的法案还是把它延长到一八六九年，我们就来看看它四年中的全部工作情况吧。一八六八年有九百个自由民局的官员，分散在从华盛顿到得克萨斯的各个地方，直接或间接地管辖着几百万人。这些管理人员的工作主要可分为七项：医治疾病，监督自由劳动开始实行，买卖土地，开办学校，支付奖金，处理司法案件，供给这一切活动的经费。

截至一八六九年六月为止，自由民局的医生医治了五十多万病人，有六十座医院和收容所开展了活动。五十个月内，发放了两千一百万人的免费口粮，总值在四百万美元以上。接着来了困难的劳工问题。自由民局首先把三万黑人从避难所和救济站送回农场，叫他们回去经受新的工作方式的严格考验。联邦政府发出了明确的指示：劳动者必须有选择雇主的自由，工资标准不作硬性规定，不许有偿债劳动或是强迫劳动。这一切固然都很不错，但是各地工作人员的才能和品格有天壤之别，人事方面又在不断地更动，因此结果当然是各有不同。最大的成功因素在于大多数的自由民都很情愿工作，甚至是迫切地希望工作。于是签订了劳动合同——仅仅一州就签订了五万份——劳动者受到了指示，工资有了保障，雇主也接洽妥当了。事实上，这个机关成了一个绝大的劳动局——当然是不算完善，有些方面缺点相当显著，但整个说来，它的成绩是超过那些深谋远虑的人的梦想的。官员们所遭到的两大障碍是恶霸和懒汉——奴隶主决心要改头换面地继续实行奴役制度，而自由民却认为自由就是永远的休息——各走极端，互不相容。

在安置黑人、使他们成为农村的业主这项工作上，自由民局一开始就感到棘手，后来终于完全停顿了。有些事情做到了，还有些较大的事情订出了计划；被放弃的土地，只要是由自由民局掌握着的，它就租借给黑人耕种，从黑人佃户方面收到的租金总数将近五十万美元。还有些已经收归国有的土地廉价出售了，公地也开发起来，让极少数有工具和资金的自由民经营。但是"四十英亩地一头骡"的幻想——这是自由民想当土地业主的正当合理的愿望，也是国家明确地答应了他们的——却在多数情况下注定要遭到惨痛的失望。那些出色的事后聪明的先生今天还在企图劝说黑人，使他重新去做归还地价的偿债劳动，其实他们明知道，也可以说是应该知道，要使黑种农民心甘情愿地受土地的约束，机会已经没有了；自从当初自由民局的专员不得不到南卡罗来纳州去，告诉哭泣的自由民说，他们辛勤劳动了许多年，他们的土地却不能归他们所有，因为不知什么地方出了点差错——从那一天起，自由民就不会再上当了。虽然一八七四年仅佐治亚州的黑人就有三十五万英亩地的产业，那却是由于他们的勤俭，而不是政府的恩赐。

自由民局最大的成功在于替黑人开办了免费学校，对南部的一切阶级实行了初级义务教育的理想。它不仅通过一些慈善机关找来了许多女教师，给她们建筑了校舍，还发现和支持了艾德蒙·韦尔（Edmund Ware）、桑莫尔·阿姆斯特朗（Samuel Armstrong）和依拉斯特·克拉瓦斯（Erastus Cravath）那样的人类文化的宣扬者。南部的白种人反对黑人受教育，起初是很猛烈的，他们用撒灰、侮辱和流血等等手段表示反对；因为南部的白种人认为受过教育的黑人就是个危险的黑人。他们这种看法并不是完全错误的；因为在各种人当中进行教育，一向是危险和革命的因素、不满和怨望的因素，今后也永远是这样。然而人类总是为求知而奋斗的。即便在自由民局那个动荡不安的年代，也许是这种异说的暗示帮助刺刀镇压了反对人类受教育的逆流，直到今天，这股鬼火还在南部余烬未熄，只是并不旺盛罢了。费斯克、亚特兰大、霍华德和汉普顿这几所高等学校就是在那个时期创办的，用于教育工作的经费有六百万美元，其中有七十五万美元是自由民自己在穷困中捐献出来的。

这些捐款，以及购置地产和经营其他各种事业的本钱，都表示原先的奴隶现在已经掌握着一点自由支配的资金了。这种资金的主要来源是他们在军队里服役的收入，和他们当兵的薪饷和奖金。付给黑人士兵的薪饷，起初因为他们愚昧无知，发生过一些弊病；北方军队里的黑人部队的名额大部分是以南部招募的新兵补充的，这种情况，白种士兵并不知道，这也是黑人士兵的薪饷发生流弊的一个原因。部队里发放黑人士兵的薪饷，舞弊太严重，因此国会在一八六七年经两院协商，决定把这项工作完全交给自由民局办理。两年之中，该局把六百万美元分发给五千个领款人，后来总数超过了八百万美元。即便实行了这种办法，舞弊的事情还是常常发生；但是这项措施究竟使一些真正的穷光蛋得到了必需的资金，而且其中至少有一部分是用得很得当的。

自由民局的工作中，最混乱和最没有成效的是在行使司法权这方面。该局通常的法庭由三个代表组成，雇主方面一人，黑人方面一人，局方一人。如果该局保持了完全公正的态度，这种办法原是很理想的，而且日久一定能取得信任；但是由于该局其他活动的性质和工作人员的特点，该局不免偏袒黑人方面的诉讼当事人，于是就必然产生一些不公平和令人起反感的弊病。另一方面，如果把黑人交给南部原有的法庭处理，那也是行不通的。在那狂乱的地区，奴隶制度还没有完全摧毁，要想使强者不任意虐待弱者，使弱者不蔑视强者业已被削弱的威风，那是吃力不讨好的、毫无希望的事情。原来的土地主人被军官们强制地命令着，东奔西跑，一次又一次地被逮捕、被监禁、被惩罚，毫不留情。原来的奴隶遭到愤怒的报复者的恐吓、殴打、抢夺和屠杀。自由民局的法庭逐渐成了专门惩治白种人的地方，而当地原有的法庭却专门企图永远维持奴役黑人的制度。各州的立法机关千方百计地运用一切巧妙的法律和有效的办法，要使黑人恢复奴隶地位——即便不叫他们当私人的奴隶，也要叫他们给公家当奴隶；而自由民局却常常要极力使自由民"彻底翻身"，于是就给予他们还不会运用的完全自由和独立。现在我们另一代的人对当时在那种骚乱的年代里担负着重担的人们提出意见，当然是容易的。现在我们很容易看出，当初废除了奴隶制，对那些在一瞬之间失去住宅、财产和家庭，眼看着他们的土地落入"骡子和黑人"手中的人，实际上是有利的。现在我们要向那些年轻的自由民——他们曾经受过欺骗和殴打，任凭主人指使，他们看见过他们的父亲被人把脑袋捣成肉浆，看见过他们的母亲受到无名的凌辱——说明弱者将继承世界主权的道理，这也是不难的。而在这一切之上，最省事不过的，就是把那个罪恶的年代的一切过错都堆在自由民局头上，把当时发生的一切错误和偏差都归咎于它，把它骂得一钱不值。

这样做是容易的，却既不合理，又不公平。有人是犯过错误的，但那是远在奥利弗·霍华德出生以前的事情；刑事上的侵犯行为和管理上的疏忽事件固然曾经有过，但是如果没有整套的管理办法，那就难免会出大得多的乱子。当时的管理权如果操在南部的白种人手中，黑人一定会重新被奴役。幸亏管理权是外来的，所以如果有十全十美的人员和方法，那就可以把一切事情办好；而且尽管工作人员并不十分健全，施行的方法也不十分妥善，自由民局的成绩还是不可抹煞的。

自由的曙光就是这样，自由民局的功绩就是这样。总括起来说，这个机构所做的事情有下列几项：它花了一千五百万美元，再加上一八六五年以前开支的款项和各慈善团体的赈济，推动了一套自由劳动的办法，开始确立了农民自有产权，取得了黑种自由民在法院出庭的平等地位，并在南部创办了免费的公立小学。另一方面，它有几件事情没有办到：一是没有在原先的主人和自由民之间建立亲善的关系；二是在工作中没有完全避免家长作风，这就不能培养自由民的自立精神；三是原来答应把土地供给自由民的默契实现得太少了。自由民局的成就是苦干的结果，慈善机关的协助和黑人的热心努力也起了配合的作用。它的失败是由于地方工作人员不好，加以这种工作又有一些先天的困难，全国对这项事业也太不重视了。

这样一个机构，由于权力太广泛，责任太重大，掌握的钱太多，地位又太显著，自然就容易一再遭到猛烈的攻击。一八七〇年由于费南多·伍德（Fernando Wood）的建议，国会对自由民局进行了一次调查。该局的案卷和一些保留下来的职权，都在一八七二年霍华德暂时离职期间，毫不客气地从他的管辖之下转移到陆军部，归贝尔克纳普（Belknap）部长掌管，这是出自贝尔克纳普的建议。最后由于陆军部长和他的部下对霍华德将军进行严重的威胁，要加害于他，霍华德终于在一八七四年受了军法裁判。这位自由民局的专员经过两次审判，结果都正式宣布他没有居心犯什么错误，并且他的工作还受到了表扬。然而有许多不愉快的事情被揭露了——该局的买卖手续是有毛病的；有几件侵吞公款的事件被证实了，此外还有一些舞弊的行为嫌疑很大；有些买卖即便不算是不忠实的行为，也很有危险的投机意味；这一切都与自由民银行的弊病有关。

自由民银行与自由民局虽然没有法律上的联系，但在道义上和事实上，这家银行却是自由民局的一部分。有了政府的威信给它撑腰，董事会又是一些全国闻名、声望极高的人物组成的，因此这家银行在发展黑人经济的这项工作中，曾有一个惊人的开端——过去的黑人处在奴隶地位，根本就不知道自己还有兴旺的可能。后来在一个不幸的日子，这个银行终于突然破产了——自由民辛辛苦苦挣来的钱都无影无踪了；但是这还是最小的一项损失；——更要紧的是，自由民对储蓄的信心也没有了，他们对人的信心也丧失了；尽管现在我们还讥笑黑人无能，可是当初造成的那种损失至今没有弥补过来。经过国家的特许，为了特别扶助自由民发展经济而设立的许多储蓄银行，由于经营失当而破产，结果对他们的经济发展起了巨大的阻碍作用，即便继续实行十年的奴隶制度，也不会产生这么大的恶果。究竟全部的过失应该归谁承担，那是很难说的；自由民局和自由民银行的失败，是否主要因为那些自私的朋友拆台，或是由于反对的人们的阴谋破坏，恐怕将来也永远弄不清楚，因为这都是没有文字记载的史实。

自由民局的外部反对者当中，最激烈的那些人所反对的主要不是它在法律范围内的措施或是它的政策，而是认为这种机构根本没有设立的必要。这种攻击主要来自边疆和南部各州；肯塔基州的参议员戴维斯（Davis）曾经建议把一八六六年的法案叫做"授予超出宪法权力……专为加深白种人和黑种人之间的纠纷"的议案，他这句话就等于把那些反对的意见总括起来了。这种议论在南北各地获得了广泛的附和；但是它的巨大的力量也正是它的弱点。因为全国有常识的人都反驳道，如果对那些不幸的被保护人予以保护，就算是违反宪法、不切实际和无益的事情，那么另外就只有一条出路——给予那些被保护人以选举权，使他们能够维护自己。还有那些实事求是的政界人物，也指出同一条出路；因为这种投机家说，如果我们专靠白种人投票并不能平平稳稳地重建南部，我们当然可以让黑人参加投票。于是正义与实力互相携手了。

全国所需要考虑的，并不是在给予黑人以全部的选举权或是给予他们有限制的选举权之间选择一条出路；因为如果是这样的话，每个头脑清楚的人，无论是黑人或是白人，都很容易选择后面那种办法。既然已经流了无数的血，花了无数的钱，希望扫除人类的奴役，那就应该在普选与奴役二者之间选择一样才对。南部各州的议会没有一个准备在任何情况下容许黑人投票；也没有一个肯相信黑人的自由劳动是可能的，除非是加上一套事实上完全剥夺他们的自由的限制制度；南部几乎没有一个白种人不把解放黑奴当成一种罪行，他们都认为设法抵消这种解放的作用是他们分内的事情。在这种情况下，给予黑人选举权就成了一件急需做的事情，也是一个有罪的国家对一个受过委屈的种族所应该做的最起码的事情，而且要迫使南部承担战争的后果，这也是唯一的方法。于是黑人选举权结束了内战，同时也给种族间的仇恨开了端。有些人对这个种族心怀感激，因为它在襁褓中就把自己献给了国家统一的祭坛；有些人却只感到漠不关心和轻蔑。

假如政治危机没有那么紧急，反对政府保护黑人的呼声没有那么厉害，依恋奴隶制度的心情没有那么强烈，观察社会趋势的人就很可以估计一种好得多的政策——设立一个永久性的自由民局；订立一套在全国普遍开办黑人学校的办法；设立一个认真监督的管理就业和劳动的机关；建立一套制度，使黑人在一般法庭上能够获得公平的保护；设立一些改善社会情况的机构，如储蓄银行、土地和建筑联合会以及集体住宅之类。这样花费大量的金钱和脑力，可能建立一所培养未来的公民的大学校，用从来没有采取过的方法，解决黑人问题中最伤脑筋和最顽固的问题。

这样的方案在一八七〇年之所以不可想象，一半是由于自由民局本身的某些行动。它认为它的工作只是临时性的，黑人参加选举才是当时的一切纠纷的最后解决方法。该局有许多分属机构的管理人和底下的办事人的政治野心使这个机构越出了范围，进行了一些令人怀疑的活动，以致滋长着深刻的偏见的南部白种人自然把自由民局干的一切好事都一笔抹煞，竟至对它的名称都恨之入骨。于是自由民局就垮台了，它的产儿就是宪法的第十五条修正案。

一个为人类服务的庞大机构在它的事业没有完成之前就结束了它的生命，正像一个人死得太早一样，但是它给别的人留下了继续奋斗的责任。自由民局遗留下来的未完成的事业是我们这一时代的一个重大责任。今天有许多更大的新问题注定要使全国人绞尽脑汁、费尽心思，我们岂不应该真诚而仔细地估量一下这个继承遗业的责任吗？因为所有的人都知道这么一点：尽管经过妥协、战争和奋斗，黑人仍旧是不自由的。在墨西哥湾沿海各州的偏僻地区，在辽阔的范围内，黑人都不能离开他们出生的种植园；几乎在全部的南部农村中，黑种农民都是偿债劳动者，按照法律和成规，他们都受着经济奴役的约束，要想摆脱这种境况，唯一的出路就是死亡，或是坐牢。在南部文化最高的地区和城市，黑人都是一个被隔离的下贱阶级，一切权利都受着许多限制。在法庭上，无论按法律或是按习俗，他们都站在一个不同的奇特地位上。纳税而没有代表权，就是他们的政治生活的常规。这一切的后果就是违法和罪恶。这就是自由民局遗留给我们的重大责任，它没有完成这项工作，因为那是它所做不到的。

　　我曾经看见过一个阳光普照、喜气洋洋的地方，孩子们在那里歌唱，起伏的山峦像多情的妇女一般，在大地上躺着，漫山遍野长着丰盛的果实。公路上坐着一个蒙着面纱、弯腰驼背的人影，现在它还坐在那里，过往行人从它身边走过，都把脚步加快。尘土飞扬的空中弥漫着恐怖的气氛。三个世纪以来，人们用尽了心思，想要揭开那个伛偻的人的心灵上蒙着的暗影，现在你看，一个履行这种义务、采取这个行动的世纪来到了。二十世纪的问题是白人与有色人种间的界限问题。

三
博克·华盛顿[①]先生和其他人

> 从生到死，一辈子受着奴役；
> 彻里彻外，不折不扣的牛马！
> 　　　＊　　＊　　＊
> 祖祖辈辈的奴隶啊！你可知道
> 必须亲自粉碎枷锁，才能得到解放？
>
> 　　　　　　　　——拜伦（Byron）

显而易见，一八七六年以后的美国黑人史里，最突出的事件是博克·华盛顿先生的得势。那时候，人们对战争的回忆和对战争所抱的理想正在迅速地消失；一个惊人的商业发展的时

[①] 博克·华盛顿（Booker T. Washington，1856—1915），黑人作家，机会主义者和改良主义者。

代已微露端倪；一层疑虑的阴影笼罩着自由黑人的子孙——就在这样一个时候，他的领导开始了。华盛顿先生来了，他带来了一个简单而明确的方案，利用了人们心理起着变化的时机，因为在当时，整个国家已经感觉对黑人同情太过，开始觉得不好意思，正把自己的精力集中在"金元"上。他的方案里的一些基本内容，如工业技术教育、与南部和解、放弃公民权和政治权等，并不完全是他自己首创的。那些自由的黑人从一八三〇年起，一直到南北战争时期，都在努力创办工业学校；美国传教士联合会从一成立就教黑人各种手艺，帕莱斯（Price）和其他一些人也曾探索过一条跟南部最好的人结成光荣的联盟的道路。然而，是华盛顿先生第一个把这些东西牢不可破地结合在一起；他把无比的热情、无限的精力和十足的信心投入了这个方案，把它从一条道旁小径改变成一种真正的生活方式。谈到他做到这一步所采用的步骤方法，那简直是一部研究人类生活的有趣历史。

经过数十年的愤懑不平，忽然听到黑人中间有人主张这样一个方案，举国的确为之震惊；南部的人又惊又喜，拍手赞成；北方的人也很感兴趣，对之倍加赞扬；黑人中间虽然有人惶惑不安，嘟嘟囔囔地提出抗议，但过了一阵子，也就安静下来，如果说他们还没有被彻底说服的话。

华盛顿先生的第一件工作，就是争取南部白人中各阶层的人的同情和合作，在塔斯克基社[①]刚成立的时候，要做到这一点，对一个黑人来说几乎是不可能的。然而十年以后，他在亚特兰大的演说中却做到了："在一切纯粹是社会性的事情上，我们可以像五个指头一样彼此分开，然而在一切对我们共同的进

[①] 塔斯克基社（Tuskegee）是博克·华盛顿创立的一个机构，其目的是筹措基金，创办学校，让黑人可以受到各种职业训练，从而提高他们的经济地位。推行这种改良主义计划的运动就叫作塔斯克基运动。

步有重大关系的事情上,我们必须像一只手一样。"这个"亚特兰大妥协方案"要算华盛顿先生一生事业中最值得注意的一件事。南部的人对它有不同的解释:激进派认为它是彻底放弃了对公民权和政治平等的要求;保守派认为它是一个胸襟宽大的人想出来的切实可行的方案,可以促进相互的了解。因此两方面都赞同了;而提出这个方案的人,今天当然就成了继杰弗逊·戴维斯①之后在南部最有名望的人,也成了有最多的人附和支持的人。

在这方面取得成就以后,华盛顿先生的第二步工作就是设法在北部争取地盘和支持。有些不及他聪明机智的人,过去也曾企图一屁股坐在这两条凳子上,结果反而摔倒在两条凳子的中间;可是华盛顿先生既然是在南部出生,在南部受的教养,深知南方人的心意,所以他也同样能以惊人的洞察力,直觉地抓住在北部占统治地位的时代精神。他学习胜利的商业主义的思想语言,研究关于物质繁荣的种种理想,他学得那么到家,所以到后来,只要想到一个破落的家中,一个孤独的黑孩子坐在一堆荒草和垃圾中间苦读着一本法文文法的情景,他就会觉得荒谬可笑。我们不禁怀疑,要是苏格拉底和阿西西的圣方济各知道了这样的事,不知会怎么说。

然而这种罕有的洞察力和跟时代完全合一的精神,是功成名就的人的标记。仿佛大自然必须先使人狭窄,然后才能给他力量。因此,华盛顿先生的憧憬获得了人们盲目的信从,他的工作开展得异常顺利,他的朋友多得不可胜数,他的敌人都惊慌失措。今天,他已是他一千万同胞的公认发言人,是拥有七千万人口的国家里一个最受人瞩目的人物。要想对这样一个

---

① 杰弗逊·戴维斯(Jefferson Davis, 1808—1889),美国南北战争中南部同盟的总统。

出身那么低微、取得的成绩却那么辉煌的人物提出批评，的确谁都会迟疑不决。然而时候已经到了，大家现在都应该抱着真挚的态度说话，不要光提华盛顿先生的成功，也要客客气气地谈谈他的事业中存在的某些错误和缺点，而且请大家不要胡乱编派批评的人是吹毛求疵或心怀妒忌，也不要忘记在这个世界上，做坏事要比做好事容易。

过去华盛顿先生也曾经受到过批评，这些批评不完全都如上面所说的那样不偏不倚。特别是在南部，他不得不步步留神，避免作太刺耳的断语——他这样做是很自然的，因为他所接触的问题对那个地区的人特别敏感。有两次——一次是在芝加哥庆祝美西战争的会上，他提到了种族歧视"在腐蚀南部的心脏"，另一次是他跟西奥多·罗斯福总统一起进餐——他遭到南部的人的攻击是那么激烈，很足以严重地损害他的声誉。在北方，对他的不满情绪有几次也迸发出来变成言语，说华盛顿先生劝人屈服的那些意见忽视了作为真正的人的某些不可少的东西，他的教育方案也不必要地狭窄。但是这类批评一般说来并未公开发表，虽然那些承继废奴主义精神的人也不准备承认：在塔斯克基社成立之前，那些富于伟大理想和自我牺牲精神的人所创办的学校完全是种失败，值得大家嘲笑。不过，尽管对华盛顿先生的批评从来不曾断过，国内的一般舆论却很乐于将一个腻烦的问题交给他去解决，同时对他说："如果这就是你和你的种族所要求的东西，快拿去吧。"

然而在他自己的民族中间，华盛顿先生遭到了最强烈、最持久的反对，有时简直到了深恶痛绝的程度，甚至在今天，这种既坚决又强烈的反对也还在继续，虽然人们鉴于国内的舆论，在外表上保持了沉默。这种反对有一些当然纯粹出于妒忌：表示下野政客的失望和胸襟狭窄的人的怨懑。但是除此以外，在全国各地受过教育的、有思想的黑人中间，也存在着一种深切的惋惜、忧虑和恐惧之感，深为华盛顿先生某些学说的广泛流传、深入人心而担忧。这些人也称赞他的用心善良，所以只要是出于善意的努力，企图做一些值得做的事，他们总是乐于原谅他的。他们只要自己良心许可，总尽可能地和他合作；事实上，像他这样必须跟这么多的分歧意见和利害关系不同的人打交道，居然还能在很大程度上赢得大家的尊敬，那的确需要有非凡的才智和本领。

但是，压制那些正直的反对者的批评是件危险的事。它会使得某些最好的批评家保持不幸的沉默和袖手旁观，另一些则会抑制不住感情，采用激烈的难听的言词，因而失去听众。从具有切身利害关系的群众那里来的正直而认真的批评——读者批评作家，人民批评政府，群众批评领袖——这是民主的灵魂，是现代社会的保障。如果美国最优秀的黑人由于外来的压力，接受了一个过去他们并不承认的领袖，毋庸讳言，其中也会有某些看得出的好处。然而这里也有无法补救的缺憾——这就是使大众失去受那种特别宝贵的教育的机会，因为群众通过摸索和批评找出并委任自己的领袖，其本身就是一种教育。怎样做到这一步，是社会成长的最基本、也是最微妙的问题。历史就是这种集体领导的记录；然而这种集体领导以它的性质和种类而论，又是多么变化多端！而在所有的类型中间，最富于教育意义的又是在集体之内进行集体领导——这是一种奇怪的双重行动，其中真正的进步也许看不出来，真正的进化看来也许是相对的退化。对一个研究社会问题的学生来说，这一切会使他灵感勃发，也会使他绝望。

在过去，美国的黑人在选择集体领导方面，也有过一些很好的经验，他们通过选择集体领导，建立一个特别的王朝，这种王朝在目前情况下，是很值得研究的。当一个民族只有木棍、石块和野兽作为周围的唯一环境的时候，他们所采取的态度大致是对自然力量的坚决反抗和征服。但是当除了土地和野兽之外，又增加了一个人和思想的环境的时候，那么，那个被围困的集体所采取的态度，主要可分为下列三种：——充满反抗和报复的情绪；企图按照外面那个更大集体的意旨来调整自己的一切思想和行动；或者，不顾周围的思潮，坚决地要求独立自主，自力更生。这三种态度在不同时候所产生的影响，都可以在美国黑人的历史中和一个接一个出现的黑人领袖身上找到。

一七五〇年以前，当非洲的自由火焰还在奴隶的血管里燃烧的时候，在所有当领导的或企图当领导的人心目中只有一个动机，就是反抗和报复——最典型的如麦隆人①，丹麦的黑人，以及斯多诺的卡多②，结果使整个美洲都心怀恐惧，生怕奴隶起义。十八世纪后半期的种种自由化的倾向，加上黑人和白人之间建立的比较友善的关系，最后带来了调和与同化的思想。这种愿望尤其在下列几个例子中表现得最明显：菲力斯（Phyllis）的热情的歌曲，亚特克斯（Attucks）的壮烈牺牲，萨勒姆（Salem）和穷人的斗争，班纳卡（Banneker）和德汉姆（Derham）在智力方面的成就，以及克甫（the Cuffes）的政治要求。

南北战争后出现的经济和社会方面的严重困难，使前一时期的人道主义热忱冷却了很多。黑人们对于继续保留奴隶制度和农奴制度的失望和不满，可以在两个运动中看出来。南部的奴隶无疑受了海地黑奴起义的依稀传闻的鼓励，猛烈地作了三次起义的尝试——一八〇〇年在弗吉尼亚，由盖伯里（Gabriel）领导；一八二二年在卡罗来纳，由维塞（Vesey）领导；一八三一年又在弗吉尼亚，由凶狠的纳特·忒纳尔（Nat

---

① 麦隆人（Maroons），逃避在加勒比和圭亚那山中的黑人及其子孙。
② 斯多诺的卡多（Cato of Stono）：1739年9月9日在南卡罗来纳州查尔斯顿西南20英里的斯多诺河边发生了奴隶起义，其首领名为杰米（Jemmy），在一些报道中称为"卡多"，可能是属于卡多或卡特家的奴隶。——编者注

Turner）领导。另一方面，在北方没有蓄奴制的各州里，也作了一种奇妙的自力更生的新努力。在费城和纽约，由于种族歧视，许多黑人教徒都退出了白人的教会，自己成立了一个半社会半宗教性质的特别机构，叫作"非洲教会"——这个机构直至目前还存在，它的各个分支机构共拥有一百万以上的会员。

华克尔[1]所提出的违反时代潮流的激烈呼吁显示了在轧花机出现以后整个世界所起的变化。到了一八三〇年，奴隶制度仿佛顽固地在南部扎了根，奴隶们在暴力的恐吓下，仿佛个个都俯首帖耳。北方的自由黑人从西印度的黑白混血种移民那里得到了启发，开始改变了他们提出要求的出发点；他们承认奴隶们处在奴役地位，但是坚持说他们自己是自由人，因此要求像其他的人一样和全国同化，融合为一。这样，费城的福尔顿（Forten）和波维斯（Purvis），威尔明顿的夏德（Shad），纽黑文的杜波依斯（Du Bois），波士顿的巴巴杜斯（Barbados），以及其他一些人，他们单个的也好，聚在一起也好，都异口同声说他们是以人的身份而不是以奴隶的身份在奋斗；他们只是"有色民族"而不是"黑人"。然而时代的潮流不肯承认他们（除了个别的例外），认为他们只是所有那些被蔑视的黑人中间的一分子，所以不久他们就发现自己也要奋斗，才能保住他们过去已经取得的一个自由人所享有的那些选举、工作和迁居的权利。他们中间也有人想出移居到别处去殖民的办法；但是这些都是行不通的，结果他们还是转向了废奴运动，把它作为最后的避难所。

这时，在雷蒙德（Remond）、尼尔（Nell）、威尔斯-布朗（Wells-Brown）和道格拉斯（Douglas）的领导下，一个要求独立自主、自力更生的新时期来到了。当然，最后的解放和同化

---

[1] 华克尔（David Walker，1785—1830），美国早期反对奴隶制的黑人作家，1829年曾出版有名的《呼吁书》。

是这些领袖的理想,但是他们依靠的主要是黑人自己断定自己有人的权利的独立自主的精神,这一道理被引申到极端的结果便是约翰·布朗[①]的武装斗争。在南北战争和黑人解放以后,美国黑人最伟大的领袖弗雷德里克·道格拉斯的伟大形象依旧领导着整个黑人民族。独立自主,特别是在政治路线上的独立自主,是他们的主要纲领;继道格拉斯之后,有艾略特(Elliot)、布鲁斯(Bruce)、兰斯顿(Langston)和重建时期的那些政治家,此外还有亚历山大·克伦迈尔(Alexander Crummell)和主教丹尼尔·潘恩(Daniel Payne),这两个人虽然不怎么出名,但在社会上所起的作用很大。

紧接着来的是一八七六年的革命,黑人选举权的被剥夺,理想的改变和转移,以及在漫漫长夜里对新的光明的探索。道格拉斯在他的暮年,依旧英勇地坚持着他壮年时代的理想——通过独立自主来谋求最后的同化,而不通过其他途径。有一个时期,帕莱斯起来了,成了一个新的领导人物,他担负的使命是:不放弃旧的理想,而要通过一种使南部白人不那么反感的形式把旧的理想重新提出。但是帕莱斯在壮年就死去了。接着又来了这个新的领袖。几乎所有过去的领袖都是由他们的同胞用沉默的投票选出来的,他们都企图单枪匹马地领导自己的民族,而且除了道格拉斯以外,一般都很少为自己种族以外的人知道。不过当博克·华盛顿起来做领袖的时候,他主要不是一个种族而是两个种族的领袖——是南部、北部和黑人之间的调解人。自然,黑人们憎恨——最初简直是痛恨——那些要求放弃他们的公民权和政治权利的投降迹象,尽管这样做可以换来在经济上取得更快发展的机会。然而富有的、掌握统治权的北

---

① 约翰·布朗(John Brown,1800—1859),美国英勇的废奴主义战士,1859年曾率领 21 个黑人和白人占领弗吉尼亚州的哈普士渡口,希望促成南部黑奴起义,不幸失败,在美国政府的绞架上壮烈牺牲。

方不仅已经厌倦种族问题,而且正在向南部的企业里大量投资,因此他们欢迎任何和平合作的方案。这样,在全国舆论的压力下,黑人们开始承认华盛顿先生的领导,于是批评的声音也被压制下来了。

华盛顿先生所代表的黑人思想,是那种适应和屈服的旧态度;可是在这样一个独特的时候提出适应,使得他的纲领变得很有独创性。这是一个经济飞速发展的时代,所以华盛顿先生的纲领自然而然地也带上了经济的色彩,在很大程度上成了一部"工作和金钱"的福音书,相形之下,人生的各种更高目标几乎都变得黯淡无光。此外,在这个时代里,比较进步的种族和比较落后的种族有了更密切的接触,于是种族感也因此加深了;而在华盛顿先生的纲领里,实际可以说是接受了黑人民族是下等民族的那种毫无根据的说法。还有在我们的国家里,由于南北战争时期对黑人的同情在后来发生了反作用,这时候对黑人的种族歧视又变本加厉了,可是华盛顿先生反倒撤回了黑人作为人和美国公民而提出的许多很高的要求。在种族歧视盛行的其他各个时期,一切要求黑人独立自主的口号都提出来了;可是在这一时期,反而提出了屈服的方案。在几乎所有其他的种族和民族的历史里,他们在遇到这种危机时所宣扬的主义,总是说人的自尊心比土地和房屋更有价值,并指出一个民族如果自愿放弃这种自尊心,或者停止为保持这种自尊心而奋斗,那么这个民族就不配具有文明。

与此相反,有人却主张黑人只有通过屈服,才能求得新生。华盛顿先生清清楚楚地要求黑种民族至少在现阶段必须放弃三样东西:

第一,政治权力;

第二,对各种公民权的坚持;

第三,让青年一代黑人受更高的教育。——他要黑人把他们的全副精力集中在工业技术教育上、聚积财富上，以及跟南部的和解上。这个政策英勇地、始终不渝地推行了十五年以上，约莫有十年都一帆风顺，很是成功。他这样爱护棕榈枝①的结果，得到了些什么报酬呢？在这些年内，发生了以下几桩事情：

1. 黑人丧失了公民权。
2. 法律上明文规定，黑人的政治社会地位要比白人低下。
3. 各种机构拨给黑人受更高教育的助学金，都渐渐取消。

当然，这些事情的发生，并不是华盛顿先生的学说直接产生的结果；但是毫无疑问，他的宣传起了辅助作用，促使它们更快地完成。于是发生了这样的问题：如果九百万人被剥夺了政治权利，成了当奴仆的下层阶级，只剩极少数人有小得可怜的机会可以得到发展，在这样的情况下，要他们在经济上取得有效的进展是不是可能呢？如果历史和理性对这类问题作出清楚的答案的话，那么这个答案就是斩钉截铁的"不"。这样，华盛顿先生在他的事业上面临着三重矛盾：

1. 他苦心孤诣地奋斗，想使黑种工人变成工商业家和有产者；可是在现代的竞争方式下，工商业家和有产者如果没有投票权，想要生存和捍卫自己的权利，是根本不可能的。

2. 他坚决主张节约和自尊心，但是同时又劝大家默默地屈服，承认自己的地位比白人低下，这种做法对任何种族来说，到最后总是会损害人格的完整。

3. 他主张举办公立小学，施行工业技术训练，反对办高等学校，但是如果没有黑人大学或黑人大学的毕业生代为训练师资，所有的公立黑人小学校也好，塔斯克基本身也好，连一天都开不了学。

华盛顿先生事业上的这三重矛盾，成了美国有色民族中两

---

① 棕榈枝象征胜利和荣誉。

种人士批评的目标。一种是在精神上继承拯救者杜桑的,有盖伯里、维塞和忒纳尔等人,他们是采取反抗和报复态度的代表人物;他们盲目地憎恨南部白人,对白种人一般都不信任;他们所一致同意的具体行动方案,是认为黑人的唯一希望在于向外移民,迁出美国国境。然而,命运最会作弄人,眼前就有活生生的例子有效地证明,这个方案是根本行不通的,你们难道没看见美国目前对西印度、夏威夷和菲律宾的那些比较弱小的、肤色较深的民族所采取的政策吗?——唉,世界上有什么地方我们可以去,可以不受欺骗和凌虐?

黑人中间另一种不能同意华盛顿先生意见的人,到目前为止很少作声。他们不愿意看到意见分散,内部失和;他们特别不喜欢由于自己对一个有用的、热忱的人作了一些公正的批评,结果反而被一些心胸狭小的反对派利用,作为他们恶言恶语、大肆攻击的借口。尽管这样,因为这里所牵涉的问题是最根本的,而且性质又是那么严重,所以像格林克姊妹(the Grimkes)、凯雷·密勒(Kelly Miller)、鲍温(J. W. E. Bowen),以及这一派人的其他代表,要他们继续沉默下去,恐怕是很困难的。这些人在内心深处感到必须向全国要求三样东西:

1. 选举权。
2. 政治社会地位的平等。
3. 按照才能教育青年一代。

他们承认华盛顿先生劝导大家在这些要求上不要操之过急、鲁莽从事,是做了不少宝贵的工作;他们既不要求在无知识的白人还没有选举权的时候就主张无知识的黑人有选举权,也不要求投票权普遍一律,不加任何合理的限制;他们知道种族歧视的发生,有很多地方确应归咎于大多数黑人社会水平的低下,但是他们也知道,全国也知道,往往是残暴无情的肤色偏见造成了黑人的落后,而不是由于黑人落后才引起种族偏见;他们寻求途径想使黑人残余的不文明现象及早消除，要求从美联社到基督教会，所有代表社会力量的机构对这种残余的不文明现象不要有计划地加以鼓励和助长。他们跟华盛顿先生一样主张广办公立的黑人小学，施行全面的工业技术教育；但是使他们吃惊的是，像华盛顿先生这样富有洞察力的人居然看不出，如果没有设备良好的学院和大学作基础，任何这类的普及教育是不会有、也不可能有的。因此他们坚持要求在南部设立几所高等学校来教育最优秀的黑人青年，把他们培养成教师、专业人员和领袖。

　　这一派人称赞华盛顿先生对南部白人所采取的和解态度；他们从广义上接受"亚特兰大妥协方案"；他们同他一道承认这些白人里面的确不乏旨趣高尚、不存偏见的人，黑人民族的确可以从他们那里得到不少好处；他们知道落在这个负荷过重、摇摇欲倒的民族头上的不是什么容易的工作，然而尽管如此，他们还是坚持通往正义之路是刚正不阿，而不是谄媚奉承；应该赞扬那些做好事的南部白人，毫不妥协地批评那些做坏事的；应该利用并鼓励自己的同胞利用一切可以利用的机会，但同时也应该记住，只有坚持自己更高的理想和要求，才能使这些理想和要求有实现的可能。他们并不指望在一朝一夕之间就取得自由选举权、公民权和受教育的权利；他们并不指望看到只要号角一响，多少年来的偏见和歧视就立刻绝迹；不过他们毫不怀疑，一个民族要取得自己的合理权利，绝不能靠自动放弃这些权利，或坚持说他们不要这些权利；他们深信一个民族要想得到别人的尊敬，绝不能依靠继续不断地藐视自己、嘲笑自己；相反地，黑种民族必须经年累月、始终不渝地坚持，选举权对现代人是必要的，种族歧视本身就是野蛮行为，黑种孩子跟白种孩子一样需要受教育。

　　如果不这样清楚地、毫不含糊地把自己民族的合法要求提出，即使反对了一个有名誉地位的领袖也在所不惜，那么，美国黑人的有识之士就等于是推卸一个艰巨的责任——对自己的责任，对斗争中的人民的责任，对其他肤色较深的种族的责任（他们的前途在很大程度上依靠美国的经验），但尤其重要的是对这个国家——这个我们共同的祖国的责任。鼓励一个人或一个民族做坏事是不对的；光是为了随波逐流而帮助人犯罪、唆使人犯罪，那也是不对的。经过二三十年前那场可怕的纠纷以后，南部和北部越来越显得亲善和好，这对大家来说确是值得深深庆幸的，特别是对于那些他们自己所受的虐待正是战争起因的黑人来说更是如此；但是如果说这种和好的基础是那些过去受虐待的黑人再受工业的奴役，生命没有保障，在法律上的政治社会地位永远比白人低下——如果是那样的话，那么这些黑人，如果他们确实是人的话，就应该唤起每一个人的爱国心，采用一切文明的方法和步骤，来反对这种政策的实施，尽管这样的对策意味着不同意博克·华盛顿先生的纲领。我们没有权利静坐在一旁，眼看着邪恶的种子撒下去，让我们的孩子，不管黑种的也好，白种的也好，去收毁灭的果实。

首先，分别对待南部的人是我们黑人的责任。这一代的南部的人不能替已经过去的那几代负责，所以他们不应该因此受到盲目的憎恨和谴责。其次，对于南部目前不分青红皂白地对黑人施行的这种政策最抱反感的，莫过于南部自己的开明人士。南部不是"一成不变的"；在这片国土上，社会变革正在酝酿，各种不同的势力都在夺取统治权；所以称道今天正在作恶的人，跟谴责好人一样错误。有分析的、胸襟宽大的批评，才是南部所需要的——因为这对他们自己的白种儿女有益，因为这可以保证精神和道德得到健全的发展。

今天，如许多人所说的那样，南部白人对黑人的态度不完全是一样的；南部无知识的人憎恨黑人，工人们害怕他的竞争，资本家想雇用他来当工人，有些知识分子看见他迅速发展，觉得是种威胁，另外也有些人——通常是奴隶主的后一代——想要帮助他站起来。全国的舆论支持最后这一类人，使得他们能够维持黑人的公立小学，保护黑人的一部分生命、财产和肢体。在资本家的压力下，黑人有重新堕入半奴隶状态的危险，特别是在乡区；工人们和那些害怕黑人的知识分子联合在一起，剥夺了黑人的公民权，有些人还鼓吹把黑人驱逐出境；而那些无知识的白人很容易激动，对黑人进行私刑拷打和凌虐。赞许这种错综复杂的思想和偏见是荒唐的；不加区别地攻击"南部人"是不公正的；但是一致赞扬埃考克（Aycock）州长，揭露参议员摩根①，跟托马斯·纳尔逊·帕基②先生争论，公开抨击参议员本·梯尔曼③，这样做不仅是明智的，而且也是有思想的黑人不能推诿的责任。

华盛顿先生也曾经有好几次反对南部对黑人的迫害，不承认这一点是不公平的；他送过备忘录给路易斯安那和亚拉巴马州的立宪会议，他做过反对私刑的演讲，此外，他也曾公开或暗地里运用他的影响来阻止过一些害人的阴谋和不幸的事故。尽管这样，我们也同样有理由指出，总的说来，华盛顿先生的宣传给人清楚的印象是：第一，由于黑人在文化上落后，南部的人采取目前这种态度对待黑人是可以理解的；第二，黑人所以不能更快地站起来的原因，主要是由于过去的教育方式不对头；第三，黑人未来的发展主要是依靠自己的努力。所有这些主张都是危险的半真理。剩下的那一半真理是决不能置之不顾

---

① 摩根（J. T. Morgan, 1824—1907），美国政客，南北战争时曾在南军中供职。
② 托马斯·纳尔逊·帕基（Thomas Nelson Page, 1852—1922），美国小说家，曾任外交官。
③ 本·梯尔曼（Ben Tillman, 1847—1918），美国政客，1890—1918年曾先后任美国州长和参议员。

的：第一，黑人所以落到现在这种处境，奴役制度和种族歧视是主要原因，如果不是全部原因的话；第二，工业技术训练和普通教育的步伐所以缓慢，有其不可避免性，因为它们必须等待黑人师资从高等学校里培养出来——任何基本上与此不同的发展是否可能，是非常值得怀疑的，再说要在一八八〇年办一个塔斯克基社，当然是不可设想的；第三，黑人必须奋斗，而且必须努力奋斗，要自力更生，这确是伟大的真理，然而同样真实的是，他的这种努力不光是要靠周围那群更富有、更聪慧的人首先支持，而且在很大程度上要靠他们首先督促和鼓励，要不然他就很难有希望获得很大的成功。

华盛顿先生没有认识和宣扬最后这一点，在这方面他特别应该受到批评。他的学说是要使北部和南部的白人把黑人问题的负荷转移到黑人肩上，而他们自己却站立一旁，作为批评者和悲观的旁观者；事实上，这个负荷应该由全国承担，我们如果不全力以赴，把这些对待黑人非常错误的态度纠正过来，那么我们没有一个人可以说自己的双手是干净的。

南部应该在坦率公正的批评指导下，纠正过去的态度，对过去曾受过它残酷虐待、现在还在受它虐待的那个种族负起全部的责任来。北方——南部的犯罪的同谋者——也不能用黄金来埋葬自己的良心。我们不能用外交手段和笼络人心，也就是说不能光用"政策"来解决这个问题。一旦事情发展到最坏的地步，九百万人逐步受到了窒息和杀戮，这个国家在道德上难道能辞其咎吗？

美国的黑人必须负起一个责任，一个严肃、微妙的责任——这是一个要求他们反对他们最伟大的领袖的一部分工作的促进运动。只要华盛顿先生向群众宣扬节约、忍耐和工业技术教育，我们就应该极力支持，跟他一起奋斗，为他的荣誉而欢呼，为他的力量而欣喜，庆幸上帝和人类委派了这么一个约书亚①来领导这个没有领袖的民族。但是，不管华盛顿先生也好，南部或北部也好，只要他们对不公平的行为委曲求全，对选举的权利和责任作不正确的估价，故意贬低种族之间不平等地位的有害影响，反对高等教育和有才能的黑人有所抱负——不管是他，是南部还是北部，谁只要照样做——我们就必须坚决地、始终不渝地予以反对。我们必须采取一切文明的、和平的方法，努力争取世界给予人类的一切权利，毫不动摇地把我们伟大祖先的子孙们乐于忘却的这些伟大字句铭记在心："我们认为这些真理不说自明：所有人都生来平等，造物主赋予他们某些不能剥夺的权利，其中包括生存、自由和追求幸福的权利。"②

---

① 约书亚，以色列的领袖，见《圣经·旧约·约书亚记》。
② 引自《独立宣言》。——编者注

四
进步的意义

  如果你要宣示你的力量，
你就挑选那些伫立在
你宇宙中的无罪的神吧！
把你的精灵传播出去！
这些永生的神，这些真纯的神，
他们不动感情，也不会哭泣！
不要挑选温柔的少女，
也不要灵魂软弱的牧羊女！

——席勒（Schiller）

  曾经有一个时期，我在田纳西山区一所学校里教书，密西西比河广阔阴暗的河谷，从那里开始奔窜着去迎接阿利根尼山。

我当时是费斯克大学的学生，而所有费斯克的人都认为帷幕那一边的田纳西完全属他们所有，到了放假的时候，他们就成群结队地去迎接从县里来的督学们。当时我年轻快活，也同他们一道去了，十七年前的那个夏天，成了我一生难忘的日子。

最初，县里有一个教师训练班，由校董会聘请一些名人学者来教那些教师分数、拼音和其他一些神秘的学问——早上教白人教师，晚上教黑人教师。大家偶尔一起举行一次野餐，或吃一顿晚饭，歌声、笑声，使得这个冷酷的世界多少有了些人情味。我记得是怎么回事——但是我有点迷糊了。

后来有一天，所有的教师全离开那训练班，分头去猎取教师职位。我听说（因为我母亲对于一切武器都怕得要命）猎野鸭、熊和人，是一件非常有趣的事，但我敢说一个人如果从来没有去猎取过教师职位，那他还不能算真正领略过打猎的乐趣。我现在还可以看到，在灼人的七月天的阳光下，伸展在我前面的那条忽高忽低、曲曲折折的白色道路；看到前面还有十英里、八英里、六英里的一段行程，我感到精神和肢体都疲乏得要命；"需要教员吗？不需要。"一再听到这几句话时，我更感到心头的沉重。我就这样一步一步向前走——牲口是雇不起的——直到我跨过无数铁路、无数驿路，来到一个充满"恶兽"和响尾蛇的地区，那里每逢来了一个外地人，总会被看成是一件大事；那里人们在一座蓝色山冈的阴影下生长、死亡。

在山顶和山谷中，有些零落的木屋和农舍，东边一带的丛林和起伏的山丘，把这个地区完全和世界隔绝开来。在这里，我终于找到了一所极小的学校。那是乔茜告诉我的；她是一个二十来岁的瘦弱、朴实的女孩，深棕色的脸，厚密、坚硬的头发。我在水乡镇过河，在高大的垂柳下休息了一阵，然后就走到一座木房子里；预备往镇上去的乔茜正在里面歇脚。一个形容憔悴的农人招待了我；乔茜听到了我来此的目的后，急切地告诉我他们希望山上有一所学校；并且说，战后只有一位教师曾来这里待过一阵；还说她自己就极想念书——她就这样很诚恳、很热情地用急促的声调不停地高声谈着。

第二天早晨，我爬上一座圆形的高山，流连地观望了一阵直伸向卡罗来纳的黄黄绿绿的山脉，然后穿过一个树林，来到乔茜的家。这是一所有四间房的阴暗的村舍，盖在半山坡上，四围都是桃树。她父亲是一个安静朴实的人，没有什么知识，态度安详，毫无庸俗气。母亲可完全是另一种人——强健、急躁、精力充沛，说话很快，滔滔不绝，而且具有要活得"像样点儿"的野心。家里有一大群孩子。两个男孩已出门去。留在家的还有两个快成年的女孩；一个怕见生人的矮小的八岁孩子；十八岁的约翰，高个子，笨手笨脚；吉姆，年岁略小一些，比较聪明敏捷，也比较漂亮；还有两个年纪不大看得准的小娃娃。此外还有乔茜自己。她似乎是这一家子的中心人物：她永远忙着里里外外的事务，或者忙着去拾莓子。她像她母亲一样急躁，喜欢骂人，但同时也像她父亲一样忠实。她颇有一套处世的办法，从她身上可以隐约看到一种她自己并未意识到的英勇精神，愿意为了使自己和家里人的生活更为广阔、深刻和充实而献出自己的一生。以后，我和这一家人接触很多，而且由于看到他们为了使自己得到像样的舒适生活而作的种种诚实正当的努力，看到他们深知自己无知，渐渐对他们发生了极深的感情。他们之间不存在虚伪。母亲有时会责骂父亲"太安闲"；乔茜可能因为弟弟们做事不细心而痛骂他们；但他们全明白，要在这遍地岩石的山坡上讨生活，可不是一件容易的事情。

我决定在那里教学了。我还记得那天我骑着马到督学家去的情形，当时有一个希望找白人学校教书的讨人喜欢的年轻白人同我一起。路沿着一条河的河床；太阳笑盈盈的，河水发出淙淙的声音，我们骑着马一路走去。"请进来，"督学叫喊说——

"请进来。请坐。行,你们的证件行。就在这儿吃晚饭吧。你们希望每月要多少薪水?""啊,"我心里想,"这真是太幸运了。"但就在那时我感到了那帷幕的可怕阴影,因为吃饭时他们先吃了,然后才由我——一个人单独吃。

校舍是一座用圆木架起的木房,原是韦勒尔(Wheeler)上校囤谷子的屋子,坐落在一片广场中间,广场前面有一排木栅和一些刺丛,附近有许多最可爱的泉水。屋子的门现在已不存在,只剩下一个门洞,里面有一个极大的破壁炉;圆木之间的缝隙就算是窗户。家具几乎没有。屋角竖着一块发白的黑板。我的书桌是用三块木板拼成的,只在最关紧要的地方钉了一下;我的椅子是从房东太太那里借来的,每天晚上必须归还。至于孩子们的座位——这可叫我真不知该怎么说好了。我脑子里幻想着的是在新英格兰见到的那种整齐漂亮的小椅小桌,但是天哪!在这现实世界中却只是些没有靠背、有些连腿都没有的长凳。这情况有一个优点,就是打瞌睡是一件很危险、有时甚至是致命的事,因为那地板也是完全靠不住的。

在七月末的一个炎热的早晨,学校开学了。听到外面尘土飞扬的路上传来孩子们的脚步声,看到在我面前越聚越多的一排排黑色的脸和发亮的热切的眼睛,我止不住颤抖起来。最先来的是乔茜和她的弟弟妹妹们。求知欲和要在纳什维尔那个大学校里做一个学生的愿望,在这个小妇人工作时或烦恼时,都像一颗星星那样在她头上闪耀,她顽强地学习着。此外,有从她们那靠近亚历山大里亚那边的农庄上来的道维尔姊妹;一个叫方妮,光滑的黑脸上长着一双非常灵活的眼睛;一个是神情呆滞的、棕皮肤的马莎;还有一个兄弟的漂亮的年轻妻子,和其他一些更小的孩子。

再还有柏克家的孩子们——两个棕黄皮肤的男孩和一个眼神傲慢的小姑娘。胖子罗班的一个小胖女儿也来了,她非常老实严肃，长着一张金黄色的脸和一头深黄的头发。泰妮也是很早就来上学的，她是一个长得很丑，但很有趣而且心肠很好的女孩，她常常偷闻鼻烟，还照看着她的一个罗圈腿的小弟弟。梯尔蒂在她妈妈可以不需要她帮忙的时候也来上学——她真是个黑美人，眼睛像星星，四肢都匀称优美；还有她的弟弟，但比起来，就不如她漂亮了。此外还有一帮大男孩——愚笨的劳伦斯兄弟；懒惰的莱尔家的孩子，一家母女俩的无父的孤儿；斜肩的希克曼，和其他的等等人。

他们将近有三十人，全坐在那些粗糙的长凳上，脸皮的颜色从淡黄一直到深棕，光着的小腿不停地摇摆着，眼睛里充满了希望，有时也露出顽皮的神色，手里都紧抓着韦伯斯特编的那本蓝皮拼音课本。我爱我的学校，孩子们对老师的智慧的一片信心更是了不起。我们在一起读书、拼字，偶尔也写点东西，出去摘花、唱歌或讲讲山那边的世界上所发生的一些故事。有时，学生越来越少，我就得到外面去跑。我也许去拜望住在两间肮脏不堪的房子里的芒·埃丁斯，问他为什么小鲁金，那个披着一头深红的乱头发、发红的脸好像老在燃烧的孩子上星期没有上学，或者问他我怎么常常见不到衣衫破烂的梅克和艾德。于是，那个在韦勒尔上校的农庄上工作的父亲就会告诉我地里的活儿如何需要孩子们帮忙；而那个只要一洗脸就会显得很漂亮的服饰不整的瘦母亲更会对我说，鲁金必须在家看孩子。"但下星期我们一定让他们去。"当劳伦斯兄弟也不来上学的时候，我知道老一辈头脑中对念书的怀疑又占了上风，于是我只得爬上高山，尽可能地深入到每一个木屋里面去，把西塞罗"为阿基亚诗人辩护"的言辞译成最简单的英语，加进一些适合于当前情况的词句，去对他们讲，常常也能说服他们——在一两个星期中不致动摇。

每逢星期五晚上，我常同几个孩子上他们家去——有时到道克·柏克的农庄上去。他是一个声音洪亮、又高又瘦的黑人，整天劳苦地工作，一心想买下他现在住的山边谷底的七十五英亩土地；但人家说，他肯定不会成功，"这些地最后一定全归白人"。他太太是个魁梧高大的女人，红红的脸，发亮的头发，从来不穿胸衣，也不穿鞋；他们的孩子一个个都长得又壮又漂亮。他们住在一座只有一间半房间的木房子里，房子建在农庄中间一块洼地上，靠近泉水。前面的房间里摆满了肥厚的铺着白被单的大床，床上收拾得非常干净；墙上还挂有一些劣等的彩色画片，屋子中间是一张铺着胶布的桌子。后面那间一丁点儿小的厨房，我常被请去"自取"烤鸡、麦饼、玉米"肉"团、莓子菜豆来吃。最初，一到该睡觉的时候，想到他们家就只那么一间卧房，我心里不免有些惊惶，但结果他们非常灵巧地避免了那种尴尬的局面。最先，孩子们一个个支持不住倒下去睡着了，就全被放到一床极大的鹅毛垫子上去；接着孩子们的母亲和父亲就一声不响地溜到厨房里去，等我好脱衣就寝；然后，他们吹熄了那盏暗淡的灯，摸着黑上床去。第二天早晨，在我还睡得正熟的时候，他们却已经都起身出去了。如果在路对面的胖子罗班家里，到老师该睡觉的时候，他们就全跑到大门外边去待一会儿，因为他们家没有厨房这件奢侈品。

我最喜欢在道维尔家过夜，因为他们有四间房，而且就农家所有可口的食物来说，他们家可算充实。贝尔德大叔自己有一个不大像样的小农庄，到处都是树林和小山，离大路还有好几英里路远；但他一肚子有趣的故事——他有时也爱讲道——看着他的孩子们，他的莓子、马匹和麦子，他显得非常快乐而富足。常常为了要解决一些问题，我也必须到一些生活没有这么有趣的地方去；比方说，梯尔蒂的母亲简直脏得不可救药，罗班家简直不能让我吃饱，埃丁斯家的床上到处是成群的未被驯服的小动物。在所有这些地方，我最喜欢去的是乔茜的家，坐在她家的门廊上,一边吃着桃子,一边看着她母亲忙来忙去,听着她不停地谈话:说乔茜什么时候买了一架缝纫机;说冬天里乔茜在什么地方找到了一个当仆役的工作,可是那四元一月的工资可"真是少得可怜";又说乔茜如何希望到外面去上学,但"看情况"他们恐怕永远也没法让她去;又说地里的庄稼如何眼看就要干死而水井还没有修好;最后,更谈到有些白人是如何的"卑鄙"。

在这个小天地中,我一共度过了两个夏天;这地方非常单调无聊。女孩子们怀着无限向往的心情迷惘地对着那座山凝视,男孩子们感到烦恼不堪的时候就常向亚历山大里亚跑。亚历山大里亚是"市镇"——一个由住宅、教堂和商店组成的零乱悠闲的村子,同时也是白人和军官们居住的贵族区,靠北挤在山边上的那个村子是有色人种住的,他们住在三间或四间一套没有漆过的房子里,有些还干干净净像一个家,有些就很脏。这些房子的位置七零八落,散乱无章,但主要以村里的两座教堂,美以美教堂和浸礼会教堂为中心。而这两座教堂又都是紧挨着一个颜色灰暗的学校。每到星期天,我那个小世界就通过一条曲折的道路到这里来和其他的世界接触,大家闲谈,惊叹,在一个站在圣坛上宣讲"旧宗教"的疯疯癫癫的牧师前面,交出他们每周的捐款。然后,旋律优美、节奏有力的黑人歌曲便忽徐忽疾地响成一片。

我曾把我所在的那个小社会称作一个世界,它孤立的状况也确实使它自成一个世界;但在我们自己之间,我们只有一种半觉醒的共同意识,这种共同意识产生于对殡葬、生育和婚姻的共同的悲伤和欢乐;产生于由贫困、瘠地、低薪带来的共同苦难;更重要的,产生于共同见到那悬挂在我们自己和一切机会之间的那重帷幕。所有这一切使我们在许多问题上抱着共同的思想;但一到思想成熟,该把它用话表达出来的时候,又会出现各种各样的语言。那些在二十五年或更早以前眼见到"上帝降临时的荣光"的人，对目前的一切困难和希望全抱着一种阴暗的宿命论的观点，认为上帝有一天自会把一切都安排好的。至于那些对他们来说奴隶生活已变成儿时的一个模糊记忆的群众，他们却觉得世界对他们是个不解之谜：对他们没有任何要求，因而他们为它所做的也不多，而它却永远对他们的贡献嗤之以鼻。这种矛盾他们没法理解，于是他们或者放弃一切希望，对一切漠不关心，或者一天只觉得不知如何是好，或者铤而走险。当然也还有些人——像乔茜、吉姆和班恩——对他们来说，战争、地狱和奴隶制不过是儿时听来的一些故事，他们的血气方刚已被学校教育、各种传闻和半觉醒的思想磨出了锐利的锋芒。一生下来就被抛在世界之外，他们是不甘心的。他们展开自己的微弱的翅膀来对付一切障碍——社会等级的障碍，青春的障碍，生活的障碍；最后，到了危急的时候，他们甚至会向那哪怕只是阻挠着他们一时幻想的一切扑去。

我离开那所小学校已经过去十年了，这是刚进入成人期的十年；在这些年份中，我才第一次认识到生命不是没有目的的。这以后，我由于一个偶然的机会又来到费斯克大学，又走进了那充满歌声的教堂的大厅。当我怀着欢乐与痛苦的感情在那里和我旧日的老同学、老朋友们见面的时候，我忽然情不自禁地渴望再一次爬过那蓝色的山冈，去看看我一度很熟悉的那些家庭和那里的学校，去看看我学校里的那些孩子现在是怎样在生活。于是我就去了。

乔茜已经死了，她的白发苍苍的母亲只是很简单地对我说："自你走后，我们遭到了许多不幸。"我很担心吉姆。生于父母皆有教养的家庭而且有一个可作后盾的社会地位，我想他很可能已经变成了一个冒险的商人或者西点军校的学生。但他仍然待在老家，因为不安于生活已变得非常暴戾；一个名叫杜海姆的农人，有一次说他偷了他家的麦子，结果这疯狂的傻小子拿起石头就追着打，弄得那老头子只得骑马逃跑，才躲脱了这场灾难。别人告诉吉姆赶快逃跑，但他不肯，到下午警察就来了。乔茜因为这件事很伤心；笨拙、高大的约翰就只得每天步行九英里路到勒巴侬监狱的铁栅前去探望他的小弟弟。最后，在一个漆黑的夜里，他们两人一道回来了。母亲给他们预备了一餐晚饭，乔茜把自己的全部积蓄都拿了出来，他们两兄弟就偷偷逃走了。这以后，乔茜身体越来越瘦，而且越来越沉默，工作却比以前干得更多。沉静的老父亲已经慢慢不能爬那些陡峭的山路，加上男孩子们都已离开，在那山谷里也没什么事可做了，于是乔茜帮着他们卖掉了这份老产业，一家搬到离镇较近的地方去住。做木工的哥哥丹尼斯盖了一座有六个房间的新房子，乔茜到纳什维尔去干了一年苦工，带回来九十块钱，才购置了一些家具，把它又弄得勉强像一个家。

接着，春天来了，在百鸟开始鸣叫、新涨的河水开始汹涌地向前奔流的时候，她的情窦初开的大胆而冒失的小妹妹丽莎，被人引诱，带回家来一个无名无姓的孩子。乔茜只打了一个寒战，接着就仍去忙她的工作，学校时期的幻想已经全部破灭，满脸憔悴劳累的病容——但她仍然工作着，一直到一个夏天，她的另一个妹妹和别人结了婚；于是乔茜像个受伤的孩子一样爬到她母亲的怀里睡下——从此长眠了。

我走进山谷，停下步来细嗅那从山谷里吹来的微风的气息。劳伦斯家已经不见了——父子都已经与世长辞——留下另一个儿子懒散地掘着那点土地勉强过活。一个我没见过的年轻寡妇把他们的木房租给了胖子罗班。罗班现在已变成了浸礼会的传教士，但他的木房子虽然有三个房间，我怕他是比从前更懒了；小艾娜已长成了一个胖妇人，正在山边炎热的玉米地里耕耘。

家里是一大群小娃娃,还有一个迟钝的小女孩。山谷那边有一所过去没有的房子,到那里一看,我从前的一个女学生,贝尔德·道维尔大叔的女儿,正摇着一个摇篮,而且肚子里还怀着一个孩子。新的生活的负担使她似乎显得有些疲惫,但很快她就振作起精神来向我夸耀她整洁的木房子,谈起她的很会节省的丈夫、家里的牛和马,以及他们正计划要买下的一块土地。

我的那所木头学校已经没有了。在这里出现了"进步";而"进步"在我看来大概总是丑陋的。从那不成形的基石上,我还可以看出我原来那座木房的旧址,离此不远,在六块似乎压得喘不过气来的圆石上,立着一座样子很神气的木板房,大约有三十英尺①长,二十英尺宽,有三个窗子和一道锁着的门。窗玻璃有些已经破碎,屋檐下面,一个残缺的旧铁炉凄凉地躺在那里。我怀着几分敬意从窗口望进去,发现里面许多东西对我都很熟悉。黑板好像比过去长大了两英尺,但座位还是没有靠背。我听说,这学校现在已属县里所有了,每年固定有一个开学的季节。当我坐在泉水边望着这旧的和新的一切的时候,我感到非常高兴,非常高兴,可是——

痛饮了两次清泉以后,我又向前走去。我看到那座盖在广场一角的有厢房的大木头房子。我记起了原来住在那里的那个破败的、阴惨惨的家庭。那个身强力壮、神色严峻、披着一头乱发的母亲的脸,在我眼前出现了。她已经赶走了她的丈夫,当我还在那里教书的时候,就有一个高大的、神情愉快的陌生人住在她家,引起了很多闲话。我断定生于这样一个家庭的班恩和梯尔蒂是绝不会有什么好结果的。然而,这个世界的确是一个奇怪的世界;因为,据说,班恩在史密斯县置下了田庄,"还混得很不错",而且直到去年冬天,到小梯尔蒂和一个爱她

---

① 1英尺约为0.3米。——编者注

的人结婚的时候,他一直照顾着她。这孩子可真经过了一段艰苦的日子,为求一饱而劳苦地工作着,又因为自己老实,驼背,常被人当作笑柄。那会儿还有个山姆·卡侬,一个老奸巨猾的悭吝鬼,他对"黑奴"永远有他一套固定的看法,他把班恩雇到他家替他干了一个夏天的活儿,最后却想一个工钱都不给。那孩子饿极了,马上把他所有的口袋都拿着,大白天里就跑到卡侬的谷仓里去装粮食;等那个吝啬鬼来打他的时候,这个盛怒的孩子像一头野兽一样向他扑去。那时候,多亏柏克大夫才免除了一场人命案和一次迫害黑人的私刑。

这件事又使我想到了柏克家的那些人,我迫不及待地想知道他家的那场战斗究竟是谁赢了,是道克还是那七十五英亩地。因为要想赤手空拳置下一份田产,哪怕花上十五年的时间,也是不容易的。于是我匆忙地向前走,心里想着柏克家的情况。他们家的人一向带着一种宏博的山野气息,这一点是我非常喜欢的。他们从不显得庸俗或邪恶,只是粗野一些,原始一些,而他们不守礼俗的行为也只限于放声大笑,见人拍背,在屋角里打瞌睡而已。我加快脚步匆忙地走过尼尔家那些私生子的住房。那所房子现在已无人居住,他们弟兄现在都已成人,成了又胖又懒的雇农。我看到了希克曼的家,但歪肩膀的艾伯特已经离开了人世。最后,我走到了柏克的田庄上,从门口望进去,里面很零乱,但仍是从前的旧篱笆围着过去的老庄园,除了左边的情况已经改变,那里又新添了二十五英亩地。而且看哪!原来在空地上的那座木房子现在已爬到山上去,而且已扩大成为已半完工的、拥有六个房间的村舍了。

柏克家现在已共有一百英亩地,但他们仍欠着债。说实在话,那个面容憔悴、日夜劳苦的父亲要是一天不欠债,他是一天难得痛快的,这事对他已成了习惯。但总有一天他要歇下的,因为他魁伟的身躯已经显出了衰弱的迹象。母亲现在穿上鞋了,但她从前那种母狮一样的雄姿已不复存在。孩子们都已长大成人。罗伯完全像他父亲，以粗野狂放的声音大笑着。贝尔迪，从前在我学校里念书的时候才六岁，现在已变成一个美丽的少女，身材很高，肤色微褐。"艾迪格出门去了，"母亲半低着头说，"出门到纳什维尔做工去了；他跟他爸爸合不来。"

第二天早晨，我在那里教书时出生的小道克，同我一道骑马沿着小河边的小道送我到农人道维尔家去。那时那条小道正在和它旁边的小河争权，而小河已占了上风。我们骑着马噼噼啪啪地在水里走着，那个高兴的孩子蹲在我的背后，有说有笑。他告诉我哪里是西门·汤普生新买下的房屋和一小块地；但他的女儿拉娜，那个行动迟缓的棕皮肤的胖姑娘，却并不住在那里。她已嫁到二十英里外一个田庄上去了。我们就这样沿着河，弯来弯去地向下游走着，最后我们来到了一道我完全不认识的大门前面，那孩子却坚持说这就是贝尔德大叔的田庄。地里到处都是长得非常茂盛的庄稼。当我们骑着马穿过那个小山谷的时候，山谷里有一种令人不安的寂静，因为死亡和婚姻已经偷走了青壮年，这里留下的只有老人和孩子了。那天晚上，一天的活儿忙完以后，我们就一直坐着谈话。贝尔德大叔苍老了一些，他的眼力已经渐渐不济，但他仍然显得很愉快。我们谈到那块新买的地——共一百二十五英亩——谈到添盖的客房，谈到马莎的结婚。接着我们更谈到死亡：方妮和弗瑞德已经死了；他们的另一个女儿满怀悲伤，等她心情稍好的时候，他们将送她到纳什维尔去上学。最后我们又谈到邻居的一些情况，到夜深的时候，贝尔德大叔告诉我，泰妮如何在一个像这一样的漆黑的夜里，为了逃避她丈夫的毒打，跌跌撞撞地跑回这边她自己的家里来。第二天早晨，她就死在娘家了。她娘家的房子，是她那个罗圈腿的小弟弟辛苦地工作和积蓄，买来给他们的寡母住的。

我的这一趟旅行已经结束,留在我后面的是高山和低谷,是生和死。谁能说出在那里,在那黑脸的乔茜长眠的地方,究竟有了多少进步呢?要有多少满胸满怀的悲伤才能抵得上一斗麦子的价值呢?生活对于被视为低下的人是何等艰苦,然而又何等不悖人情、何等真实啊!而所有这一切,生和爱,斗争和失败,又究竟是夜幕来临时的暮色还是天将破晓时的曙光呢?

我就这样悲哀地沉思着,坐上了开往纳什维尔的黑人隔离车。

五

亚塔兰塔①的翅膀

> 哦，亚特兰大的黑汉子！
> 　但这话只说了一半；
> 那套着奴隶和奴隶主的锁链，
> 　现在都一起被挣断；
> 不同种族的共同的灾祸，
> 　使两方面都一直伏地喘息；
> 现在他们站起来了——全站起来了——
> 　黑人和白人一起。
>
> ——惠梯尔（Whittier）

在北部的南边，也是在南部的北边，静躺着那百山之城；她从阴森惨淡的过去，窥伺着充满希望的未来。早晨，当黎明

---

① 亚塔兰塔（Atalanta），希腊神话中的女猎神。据说她反对结婚，但后为她的堂兄希波墨涅斯用金苹果所诱。亚塔兰塔这个名字，与美国佐治亚州的亚特兰大（Atlanta）字音相近。

初现的红光使她睁开惺忪睡眼的时候,我曾见到她,沉默而忧悒地躺在佐治亚的红色土地上;接着,蓝烟开始在她的许多烟囱上缭绕,叮当的铃声和刺耳的汽笛声打破了那里的沉寂,忙碌生活的喧嚣先是缓慢地增高,继而越扩越大,一直到这熙熙攘攘的城市简直变成了这沉睡中的大地上的一个怪物。

从前,据说亚特兰大城也懒洋洋地躺在阿利根尼山麓沉睡过,直到战争的铁的洗礼,用它腥臭的圣水把她惊醒过来,才使她烦恼万分地去听海的呼啸。大海向群山喊叫,群山也向大海呼号,直到这个城市像一个寡妇一样,站起来,脱掉身上的丧服,开始去为一天的面包操劳;持续地操劳,机智地操劳——也许带着几分悲痛,也许有意作几分宣扬——却是带着真实的热情,流着真正的血汗。

这样一种人的生活是多么艰苦啊!常被不真实的幻梦像鬼一样纠缠着;梦幻地看到一个帝国衰落下去变成一片败壁残垣的废墟;感觉到被征服的痛苦,同时又知道某些应该存在的东西,随着在那黑暗的一天被全部消灭的邪恶也同时被毁,某些按照公正的法律绝不应处死的人也同时被害;并且知道,随着真理的胜利,某些错误的、某些下贱卑鄙的、某些远非最公正和最好的东西,也将得到胜利。所有这些都给人一种说不出的痛苦;因为这个,许多人,许多城市和民族都变得非常忧郁,在那里沉思,茫然地等待着。

但那些性格更坚强一些的人,并不这样。亚特兰大的人们就始终坚决地注视着未来;在那里他们看到了一片遥远的金紫色的富丽景象:——亚特兰大,棉花王国的女王;亚特兰大,通向旭日之邦的门户;亚特兰大,这新生的命运女神,这给整个世界纺出经纬线的纺织女。于是这座城市在她那百山之上盖满各种工厂,用精巧的手工艺品充实她的商店,铺出极长的铁路去迎接那劳碌奔忙的贸易之神的到来。于是全国都谈论着她所进行的奋斗。

也许亚特兰大城并不是依据出生在寂寥的波奥提亚的那个长着双翼的姑娘命名的；你知道那个故事——高大、狂野、身体强壮的亚塔兰塔，如何决心只肯嫁给比她跑得快的男人；狡猾的希波墨涅斯又如何把三个金苹果抛在她将跑过的路上。她像一阵风似的跑着，遇到第一个苹果的时候，她微微一惊，停了一下，但等他刚要伸出手来抓她的时候，她又跑了；第二个苹果又使她犹豫徘徊了一阵，但她仍然溜脱了他紧抱着她的手，跑过了河流、高山和低谷；可是当她在第三个苹果前面停住的时候，他的双臂抱住了她的腰肢，彼此四目相对，爱的烈火立刻就使他们玷污了爱神的圣殿，因而受到了诅咒。如果亚特兰大城不是根据亚塔兰塔命名的，那应该说是一个错误。

亚塔兰塔并非第一个或最后一个因贪爱黄金而玷污爱的神庙的姑娘；而且这也不限于女人，在生活的竞争中，男人也会从年轻时远大丰富的理想，降而把自己毕生的精力供献给交易所的赌经；而且在我们全国的各项工作中，工作的信条不是始终为工资的信条所玷污吗？这情况已太普遍，因而半数的人都认为这是正常的；它既已这样被人深信不疑，我们简直几乎已不敢再问，这竞赛的目的是否并非黄金，人生的目的是否并不只是发财致富。如果这是美国的过失，那么在这片新的土地和新的城市面前潜伏着多么可怕的危险啊，这为黄金折腰的亚特兰大，说不定将发现那黄金正是可诅咒的灾祸！

这种艰苦的竞争并非由一个小姑娘的无聊幻想开始的；南北战争后躺在这座城市的脚下的简直是一片可怕的荒野——封建势力，贫穷，第三等级的兴起，奴隶制度，法律和秩序的重新建立，而在这一切之上和在这一切之间，更挂起了种族歧视的帷幕。对于一个已倦于奔波的人，这是多么艰难的一段旅程！亚塔兰塔需要有多么强健的双翼才能飞越这里的河谷和山峦，穿过这险恶的森林和污浊的流水，穿过这被日光烤焦的红色的荒野！亚塔兰塔又需要用多大的速度才能逃脱黄金的诱惑而不致玷污圣殿！

在我们祖先的时代，那圣殿上的神是非常少的——有人表示瞧不起地说："实在太少了。"那时只有新英格兰的善于理财的贸易之神，北部的财富之神，西部的农业之神；当然还有南部几乎已被遗忘的太阳神，那个姑娘就是在太阳神的庇护下赛跑的——但在跑的时候，她简直像波奥提亚人忘掉爱神一样，忘记了他。她忘记了那位南部绅士的古老的理想——那保存在新世界中的贵胄、骑士和贵族的风雅神态和高贵品德的遗风；在忘掉他的短处的同时也忘掉了他的廉洁，在忘掉他的鲁莽的同时也忘掉了他的仁爱，因而她竟在几个金苹果的前面——在一些更忙碌、更尖刻、更善于理财、更漠视道德观念的人的前面拜倒下去。金色的苹果确实是很美丽的——我还记得在不知礼法的儿时，闪着红光和金光的果园诱着我翻墙爬树的情景——同时，那把种植园主打下宝座的商人也并非卑鄙可厌的暴发户。工作和财富，是抬高这一片古老的新地的强有力的杠杆；勤俭、苦干和积蓄，是通向新希望、新发展的大道；但我们必须发出一声警告，不要让狡猾的希波墨涅斯诱使亚塔兰塔相信那金苹果就是赛跑的目的，而并非在半途中可能偶然遇到的一件东西。

亚特兰大城绝不应该诱使整个南部以物质繁荣的梦作为成功与否的试金石；这种观念的毒害力量已经开始在蔓延了；它已经逐渐在用鄙俗的孜孜求利的人替换南部原有的比较高雅的人；它已经在用空虚的排场和无谓的吹嘘去掩埋南部生活中原有的真实的美。不管哪一种社会罪恶，都曾以财富这个万应灵药去医治——用财富去清除奴隶的封建制的残余；用财富去提拔第三等级的"穷白人";用财富去雇用黑种农奴,而为了更多的财富就得强迫他们做工;财富是政治活动的工具和目的,是法律和秩序的合法的制订者;最后,在公立学校中,财富竟代替了真、善、美,变成了教育的理想。

这种情况不仅在亚特兰大所代表的这个世界中存在,它已经在威胁着要扩展到这个世界之外和之下的另一个世界——那帷幕外的黑人世界里去了。在今天,黑人究竟有些什么思想,什么理想,什么愿望,对亚特兰大和对南部都同样无关紧要。在这片国土上的心灵生活中,黑人在今天,当然还会在今后很长一段时间中,不会被人想到,他差不多已经完全被人遗忘;然而,当他有一天开始为自己思想,要实现自己的愿望并有所作为的时候——任何人也别梦想永不会有那一天——他所扮演的将不是一个能够在极短时间内学会一切的人,而只是一个生活在自己种族的幼年时代、按照别人教给他的言辞和思想牙牙学语的人。今天他为实现自我而进行奋斗的热潮,对于白人世界的斗争来说,正像是大轮子中的一个小轮子:在帷幕的那一面,有着小一些然而又完全相同的理想问题,领导和被领导问题,农奴制问题,贫困问题,秩序和从属关系问题,以及通过这一切体现出来的种族帷幕问题。很少人了解这些问题,也很少了解这些问题的人去注意这些问题;然而它们存在着,在等待研究者、艺术家和观光者——这是一片等待着有一天被这些人发现的土地。希波墨涅斯的诱惑已经渗透进去;在这个小世界中,通过金元来了解世界的习惯已渐渐形成,而这个世界,不管结果是好是坏,总有时间接、有时直接地在影响着更大的世界。代表黑人意见的旧的领导者们,在各个已具有社会意识的黑人小圈子里,正在被新的领导者所替代;不管是黑人教士或黑人教师,都已不再像二十年前一样能起领导作用了。他们的地位已逐渐被自耕农、菜园老板、收入优厚的码头工人、工匠和商人——那些有产业和有钱的人所占据。而所有这些变化,这些非常奇怪地和另一个世界完全相似的变化,在思想意识方面也引起了同样不可避免的改变。在今天,南部悲叹着某种黑人——过去的那些无比朴实、谦而不卑的忠诚恭顺的奴隶——已慢慢不见了。他的消失,正和旧式的南部绅士的逐渐消失一样,是必然的,而且其原因也没有什么两样——美好而遥远的自由理想忽然变成了争夺面包的冷酷现实,并且因此已把面包奉若神明。

在黑人世界中,有一个时期,教士和教师的确代表着黑人的理想——要为建立另一个世界、另一个更合理的世界而进行斗争,要实现伸张正义的模糊的梦想,要打破知识之谜;但今天的危险是,这些带着纯朴的美和给人以怪诞的灵感的理想,将会忽然堕落为现金问题,堕落为追求黄金的贪欲。这里站着这个黑皮肤的年轻的亚塔兰塔,她已结束停当,准备开始这不可避免的赛跑;如果她仍像往日那样眼睛望着山顶和天空,我们当然还能希望看见一次高贵的竞赛;但如果有一个残酷的或者狡猾的或者甚至冒失的希波墨涅斯放几个金苹果在她面前呢?如果黑人民族因被诱惑,离开了伸张正义的斗争和对知识的热爱,而竟认为金元是生命的全部意义和终极目的呢?如果美洲的拜金主义因再生的南部渐渐抬头的拜金主义而增强,而南部的这种拜金主义又得到它的数百万半醒的黑人刚萌芽的拜金主义的支持,那又会是什么样的一种结果呢?新世界所追求的真、善、美,现在已向着什么地方渐渐消失了?难道这个,还有那尽管今天被无知后辈嘲笑,然而确是从我们先辈的血泊中生长出来的鲜艳的自由之花,都将化为卑下的对黄金的追求——化为希波墨涅斯的无节制的淫欲吗?

亚特兰塔的百山之上,也并非全部盖着工厂。在其中之一,靠西边的一座山上，有三座建筑，每当夕阳西下时，便在蓝色的天空上显出鲜明的轮廓。这批建筑的美在于它们的形式简单的和谐：一片绿草如茵的广阔的草坪，夹杂着玫瑰和桃花，从红色的街道直伸到山坡上去；南边和北边，是两座朴素庄严的大厅；在中间，是一座半为常春藤所掩盖的较大的建筑，雄伟而雅致，装饰非常简单，顶上是一个不很高的尖塔。这是一排令人感到悠闲的建筑物——没有人会感到有什么不足的地方；一切全在这里，一切全清清楚楚，明明白白。我就住在这里，在这里我每天可以听到安闲生活发出的低吟。冬日黄昏，当太阳闪着红光的时候，我可以看到黑皮肤的人群听到晚钟的召唤，从两个大厅中间走过。早上，太阳射出金色的光芒，清脆的晨钟更从大厅里和街道上，从下面那忙乱的城市里，唤来了三百颗充满欢笑和热情的心——全是黑脸浓发的孩子——用他们清晰娇嫩的声音合唱着早祷的赞美诗。然后，他们分别聚集在五六个教室里——这里在跟着唱狄多①的情歌，倾听神圣的特洛亚的故事；那里是到星星中去漫游，到许许多多民族和国家中去游历——还有其他一些为求了解这个奇怪的世界的陈旧古老的做法。没有任何新的东西，没有任何节省时间的措施——只是用一些亘古以来即被采用的方法在发掘真理，探求隐蔽在生活中的美，学习生活的知识。生命之谜在古埃及的法老当权的时代便是大学的课程，柏拉图坐在丛林里面讲过它，它更是中世纪大学中的三学科和四学科②的主要内容，而今天在亚特兰大大学中，它也被放在自由黑人的子弟们面前了。而这种课程是永远不会改变的；教它的方法将会越来越灵巧，越来越有效；它的内容，由于学者的努力和善于观察的人的远见，会越来越

---

① 传说中的迦太基女王及建国者。
② 西方中古大学的三学科包括文法、逻辑和修辞，四学科包括算术、几何、天文和音乐。

丰富；但一所真正的大学将永远只有一个目标——不是学着寻找面包，而是去了解那靠面包维持的生命的目的和意义。

这些在黑人眼前浮现的幻象，并没有什么卑贱的或自私的成分。在牛津大学或莱比锡大学，在耶鲁大学或哥伦比亚大学中，绝不会看到比这里更高的志向，或更坚决的进取心；为所有的人，包括黑人和白人，实现生活的广阔的发展，追求较好及最好的一切，亲自来宣扬为世界献身的福音等等的决心，乃是他们的谈话和梦想的主题。这里，在这到处是社会等级和禁令的无边沙漠中，在这由一种深刻的种族仇恨所产生的种种令人心痛的歧视、打击和狂妄的行为中，只存在着这一个苍翠的绿洲，在这里，烈火一样的愤怒会顿时消散，失望的痛苦会得到巴那索斯①的清风和流泉的安抚；在这里，一个人可以躺下来静听，慢慢了解一个远比过去更充实的未来，并听到时间的呼声：

付之阙如，安之若素。②

他们有他们的错误，那些在战争的烟雾没有完全消散以前建立费斯克大学、哈佛大学和亚特兰大大学的人们；他们有他们的错误，但他们的错误并不是近来我们可以说对之百般讥笑的那些东西。他们希望在大学中建立一种新的教育制度，这一点他们是完全对的：实在说，除了在最广最深的知识上，我们还能在哪里找到知识的基础呢？一棵树的生命来源是它的根，而不是它的叶；有史以来，从柏拉图的学园直到剑桥大学，幼稚园的启蒙教材一直是建立在大学文化这个广阔的基石上的。

---

① 希腊中部的一座山峰，一般用作文学艺术的象征。
② 原文为德语，出自歌德诗剧《浮士德》第一部第四场《书斋》。——编者注

但是这些建校人的错误是,他们过分看轻了这个问题的严重性;认为这是几年、几十年就可以完成的工作;并因而草率地打下一个基础就匆促地建校,放低学识的标准,甚至随随便便在南部某些地方建立了那么十来个设备极差的高中,就妄称之为大学。他们,正像现在他们的继承者一样,忘记了人的智力各不相同这一条原则:没有想到在近百万的年轻黑人中,有些适宜于读书,有些适宜于耕耘;有些具有做一个大学生的才智和能力,有些具有做铁匠的才智和能力;真正的教育的意义既不是使所有的人都变成大学生,也不是使所有的人都变成手艺匠,而是使这一个人成为一个未受教育的民族的文化使者,而使另一个人成为农奴中的自由工人。要设法使一个铁匠变成一个学者,和现代的要使一个学者变为一个铁匠的计划,几乎同样愚蠢可笑;几乎是,但并非完全是。

大学的功能绝不是只教人谋生之道,或者专为公立学校训练教师,或者仅仅作为上流社会的中心;最重要的,它必须是一个在现实生活和日益增长的生活知识之间起着完美的调节作用的机构,这种调节是文明赖以形成的根源。今天的南部最迫切需要的正是这种教育机构。她有宗教,严肃的、执迷的宗教:——这宗教不论在帷幕内还是在帷幕外全都删除了十诫中的第六、第七和第八诫[①],而另外作了十来条补充。她也有,正如我们在亚特兰大所能见到的,日益增多的财富和对劳动的爱,但她缺乏人类世界已知的关于人生和人的行为的广阔知识,使她无法以此为依据去了解她在今天的现实生活中所遇到的成千的问题。南部现在需要的是知识和文化——不是像南北战争前

[①] 十诫是基督教中的十大教条,第六、第七、第八诫是:不可杀人,不可奸淫,不可偷盗。

那样经过精选的一星半点,而是多得让她应接不暇,应有尽有;在她得到这个以前,即使把赫斯珀洛斯①女儿们的苹果全部给她,尽管那些苹果全是金的,而且嵌着宝石,也不能使她免于被波奥提亚的情人们所诱骗的灾祸。

未来的南部的大学,正是亚塔兰塔的翅膀。只有它能够带走那姑娘,使她不受黄金果的诱惑。它也不会带领她迅速地远离棉花和黄金;因为——啊,有心计的希波墨涅斯!——在人生的道路上不是到处都有这种苹果吗?但那翅膀将带领她在那些东西的顶上和远方飞翔,让她仍保有她的未被玷污的贞洁,去向真理、自由和人类之爱的圣殿朝拜。早先的南部在教育人这一方面的错误真是令人可悲,她瞧不起群众教育,给各大学的经费又少得可怜。她的古老的大学的基础在奴隶制污浊的呼吸中已逐渐颓败、消失;而且直到战后,在那社会动乱和商业的唯利是图的污秽空气中,它虽曾极力挣扎也仍属无效,因为批评力量的死亡和真正有教养的人的缺乏,已扼杀了它的生机。如果这就是白人的南部的需要和危险,那么新得到自由的人的子孙们的危险和需要又更是何等严重!他们是多么迫切地需要广阔的理想和真正的文化,需要使灵魂抛开卑下的目的和无聊的感情!让我们来建立南部的大学吧——威廉玛丽大学,三一学院、佐治亚大学、得克萨斯大学、杜兰大学、范德比尔特大学等等——以及其他一些有必要建立的学校;也让我们来建立黑人的大学:——费斯克大学,它的基础一向是广阔的;还有居于全国中心的霍华德大学;还有在亚特兰大的亚特兰大大学,它对学术的理想曾经使许多人为之神往。为什么不能在这里,或者在别的什么地方,建立起一些有坚固基础的、可以永远作为生活和学问中心的大学,让它们每年送出几个具有广泛的文

---

① 希腊神话中的夜神的女儿,金果园的守卫者。

化教养、宽大的容忍精神以及训练有素的白人和黑人到南部的生活中去，和其他的人彼此携手合作，使这种种族之间的争吵得以高尚而体面地平息呢？

耐心，谦恭，礼貌和高雅的风趣，公立小学和幼儿园，工业和技术学校，文学和宽容——这一切都来自知识和文化，都是大学的产物。个人和国家都应该这样来建立，既没有别的路，也不能倒过来做。

教工人做工——这话说得很聪明；对德国男孩和美国女孩来说是这样；对黑人青年来说更是这样，因为他们更缺少工作的知识，又没有人去教他们。教能思想的人思想——在观念混乱、缺乏逻辑的今天，这是一种迫切需要的知识；而那些过着最艰苦的生活的人，就更必须受到最严密的训练，以使他们知道如何去正确地思想。如果事情是这样，那么，谁还要问对于某一个人或某六七个人或六千万人什么是最好的教育，那该是多么愚蠢！我们应该教他们从事商业，还是应该让他们在发挥自由思想的艺术方面受到训练呢？两者都不要而又同时都要：教工人做工，教能思想的人思想；让木匠做木匠，哲学家做哲学家，笨蛋做傻瓜。但事情到此还不能结束。我们并不是去教育单个的孤立的人，而是教育一群在一起生活的人——不，是一群人中间的一群。我们的教育最后教出来的人，必须既不是一个心理学家，也不是一个砖瓦匠，而是一个人。但要树人，我们就需要广阔的、纯洁的、能启示人生目的的理想——而不是弄钱的方法，不是金苹果。工人必须为创造的光荣而工作，不是单纯为利；思想家必须为寻求真理而思想，不是为名。要得到这一切只能依靠人的愿望和努力；依靠无止境的训练和教育；依靠把权力建立在正义的基础上，把真理建立在不受限制地探求真理的基础上；依靠在大学的基础上建立公立小学，在公立小学的基础上建立工业学校；就这样建成一个体系，而不是一个假象，以期达到生产而不是流产的目的。

当黑夜降临到这百山之城的时候，一股从海上刮来的风低语着向西方吹去。昏昏欲睡的工厂上的黑烟，听着风的指挥，像一袭棺衣一样飘过去掩盖了那巨大的城市，而在大学那边，无数繁星却在石楼的上空闪耀。他们说，那边那灰色的烟雾就是为金苹果所诱而停滞不前的亚塔兰塔身上的衣衫。快逃呀，我的姑娘，快逃呀，那边希波墨涅斯已经追来了！

六
黑人的教育问题

假如灵魂可以摆脱躯壳，
  赤裸裸地在太空翱翔，
他却要依附那残废而污浊的肉体，
  那岂不可耻、岂不肮脏？

——莪默·伽亚谟（Omar Khayyam）

　　自从第一艘载运奴隶的船看到詹姆斯顿的方塔以来，曾经有过许许多多的思潮，其中有三股从那闪着微光的激流中流到了我们这个时代：一股是从我们这里和海外的广大世界涌起来的，这股思潮说，人类在文化领域中的越来越多的要求，需要人们广泛合作才能予以满足。这样就可以产生一种新的人类的团结，使全世界各部分越来越靠拢，使一切的人，无论是黑种

人、黄种人①、白种人，都团结起来。广大的人类力求在有活力的民族与沉睡的民族的这种互相接触中摸到一种世界上的新生命的脉搏，大家都呼唤着："假如这种'活力'与'睡眠'相接触就是死亡，那这种'活力'也未必太可笑了。"当然，在这种思想后面，还潜伏着一种附带的想法，认为必须使用强力和支配——也就是说，在那些棕色的混血人对珠子和红色花布已不感兴趣的时候，迫使他们进一步苦干。

从那死亡的船只和弯曲的河流奔流下来的第二股思潮，是早先的南部的思潮——也就是那种真诚而热烈的信念，认为上帝在人与牲畜之间，还造出了一种"中间物"，把它叫做黑人——这是一种粗鲁单纯的动物，在它的智能限度内有时候甚至还显得有几分可爱，但它绝对是命中注定了要在那道"帷幕"以内活动的。当然，在这种思想后面还潜伏着一种附带的想法——那就是，这些中间物当中，有一部分时运较好的，也许可以变成人，而我们纯然为了自卫，却不敢让它们变成人；于是我们便在它们周围砌起很高的墙，还在它们与光明之间挂起一道很宽的帷幕，使他们永远休想冲出这个范围。

最后还有第三种更阴暗的思潮缓缓地流下来——这就是那些中间物本身的想法；这些经过白人同化的黑人发出一种混乱的、半似无意识的低沉呼声，喊道："解放啊，自由啊，机会啊——自夸的世界，请你赐给我们做人的生存机会吧！"当然，在这种思想后面也潜伏着一种附带的想法——万一归根到底，人家说得不错，我们的确是比人低一等，那又该怎么办？假如我们内心疯狂的冲动都错了，只是一种假象引起的幻觉，那又该怎么办？

---

① "黄种人"是始于18世纪中后期的欧洲种族主义观念，在今日学界和主流媒体上，"黄种人""蒙古人种"这样的词已基本消失。——编者注

所以我们现在是处在几种思潮之中：一种是人类团结一致的思想，具有这种思想的人认为，即便采取征服和奴役的手段，也应该使人类团结一致；另一种是把黑人当作劣等民族的思想，具有这种思想的人认为，即便用欺诈的手段，也要使黑人保持劣等民族的地位；还有一种是那些连自己都不知道是否有权要求自由的人在黑夜里发出要求自由的呼声。现在就是叫我们在这么几种思想混淆不清的情况下来解决教育黑人适应生活的问题。

这种混乱的思想情况是很稀奇的，无论对聪明人或是浅学者，都具有吸引力；在这种思想情况背后，存在着隐隐约约的危机，在我们的路上投下了奇怪而可怕的阴影。我们分明知道，全世界到荒漠和旷野中去寻求的东西，我们在自己的门口就能找到——那就是一批适合于半热带的壮健的劳动力；如果对时代精神的呼声充耳不闻，我们不肯利用和教育这些人，那就有遭到贫穷和损失的危险。反过来说，如果我们受那些野蛮的附带想法的支配，对这个被我们抓在鹰爪里的种族加以凌辱，在将来也和在过去一样自私自利地吸着他们的血液和脑汁，那我们怎么能免于整个国家的堕落？只有教育给予人们的那种比较健全的为自己打算的心理，才能在纷纭复杂的事业中承认一切人的权利。

我们固然可以大声疾呼地反对南部的种族偏见，但现在这仍是一个严重的事实。人类的心灵中这类奇怪的偏执观念是存在的，我们必须以清醒的头脑加以考虑。这种思想是不能靠嘲笑使它消灭的，猛烈的攻击也不一定能见效，用立法的程序也不容易把它铲除。然而我们对这种思想究竟不能听其自然，助长它的声势。我们必须承认这是事实，不过是令人不愉快的事实；我们要知道这是破坏文明、宗教和一般体统的东西。只有一种方法可以对付这种不良的思想——那就是扩大人类的理智，普及高尚的情操和文化教育。同样，那些受屈辱的人虽然是黑种的、落后的、粗鄙的，但他们的自然愿望和要求却绝不可忽视。把他们的狂野而不健全的、缺乏教养的心灵刺激起来，固然是非常冒险的玩火行为；可是，对他们的努力奋斗随意加以嘲笑，那也会在我们眼前引起野蛮的罪行和可耻的醉生梦死的生活。唯有在思想上予以诱导，并对他们的行为予以灵活的调整，才是既崇高而又合乎人道的途径。

所以大家在谈到调和这三种互相矛盾的主要思潮的问题时，便众口一词地提出了"教育"这个万灵药方：实行对人的适当教养，使所有的人的劳动可以得到最妥善的利用，而又不采取奴役和虐待的手段；这种教养将使我们胸有成竹，对那些保卫社会的意见予以鼓励，而去扑灭那些野蛮地堵住我们的耳朵、不让我们听见那道帐幕内被囚禁的人们的哀号和戴着镣铐的人们的怒吼的偏见。

不过，当我们笼统地说"教育"可以解开这个结的时候，我们说的岂不是一句老生常谈吗？生活的训练可以教人以生活的方法；但是什么样的教育才能使黑人和白人在一起过有益的生活呢？一百五十年前，我们的工作也许会显得容易一些。当时约翰生（Johnson）博士温和地对我们说，教育的唯一功用在于美化生活，对于一般的贱类是毫无用处的。今天我们已经攀登了高峰，在这种水平上，我们至少要把知识的外院向一切的人开放，把它的宝库对许多人展览，还要选择少数人，把真理的秘密给他们揭露出来，选择的标准不是完全按出身高下，也不是按证券市场的行情涨落，而是按照人们的智力与志愿和他们的天才与品德，至少要部分地这样做才行。然而南部地区是受奴隶制度灾祸最重的，我们在那里要对付两种落后的人，在这样一个地区实行教育计划，实在是叫人大伤脑筋的事情。我们在这里要使人类教育工作中的长远部分与暂时部分——理想部分与实用部分——结合起来,形成一个可行的平衡体系,那是一件需要经过无数实验和屡次失败的事情;在南部一向是这样,在任何时代、任何地方也必然是这样。

自从南北战争以来,我们可以大约指出南部教育工作的四个不同的时期。从战争结束到一八七六年,是没有把握的摸索时期和临时救济时期。当时有军队办的学校、教会办的学校、自由民局办的学校,混杂在一起,力求成为一个系统,彼此合作。然后是十年建设性的明确的努力,希望在南部建立完整的学校系统。这个时期设立了一些师范学校和师范专科学院,培养自由黑人当教师,给公立学校补充师资。战时曾有一种难免的趋势,人们都过于低估白种主人的偏见和奴隶的无知,现在大家似乎都脱离那只风暴摧毁的破船了。同时,在这个时期,南部的工业革命开始了,特别是从一八八五年到一八九五年,它得到了发展。这片土地隐隐约约地看见了一个新的命运的降临和一些新的理想的激荡。教育制度想要力求完整,遭到了一些新的障碍,工作范围越来越广、越来越深。黑人的高等学校是匆促创立的,设备太不完善,分布得太不合理,功效和质量各有不同;师范学校和中学所做的事情比小学强不了多少,而小学又只教育应该入学的儿童的三分之一,而且每每是教得很坏。同时南部的白人由于突然变换了他们对奴隶制的观念,种族偏见反而更加坚定、更加强烈了,这种情绪又形成严酷的法律和更严酷的风俗习惯;穷苦的白人拼命挣扎,经常威胁着自由黑人的生活,几乎要从这些遭着严重困难的自由黑人的儿女嘴里抢掉他们的面包和黄油。此外,在黑人的教育这个较大的问题中,又发生了更实际的工作问题;一个从奴隶地位过渡到自由的民族,无可避免地会陷入经济的困境,特别是那些在仇恨和偏见、非法行为和无情的竞争中改变地位的人,更是如此。

这十年中,工业学校引起了人们的注意,但是充分地受到重视却是在一八九五年以后的十年中的事情；这种学校是人们提出来解决教育和经济的双重危机的方案，而且是一个非常聪明和及时的方案。几乎所有的学校都是从头起就对工艺教育相当注意，但是现在这种教育才开始提高到一种新的水平，使它与南部规模宏大的工业发展有了直接的联系，而且使黑人懂得它具有一种重要的意义：要进入知识的庙堂，首先必须推开劳动的大门。

然而大门毕竟只是大门，我们如果把眼光从黑人问题中的临时性和偶然性这方面，转移到美国的黑人长久的教养和文明这个较为广泛的问题上，在大家对于物质进步具有高度热情的时候，我们就应该询问，究竟工业学校是不是教育黑人的根本方案和能够充分解决问题的方案呢？我们还可以温和而诚恳地问一问：生活的意义是否超出饮食之上，人的身体是否比衣服更有价值？这原是各个时代常常发生的问题。今天人们更迫切地提出这个问题，是因为近来的教育运动中有一些不祥的征兆。现在有一种趋势，把人当作一个国家的物质资源看待，只从将来的利润着眼，予以教养；这种趋势是由奴隶制度产生的，现代的疯狂的帝国主义又助长了它，使它更加鲜明有力。种族偏见使黑白混血儿和黑人停留在原来的地位，它使那些在苦难中挣扎的人丧失志向，心中产生病态，不论这种情况严重到什么程度，总之我们要把它视为上面所说的那种理论的有力帮手。特别重要的是我们天天都听到一种论调，认为只有白人才享受着特权，他们所受的教育才应该是鼓励人立志、使人确立最崇高理想、以文化和品德为追求的目标、而不只是挣饭吃的教育，但对于黑人，这样的教育是危险的事情，而且是荒谬的妄想。

人们对从前在教育方面帮助黑人的企图特别提出了批评。在我前面提到过的四个时期里，我们首先看到的是无限的、没有计划的热情和牺牲；然后是为大规模的公立学校制度准备教师；然后是在越来越多的困难中推行和扩大那种学校体系；最后是为新兴的、日益发展的工业训练工人。这种教育发展的过程受到了尖锐的讥讽，据说这是反常的、不合理的事情，是完全违反自然的做法。人家告诉我们说，第一步应该对黑人施行工业和技能的训练，使他们能够工作，然后让他们在简易的学校里学会读书写字，最后在若干年后，再按照智力和财力的要求，由中学和师范学校完成他们的全部教育。

如此合理的一种完善的教育制度在历史上是不可能的，这一点无须多加思索，就可以证明。人类许多事情的进展每每是由前面拖而不是从后面推所造成的，杰出的人才向前猛进，慢慢地、煞费苦心地帮助那些比较迟钝的弟兄提高到他那个有利的地位。因此在免费小学普及以前几世纪，就先有了大学，出色的哈佛大学成了我们的荒野中第一朵花，那并不是偶然的。在南部也是这样：战争结束时，大批的自由民都缺乏现代工人所必备的知识。他们必须首先有免费小学，教他们读书、写字和计算；他们必须有较高级的学校给免费小学培养教师。那些踊跃地到南部去的白人教师就是要去建立这种免费小学的体系。很少人想到创办高等学校；大多数人起初还不免要讥笑这种打算。但是他们也像以后的人们一样，面临着南部那种突出的荒谬现象——黑白人种在社会上的隔离状态。那时候的情况好像火山爆发似的，黑人与白人之间的一切关系都突然断绝了，无论在工作中、在政府里、在家庭生活中都是一样。从那以后，在经济和政治事务方面，双方的关系渐渐有了一些新的调整——这种调整是微妙的、难于捉摸的，但是非常机巧，种族界限上那道可怕的鸿沟依然存在，谁要是越过这道鸿沟，就要冒着危险。所以当时和现在，南部始终有两个互相隔离的世界；不仅是在社交的较高领域里隔离着，还在教堂和学校里、在火车和电车上、在旅馆和剧院里、在街道和城区里、在书籍和报纸上、在收容所和监狱里、在医院和墓地里，到处都隔离着。在大规模的经济和团体的合作中，双方原有充分的接触，但是彼此的隔绝又非常彻底，以致这两个种族之间，目前绝对不可能由一方面采取同情的、有效的集体训练的方法，帮助和领导另一方面，而美国的黑人和一切落后的民族为了实际的进步，原是需要获得这种帮助和领导的。

一八六八年，传教士们看出了这种情况；如果说在免费小学的制度没有实现以前，开办有效的工业和技术学校是行不通的，那么，要想开办完备的免费小学，当然也非等有了教师去教这种小学的时候不可。南部的白人不肯教这种学校；北方的白人教师又找不到这么多。黑人如果要读书，就必须自己当教师；帮助黑人的最有效的办法就是开办学校，培养黑人教师。每个研究当时的情况的人，慢慢地、却是很有把握地得到了这个结论，后来终于在许多相隔很远的地区同时出现了许多学校，为那些没有受过教育的黑人供给教师；大家进行这项工作，并不曾事先磋商过，也没有通盘的计划。尽管批评的人们讥笑这种做法的明显的缺点，它的具体成绩却是一个有力的回答：在三十年内，这些学校给南部供给了三万名黑人教师；它们扫除了这个地区的黑人当中大多数的文盲，使塔斯克基工科大学有了成立的可能。

这种较高级的训练师资的学校自然足以促进广泛的发展：起初它们不过是一些免费小学和初级中学，后来才有一部分成了高级中学。一九〇〇年终于有三十四所学校设有一年以上的大学课程。这种发展过程在各个学校里速度是不一致的：汉普顿至今还是个高级中学，费斯克大学却在一八七一年就开办了大学课程，斯佩尔曼神学院是一八九六年成立的。所有的学校都抱着同一目的——给予教师和学校领导人以最好的训练，保持初级教育应有的水平；最重要的是，给黑人世界传授足够水平的文化和人生的崇高理想。教师的教师光只受技术师范的教育是不够的；在可能范围内，无论男女，都必须把他们培养成胸怀宽大和有修养的人，让他们到那些不仅不懂文字、也不懂生活的人当中去散播文明的种子。

由此可以看出，南部的教育工作是以较高级的培养师资的学校开始的，这种学校发展免费小学，后来发展工业学校，好像树木长出枝叶一般；同时它们还极力朝着专科和大学教育的方向，往深处生根。不消说，或迟或早，这是一种必然的和必要的发展；但是过去和现在，都有许多人心里存着一个疑问，不知这种自然的发展是否勉强促成，这种较高级的教育工作是否做得过度，或是用不健全的方法进行的。在南部的白人当中，这种心理是普遍而明显的。有一份重要的南部刊物新近在一篇社论中表达了这种意见。

> 给黑人学生传授高级文化的实验是不能令人满意的。虽然有许多学生能够修这种课程，大多数人却只是鹦鹉学舌般地学习，教什么就学什么，似乎并不能把他们所受的教育的真理和意义加以运用，毕业之后，对前途既没有切实的目标，也得不到高尚的职业。事实证明，全部的计划都是浪费了时间和精力，浪费了国家的钱财。

许多抱着公平态度的人都承认这种说法是太过极端、指责过度，但是毫无疑问，现在仍然有许多人在问：是否有足够数量的黑人准备受高等教育，来保证这种教育事业的发展？是否有太多的学生过早地勉强担负了这种工作？这是否产生了不良的效果，使年轻的黑人对他们的环境不满意？这些毕业生在实际生活中是否获得了成功？这类自然的问题是不能回避的，但是另一方面，我们这个国家对于黑人的才能本来就抱着怀疑态度，因此也就不应该轻易对这些问题作不利的回答，必须仔细调查研究，认真了解情况才行。我们千万不要忘记，大多数的美国人回答关于黑人的问题，总是很主观的；如果本着人类应有的礼貌，我们至少应该听从事实的证据。

拥护黑人的高等教育的人们绝不会否认现行制度有不完善的地方和显著的缺点：企图办高等教育的学校太多，有许多学校的工作做得不彻底，有时候只求数量的发展，而不求质量的提高。但是这一切毛病，全国各地的高等教育都有；这种情况几乎是教育发展过程中不可避免的，这并没有接触到黑人受高等教育的合法要求这一根本的问题。关于黑人是否应该受高等教育这个问题，只有一个办法可以解决——那就是直接调查事实。有些学校虽然叫做专科学校，实际上毕业的学生所学过的课程却并不比新英格兰的中学课程高；我们如果不考虑这种学校，只看其余那三十四所学校的情况，那就可以提出下面这几个问题，加以仔细考察，借此澄清许多误解：这些学校是哪一种学校？它们教什么？它们的毕业生是些怎样的人？

首先我们可以说，这种高等学校，包括亚特兰大、费斯克、霍华德、威尔伯福士、克拉弗林、毕得尔和沙乌等等大学和专科学校，都是特别的，几乎是独特的。在我写着的时候，我透过面前沙沙作响、闪耀着阳光的树丛，瞥见一座坟墓上盖着的一块新英格兰的花岗石，那是亚特兰大大学的毕业生放在那里的：

> 纪念我们已故的老师和朋友，表示我们对他的感激；他无私地度过了一生，从事高尚的事业，为的是使他的学生和他们的子子孙孙获得幸福。

这就是新英格兰给脱离了奴隶地位的黑人的赠礼：不是施

舍，而是一个朋友；不是金钱，而是品德。这几百万沸腾的人所需要的不是金钱，而是博爱和同情，是流着热血的、跳动的心，过去是这样，现在还是这样——这种赠礼今天只有他们自己的种族和亲人才能送给群众，而当初却曾经由那些圣洁的人在六十年代的伟大运动中带给他们所爱护的子弟，那是美国历史上最高尚的东西，也是少有的几种不曾被卑鄙的贪欲和无价值的虚荣心所玷污的宝贝之一。这些学校的教师不是来使黑人停留在原有的地位，而是要把他们从那种奴隶制度使他们陷入的屈辱地位中挽救出来。他们所创办的学校都是为人服务的社会团体；是脱除了奴隶身份的自由人的最优秀子弟的家，他们在这种大家庭里集合起来，与新英格兰最优良的传统取得充满同情的密切接触。他们同住同吃，在一起学习、在一起工作，在微明的曙光中怀着同一希望、期待着美好的前途。他们的课程从实际的形式看来，当然是旧式的，但以教育的作用而论，却是非常出色的，因为那是活跃的心灵的接触。

大约有两千个黑人从这种学校里毕业，获得了学士的学位。有人认为黑人受高等教育的太多了，我们只要看看这个数目，就可以驳倒那种说法。据哈里斯（Harris）专员说，如果计算一下全国受高等教育和中等教育的黑人学生与黑人人口的比例，黑人学生在黑人中的平均数要赶上全国学生在全国人口中的平均数，"还要增加到现在的平均数的五倍才行"。

五十年前，要想证明有相当数目的黑人学生能够学会现代大学课程，那也许是困难的。今天却有事实证明了这一点：已经有四百个黑人在哈佛、耶鲁、欧柏林和其他七十所著名的大学获得了学士学位，其中有许多是成绩优异的高材生。那么，我们将近有二千五百个黑人大学毕业生，关于他们的情况，不免有人要提出一个严格的问题：他们所受的教育在实际生活中究竟适用到什么程度？要想搜集令人满意的材料来证明这一点，自然是非常困难的，难于与那些毕业生取得联系，难于获得可靠的证明，也难于以大家公认的成功标准来衡量那种证明是否正确。一九〇〇年，亚特兰大大学举行的一次会议曾经研究过这些毕业生的情况，公布了研究的结果。他们首先设法知道这些毕业生在干什么事，结果从活着的将近三分之二的人当中得到了答复。这种直接的证明几乎全部用他们毕业的大学所提供的报告核对过，所以那些报告基本上是可信的。这些毕业生之中，百分之五十三当了教师——他们担任着中学和师范学校的校长、城市学校系统的主管人，以及诸如此类的职务。百分之十七当了传教士；另外有百分之十七是自由职业者，主要是医生。百分之六以上是商人、农民、技师，百分之四在政府机关服务。即便假定那没有消息的三分之一当中，有相当多的人是没有成就的，我们所看到的成绩也还是很可观的。这些大学毕业生，我本人就认识好几百个，和我通过信的有一千人以上；我靠别人的协助，详细了解了许多人的终身事业；他们当中有一部分是我的学生，他们教过的学生也有一部分是我的学生，并且我还在他们建立的家庭里住过，按照他们的眼光观察过生活。我把这些人当成一类，与我在新英格兰和欧洲的同学们比较一下，我就敢于毫不犹豫地说，我无论在什么地方遇到的男男女女，再没有胜过那些受过大学教育的黑人的了；他们具有乐于助人的宽大的胸怀，非常忠于他们的终身事业，具有百折不挠的决心，能够克服严重的困难，获得成功，这一切都没有别人赶得上。当然，他们当中也有一部分不中用的人，有一些迂腐的空谈家和书呆子，但是那只占其中的极少数。我们平常一见到大学生，自然而然地就会联想到他们有一种特别斯文的派头，而这些黑人大学毕业生没有这一套；我们忘记了事实上那是有文化的人家的传统，刚摆脱奴隶地位的一代人尽管受过最好的教养，总不免有几分令人不快的粗野习气和傻相。

这些人虽然有伟大的理想和深厚的感情，却每每是稳重和谨慎的领袖人物。他们绝不轻易激动，也不会被诱去领导感情冲动的群众，只是在南部的许多社会团体里沉着而忠实地努力工作。他们以教师的身份，给南部创立了一个值得称赞的城市学校的体系，办了许多私立的师范学校和学院。大学毕业的黑人在汉普顿与白人大学毕业生并肩工作；塔斯克基的教师的骨干，几乎从头起就是由费斯克和亚特兰大的毕业生组成的。现在这个学校的各部门，到处都是大学毕业生，从校长的那位能干的夫人一直到那位农业教师，都是这种人才，其中更有几乎一半校务委员和大部分的系主任。在自由职业方面，大学毕业生正在缓慢而沉着地改进黑人教堂的工作，治疗和预防疾病，不让它为祸，并且还在开始给劳苦大众的自由和财产提供法律的保障。这一切都是合乎需要的工作。假如黑人自己不干，谁会替他们做呢？假如黑人没有周密地受过这类教育，他们怎么能做这些事情呢？如果说白人需要高等学校给他们供给教师、传教士、律师和医生，难道黑人就没有这种需要吗？

如果说实际上全国有相当数目的黑人青年，具有合格的品质和才能，可以接受那种以提高文化为目的的高等教育，如果说过去已经受过这种教育的两千五百人基本上证明了他们对于自己的种族和同一代的人是有贡献的，那么问题就来了。黑人的高等学校和受过高等教育的黑人，在南部未来的发展过程中，应该占什么地位呢？南部的文化逐渐提高之后，目前这种社会隔离的现象和强烈的种族歧视心理，终归会因受文化的影响而消灭，这是很明显的。但是这种变化需要运用特殊的智慧和耐心才能实现。如果在这个非常大的脓疮的医疗过程中，两个种族要在一起生活，在经济上共同努力，服从一个共同的政府，彼此的思想感情互相交流，而在人与人之间较深的密切关系上，却有许多方面是微妙地、隐隐地处于隔离状态——如果这种反常的、危险的趋势，要想在和平与安定、互相尊重和日益清醒的情况下取得进步，那就需要施行现代历史上最细致、最高明的社会的外科手术。那需要包括胸怀宽大、正直无私的黑白两种的人共同努力，如果这件事最后取得成功，美国文明就会胜利。就白人方面而论，这个事实现在在南部是受到重视的，大学教育的复兴似乎是一件刻不容缓的事情。但是说来很奇怪，拥护这种有益的事业的呼声，一般还是沉寂的，或是对黑人的高等教育抱着敌对态度的。

说来奇怪！因为黑人如果始终是愚昧而狂暴的无产者，南部就不可能建立巩固的文明，这是毫无问题的。假定我们只使他们成为单纯的劳动者，企图借此挽救这个局面：他们可不是傻子，他们尝过了生命之树的滋味，也就不会停止思索，还是要继续设法揭穿世界的谜。如果你夺去他们最有学识经验的教师和优秀的领导人物，在他们那些比较勇敢和聪明的人才面前关上机会之门，难道你就能使他们满足于他们的命运吗？那你岂不是宁愿把他们的领导权从那些学会了运用头脑的人手中转移到一些没有受过培养的教书匠手中吗？我们不应该忘记，尽管受着穷困的压迫，尽管被朋友们拼命泼冷水，甚至遭到朋友们的嘲笑，黑人青年们对高等教育的要求还是在逐步增长：一八七五至一八八〇年，从北方高等学校毕业的黑人只有二十二个；一八八五至一八九〇年有四十三个；一八九五至一九〇〇年将近有一百个。在这三个时期内，从南部的黑人高等学校毕业的，有一百四十三人、四百一十三人和五百人以上。足见黑人对教育的渴求是很明显的；如果拒绝给予这十分之一有才能的人求知的机会，难道任何头脑清醒的人能够设想他们会轻易地放弃他们的愿望，心甘情愿地当挑水砍柴的工人吗？

不会的。现在南部基本上只是一个威胁黑人的军营，将来财富日益增长，社会组织日益错综复杂，黑人对平等地位的合理要求就会呼声越高，那时候这种情况就不能继续存在了。如果南部要赶上文明的步伐，在这方面耗费一些精力是免不了的。今后这个地区占人口三分之一的黑人在经济和技术方面日益进展，如果不在思想上予以适当的领导，他们就必然会越来越想起血淋淋的过去和屈辱的现状，终归会领会反抗和复仇的道理，用他们新发现的力量去阻挡前进的潮流。即便在今天，黑人群众也非常清楚地看到他们反常的地位和白种人畸形的道德观点。南部的绅士们啊！你们尽管激烈地提出他们的罪状，他们反过来对你们的控诉尽管不合逻辑形式，却含有充分的真理，你们总不能完全抹煞。如果你们觉得他们在这里，使你们感到遗憾，他们就会质问，是谁把我们弄来的呢？如果你们要求取消异族通婚，他们就会回答说，合法的婚姻总比普遍的姘居和卖淫强得多。如果你们愤怒地谴责他们的流氓强奸妇女，他们也会理直气壮、同样愤怒地回答说：你们的绅士们不顾你们自己的法律，奸污无力抵抗的黑人妇女的行为，在两百万混血种的额角上和无法消除的血统里留下了鲜明的痕迹。最后，如果你们把犯罪行为视为这个种族的特点，他们就会回答说，奴隶制是最大的罪行，私刑和违法的暴行是它的孪生子；他们会说，黑人的肤色并不是罪过，然而他们在全国东西南北各地遭到不断的迫害。

我并不认为这些理由是完全正确的——我并不坚持这块盾牌没有另外一面；但是我敢说，在全国九百万黑人之中，很难找到一个人不是从出生以来就天天听到人家把这些道理作为可怕的事实，极力宣扬。我坚决认为未来的问题是如何诱导这几百万人，使他们不想到过去所受的委屈和当前的困难，使他们发挥全部的精力，与白种弟兄高高兴兴地携手合作，为伟大、公平而美满的未来而奋斗。要做到这一步，有一个聪明的办法，那就是把黑人紧密地结合起来，帮助南部工业大规模的发展，这是很有道理的。公立小学、工艺教育和职业学校都有实现这个目标的作用。但是单靠这些还不够。如果我们要建立一座结实的、永久的建筑物，就必须在专科学院和大学里打下深厚的知识基础，这对于黑人同对于其他民族是一样的。社会进步的内在问题终将无可避免地发生——工作与工资问题、家庭与居住问题、道德与对生活中各种事情的正确评价问题；所有这一切和其他与文明有关的不可避免的问题，黑人由于处在被隔绝的地位，基本上必须自行应付、自行解决；除了研究和思考，并借助过去的丰富经验而外，还能有什么解决的办法？人数有这样多，情况又这么严重，如果他们受的教养不够，不会深刻思考问题，那岂不是比教育过度和文化太多更加危险吗？当然我们有充分的才智，能够创办一所师资健全、设备充足的高等学校，在浅学的人与傻子之间稳步前进。我们很难说服黑人，使他们相信，只要他们的肚子饱了，精神食粮就没有什么关系。他们已经隐隐约约地体会到，通过认真的劳动与高尚的人性迂回前进的和平道路，需要有高明的思想家的引导，需要卑微无知的黑人与受过文化教育的熏陶因而解放了思想的黑人之间的亲密团结。

所以黑人高等学校的任务是很清楚的：它必须保持民众教育的水平，必须寻求改善黑人的社会地位的途径，必须协助解决种族接触和合作的各项问题。还有比这一切更重要的，它必须培养人。我们必须发展较为高尚的个性，这种个性是那些文化上的领导人物所保卫的；独立的人类心灵力求认识自己和周围的世界，追求自我发展的自由，要自行决定爱憎、从事劳动，不受新旧习俗的约束——对于这样的心灵，必须有一种较高的尊重才行。具有这种心灵的人从前曾经诱导过世界前进，现在我们如果不被那些冒牌学者完全迷惑住了，这种有理想的人今后还是会起领导作用的。黑人的渴望必须受到尊重：他们的丰富而深厚的经验、他们的内心生活的无穷宝藏、他们所熟悉的改造自然的新奇方法，都可以使世人获得新的观点，使他们的爱、他们的生活和他们的行为成为人类心灵中宝贵的东西。在今天这个考验他们的心灵的年代，对于他们自己说来，能有机会在一片烟尘之上翱翔在蔚蓝的天空，这是对他们那高洁的心灵的赠礼和酬劳，足以弥补他们因为是黑人而在社会上所受的损失。

　　我与莎士比亚并肩而坐，他并不退缩。在微笑的男人和欢迎的妇女在金碧辉煌的大厅里从容走动的时候，我越过种族界限，与巴尔扎克和大仲马携手而行。我从壮健的大地与天上的繁星之间悬着的黄昏的岩洞里出来，召唤亚里士多德和奥勒留，以及我所愿意接近的所有人，他们都很谦和地过来，并没有轻视也没有优越感的表情。所以我与真理结合了，在那道帷幕之上栖身。美国的骑士啊，你们就是不愿意让我们过这种生活吗？难道你们希望把这样的生活变成佐治亚那种阴沉的、血淋淋的人间地狱吗？你们是在提心吊胆，唯恐我们在腓力斯丁人和亚玛力人之间登上这座高耸的毗斯迦山①，眺望应许之地吗？

---

① 《圣经》上记载的以色列人出埃及后的暂时居住之地，据说摩西临终时在此看见了迦南乐土。

七

黑人地带

耶路撒冷的众女子啊，我虽然黑，却是秀美，
如同基达的帐篷，好像所罗门的幔子。
不要因日头把我晒黑了，
就轻看我：
我同母的弟兄向我发怒；
他们使我看守葡萄园，
我自己的葡萄园却没有看守。

——《雅歌》

火车隆隆地驶出北方,我们醒来,看见佐治亚的深红色土壤光秃秃的,寂寞单调地往左右伸展出去。沿路有一些七零八落、样子难看的村落和一些很瘦的人悠闲地在车站附近游荡;接着又是一望无际的松树和泥土。然而我们既没瞌睡,也没讨厌这景色;因为这是富有历史意义的地方。约莫三百六十年以前,赫南多·德·索托①就曾率领了他们一班人马,在这一带转来转去,寻找黄金和大海;他和他那群脚上起泡的俘虏,钻进西边那一片阴森森的树林,就不见了。还有亚特兰大,那百山之城,也坐落在这里,它那繁华的生活里既带西部色彩,也带南部色彩,但也不失它自己的本色。亚特兰大的这一边原是切诺基人②的土地,由此往西南,离山姆·霍斯③钉死在十字架上的地方不远,便是今天黑人问题的中心——是那继承了美洲的奴隶制度和奴隶贸易阴暗遗产的九百万美国人居住的中心。

佐治亚不仅是我们黑人在地理上的集中点,而且其他许多方面的黑人问题,不管昨天的也好,今天的也好,也似乎都集中在这一州。在联邦的任何其他一州,都没法在市民中间找出一百万黑人来——这个数目等于一八〇〇年整个联邦的奴隶人口;任何其他一州也都没有为了聚集这一大堆非洲人作过那种长时期的、不屈不挠的努力。奥格尔索普④曾经认为奴隶制度是违反法律和福音书的;然而第一次往佐治亚移民时候的客观环境,却不允许另找一些对甜酒和奴隶有太高尚想法的公民。尽管有管理当局禁止,这些佐治亚人跟他们的某些后裔一样,还是把法律掌握在自己手里;加上法官是那么容易让步,营私舞

---

① 赫南多·德·索托(Hernando de Soto,1499?—1542),西班牙探险家。
② 北美印第安人的一族。
③ 山姆·霍斯(Sam Hose),19世纪末在佐治亚州被白人诬陷处死的黑人,在他被烧死的时候,有上千的白人在旁围睹。
④ 奥格尔索普(James Oglethorpe,1696—1785),美国军人,在美国被称为佐治亚州的建立者。

弊是那么明目张胆，怀特菲尔德①的祷告又是那么热忱，结果到了十八世纪中叶，所有的限制都已一扫而光，奴隶贸易盛行了五十年以上。

在几年前发生过戴力格尔暴动的达里安地方，那些苏格兰高地人曾对奴隶制度提出过强烈的抗议；而埃比尼泽的摩拉维亚人也不喜欢这个制度。但是在杜桑起义所造成的海地恐怖之前，奴隶贸易甚至不曾受到过压抑；就是一八〇八年所订的法律，也不足以终止这种贩卖人口的勾当。非洲黑人像潮水一样涌进来！——一七九〇年至一八一〇年之间来了五万人，在以后的好些年内，从弗吉尼亚和走私的奴隶贩子那里，每年平均要输入两千人。这样，佐治亚州一七九〇年的三万黑人，在十年内增加了一倍——在一八一〇年达到了十万以上，一八二〇年达到了二十万人，南北战争时期达到了五十万人。佐治亚的黑种人口就像蛇一样，蜿蜒上升。

可是我们必须迅速前进。在亚特兰大附近，我们经过了切诺基人的古国——那个英勇的印第安民族，曾为自己的祖国进行长时期奋斗，直到命运和美国政府把他们赶到密西西比河以西。你要是愿意跟我一起旅行，就必须坐到"黑人隔离车"里来。这儿不会有人反对——里面已经另外有四个白人，还有一个白种小女孩和她的保姆。这儿乘客的种族往往是混杂的；可是白人车厢里乘的全是白人。当然，这节车厢不及白人车厢那么好，不过也相当干净舒服。不舒服的只是那边四个黑人的心——还有我的心。

我们继续隆隆地一路向南进发。北佐治亚光秃的红土和松树开始消失，继之出现的是一片平坦的肥土，富饶多产，某些

---

① 怀特菲尔德（George Whitefield，1714—1770），英国传教士，1738年到佐治亚传教。——编者注

地方还耕得很整齐。这是克里克族印第安人的国土；佐治亚人为了夺取这片土地，曾付出不小的代价。市镇开始越来越多，也越来越有趣，到处都有新建的棉纱厂。从梅肯往下，世界就越来越阴暗；因为我们现在已经靠近"黑人地带"——那是一片笼罩着阴影的奇怪土地，过去连奴隶都要谈虎色变，现在也只有含糊的、依稀可闻的喃喃声传到外面的世界来。这里的"黑人隔离车"车厢比较大，也好一点儿了；三个干粗活的长工和两三个白种流浪汉跟我们在一起，那个卖报的孩子仍旧把他的货品陈列在车厢的一头。夕阳已经西沉，可是在到达奥尔巴尼之前，一路上我们还看得清这个广袤产棉区里的景色——有的地方土壤肥沃，呈深黑色，有的地方土地贫瘠，呈灰白色，此外还可以看见各种果树和快要坍倒的建筑物。

到了位于"黑人地带"的心脏的奥尔巴尼，我们下了车。在亚特兰大以南二百英里，大西洋以西二百英里，墨西哥湾以北一百英里，是道尔梯县，这里有一万黑人和两千白人。弗林特河从安德森维尔蜿蜒而下，突然转向县政府所在地奥尔巴尼，然后急急地汇入查塔胡奇河和大海。安德鲁·杰克逊[①]对弗林特河很熟悉，曾经率领军队渡河为印第安人在敏斯要塞的大屠杀复仇。那是一八一四年的事，就在新奥尔良战役之前不久；后来那次战役结束，签订了克里克条约，整个道尔梯县和许多其他富饶的土地就都割让给佐治亚州了。然而移民还是不敢到这片土地上来，因为这里到处都是印第安人，而在那个时候，印第安人并不是和睦的邻居。杰克逊遗留给范·布伦的一八三七年大恐慌，使得那些种植园主离开弗吉尼亚、南北卡罗来纳和东佐治亚的瘠地，往西进发。印第安人这时已经迁居到印第安

---

① 安德鲁·杰克逊（Andrew Jackson, 1767—1845），美国军人，曾任美国第七任总统。

人区域，所以移民都蜂拥而至，到这些为大家所渴求的土地上来恢复他们败落的家业。在奥尔巴尼周围一百英里方圆之内，到处是大片的富饶土地，有繁茂的松树林、橡树林、桦树林、胡桃树林和白杨树林；这里阳光炎热，土地潮湿，全是沼泽地的肥沃黑土；整个棉花王国的基石就安放在这儿。

今天的奥尔巴尼是个平静的南部市镇，有宽阔的街道，广大的商店和酒吧间营业区，两侧是一排排的住宅——通常都是白人的住宅在北边，黑人的住宅在南边。一个星期里有六天，这个市镇看起来显然太小，经常昏睡不醒。可是到了星期六，全县的人都向这地方拥来，黑人贫农在街上川流不息，挤满了店铺，阻塞了人行道，妨害了交通，把整个市镇都霸占住了。他们都是皮肤黝黑、身体健壮、外貌粗野的乡下人，性情温和，为人朴实，在某种程度上说很爱讲话，然而跟莱因-法尔兹州或者那不勒斯或者克拉科夫的人群比较起来，要安静得多、有思想得多。他们喝的威士忌不少，但绝不到烂醉的程度；他们偶尔也大声说笑，但很少吵架斗殴。他们在街上走来走去，和朋友们见面聊天，瞧瞧商店的橱窗，买点咖啡、廉价糖果和衣服，到了黄昏就乘车回家——快乐吗？哦不，算不上快乐，可是比不来总要快乐得多。

所以奥尔巴尼是个地道的首府——一个典型的南部县城，一万人生活的中心；它是他们和外面世界的接触点，是他们打听新闻和找人聊天的中心，是他们做买卖和借贷银钱的市场，也是他们的正义和法律的源泉。过去有一个时候，我们只熟悉乡间的生活，对城市生活一无所知，因此把城市生活描绘成一个拥挤不堪的乡区。现在全世界的人都快要忘记什么是乡村了，因此我们不得不想象一个很小的城市，里面的黑人居民分散在三百平方英里的凄凉土地上，每户都相隔很远，周围只有棉花和玉米，只有一大片一大片的沙土和阴暗的土壤，既没有火车，也没有电车来往。

在南佐治亚，七月的天气已经十分炎热——一种好像与太阳无关的强烈的闷热；因此我们过了好几天才振作起足够的勇气离开廊子，壮着胆子出去到漫长的乡间路上走走，以便见识一下这个陌生的世界。我们终于出发了。时间约莫在早晨十点钟，天气晴朗，和风吹拂，我们在弗林特河流域悠闲地缓步往南走去。我们经过疏疏落落的几座砖厂工人居住的像箱子一样的小屋，又经过长长一排人们戏称为"方舟"的公寓房子，不久就到了旷野，也就是昔日的大种植园的区域。这儿有"乔·菲尔兹庄园"；他是个辣手的老家伙，过去曾杀过不少的"黑鬼"。他的种植园方圆十二英里——真正算得上一块男爵领地。现在这块地差不多全都不属于原主了；只有零零碎碎的几小块归他的家属所有，其余的都已落到犹太人和黑人手里。就连那几小块剩下的土地也都高价抵押了出去，它们像其他的土地一样，都是由佃农耕种的。这里就有一个这样的佃农——一个高大的棕色皮肤的人，会干活也会喝酒，不识字，然而精通农务，只要看一眼那片迎风点头的庄稼就知道了。这座新得刺眼的木板屋就是他的，他刚从那边那座长满苔藓的单间小屋里搬出来。

在小路尽头，班顿家的窗帘旁边有一张深色皮肤的清秀的脸瞪着陌生人；因为这里不是每天都有马车路过的。班顿是个能干的黄种人，家里人口很多，管理着一个受战争破坏的种植园和守寡的女主人所雇用的那批残缺不全的人员。如果他不是经常到奥尔巴尼大吃大喝，挥霍得太厉害，他本来可能富裕的，他们说。从土壤中冒出来的那种半荒芜的气氛好像笼罩着所有这些田地。过去这儿用过轧花机和其他的机器，但现在都已锈烂了。

整片土地都显得荒凉寂寞。这儿有雪尔顿家、帕洛特家和兰逊家的大种植园的遗址；种植园的主人们早已不知去向。房屋有的只剩些败壁残垣，有的已经完全不见踪影；围篱已经不翼而飞，而家里的人如今也已沦落在世界各地。这些往昔的主人已经遭到了奇异的变迁。那边是皮尔达德·里瑟的大片土地，他在战争时期死去了，他的一步高升的总管就急急地和新寡夫人结了婚。随后他走了，他的邻居们也走了，现在只剩下黑人佃农住在那块土地上；可是主人的侄孙或堂弟或债权人的阴森可怖的手从远方伸过来，冷酷无情地收取高额地租，因此这些土地都没人照料，十分贫瘠。只有黑人佃农能够忍受这种制度，他们之所以能够忍受，是因为他们必须忍受。我们今天乘车走了十英里路，还没看见过一张白人的脸。

一种无法压制的抑郁情绪慢慢地涌上我们心头，尽管阳光是那么艳丽，绿色的棉田是那么悦目。原来这就是棉花王国——一场美梦的阴影。可是国王在哪里呢？也许他就是——那个用两匹瘦骡耕种他那八十英亩地、拼命跟债务搏斗的汗流浃背的农民。我们这样坐在车上沉思，后来马车在沙路上拐了个弯，我们眼前突然出现了一幅比较悦目的景象——一所整洁的村屋安然偃卧在路旁，附近还有一个小铺子。一个皮肤呈古铜色的男子看见我们向他打招呼，就从廊子里起身出来，走到我们的马车旁边。他身高六英尺，严肃的脸上露出庄严的笑容。他走起路来腰板挺得那么直，看样子绝不是个佃农——的确，他拥有二百四十英亩土地哩。"从一八五〇年的好日子以来，土地一天不如一天了。"他解释说，而且棉花价钱又那么贱。他家里住着三个黑人佃农，他的小铺子里备有少量的烟草、鼻烟、肥皂和汽水，供应附近的居民。这儿是他的轧花机房，刚安上了新的机器。去年一年轧了三百包棉花。他已经把两个孩子送进了学校。不错，他愁眉不展地说，他过得很好，可是棉花的价钱已经跌到四美分了；我知道债神在虎视眈眈地窥视他。

不管棉花之王在哪里，棉花王国里的花园和宫殿还是没有完全失踪。即使在目前我们也还能到长满橡树和高入云霄的松树的大丛林里去漫游，里面还长着山桃和灌木等乱丛棵子。这就是汤普逊家的"公馆"——像汤普逊这类的奴隶主，在过去的快乐年代里，总是乘坐四马拉的大马车的。现在一切都已化为乌有，只剩下了灰尘和乱草。主人把它的全部财产都投入了五十年代兴起的棉纱工业，在八十年代棉纱大跌价，他就收拾起一切悄悄地溜走了。那边是另外一个丛林，有邋遢的草坪、高大的木兰和荒草没膝的小径。那所"大房子"已经摇摇欲坠，高大的前门空空洞洞地向大街敞着，房子的后部经过一番马马虎虎的修葺，有一个黑人佃农住着。这个佃农是个衣衫褴褛、身材魁梧的黑人，遭遇很是不幸，为人也没有主意。他辛辛苦苦地耕作着，为的只是向那个拥有残余土地的白人姑娘交纳地租。她跟一个警察结了婚，住在萨凡纳。

我们偶尔也上教堂。这儿有个叫作"牧人堂"的教堂，简直像一个粉刷过的大骡厩，搁置在几个石头的高架上，看上去完全像是暂时栖息在这儿的，几乎任何时候都可能摇摇摆摆地走到大路上去。虽然如此，它却是一百多家小屋居民的活动中心；有时候在星期天，就有五百多人从远近各地聚集到这儿来，一起谈笑、吃喝和歌唱。附近有一所学校——一个空气非常流通的空棚屋；有这么个棚屋已经是一种进步，因为按照一般的情形，学生都是在教堂里上课的。教堂的样式多种多样，有木头搭的茅屋，也有像牧人堂这类的骡厩；学校也一样，有的根本什么都没有，有的跟这所端端正正地坐落在县区边界上的小屋一样。这是一座小得可怜的木板屋，也许只有十英尺宽二十英尺长，里面有两排粗糙的、没有刨过的长凳，大部分有凳腿，有少数几条凳支在箱子上。正对着门放着一张自制的方桌。房间的一角堆着一只破烂不堪的炉子，另一个角落里挂着一块不曾漆过的黑板。除了在市镇里以外,这是我在道尔梯看到的最像样的学校了。学校后面有一个两层楼的客栈,还没完全竣工。各种团体常在这儿聚会——一些"照料病人、埋葬死人"的团体;这类团体如雨后春笋,发展得极其迅速。

我们已经来到道尔梯的边区,正预备顺着县区的边界往西去,恰好遇到了一个和蔼可亲的老黑人,年纪七十左右,白发苍苍,他把这一带的景色都指给我们看了。他在这儿已经住了四十五个年头,现在靠着拴在那边的那条公牛的帮助和黑人邻居的帮衬,勉强养活着自己和他的老伴。他把就在县区边界那一边贝克地方的海尔家田庄指给我们看——那家有一个寡妇和两个强壮的儿子,去年一年共收割了十包(在这一带,是用不着加"棉花"两字的)。这儿有篱笆、肥猪和母牛,还有年轻的孟侬,声音柔和,皮肤像天鹅绒一样,他热爱自己的家乡,看见我们这几个陌生人来到,就腼腼腆腆地走上前来招呼我们。随后我们又顺着县区边界往西去。一些树皮已经剥落的大松树高耸在绿色的棉田上,朝着后面那个生气勃勃的森林噼噼啪啪地弹着它们赤裸的、多节的指头。在这一带没有什么自然美景可言,只有一种象征着权力的荒凉气象——也可以说是一种赤裸裸的庄严。所有的房子都是光秃秃的,很是简陋;周围没有吊床,没有安乐椅,也很少有花草。因此,我们一旦来到了这儿的劳登家,看见小小的廊子上爬着葡萄藤,象征着温暖家室的窗子从围篱上向外窥望,我们就不禁长舒了一口气。我想我过去从来不曾清楚地认识到围篱对文明所起的作用。这是一片没有围篱的土地,左右两边蜷缩着百十家丑陋的单间小屋,肮脏不堪,毫无生气。这儿存在着黑人问题——肮脏、赤贫。这儿没有围篱。然而有时候我们也偶尔看到一些交叉的栏干或整齐的栅栏,于是我们就知道文明在望了。当然,像哈利逊·哥哈根——一个沉默寡言的黄种人,年纪很轻,面孔光润,为人勤俭——他当然是百来英亩土地的主人，我们可以指望在他家里看到收拾得干净利落的房间、垫得厚厚的床铺和快乐欢笑的孩子们。因为他不是有美观的围篱吗？还有那边一些人也一样，他们都有围篱，如果这些土地都是地租特别高的，那么他们干吗要筑篱呢？这样只会加重他们的租税负担。

我们继续蜿蜒前进，穿过沙地、松树林和破落的种植园的废墟，直到最后，一簇建筑物映入了我们的眼帘——木头和砖瓦，磨坊和房屋，以及疏疏落落的几座小屋。看样子是个像样的村落。但是，等到我们一走近，景象就改变了：建筑物都已破烂不堪，砖瓦在往下掉，磨坊没有一点声音，铺子紧关着大门。只有那些小屋里还间或显出些懒散的生活迹象。我几乎把这儿幻想成一个着了魔的地方，很想去把那位公主找出来。一个正直、朴实、无所顾忌的老黑人，穿着一身破烂的衣服，把这故事讲给我们听了。一个"北方的巫师"——资本家——在七十年代狂热地赶到这儿，向这片腼腆的黑色土壤求爱。他买下一平方英里以上的土地，于是有一个时期，雇工们的歌声、轧花机的呻唤声和磨坊的嗡嗡声响成一片。但是，好景不长。代理人的儿子盗用了公款，潜逃了。接着代理人自己也不知去向。最后新来的代理人甚至把账簿也偷走了，公司盛怒之下，就歇业停工，封闭房屋，拒绝把这地方出售，让所有的房屋、家具和机器都生锈烂掉。这样，这个华特斯·洛林种植园在"欺诈"的魔法下沉睡起来，静静地偃卧在这儿，好像是对一片疮痍满目的土地提出的可怕指责。

这个种植园终于成了我们旅途的终点；因为我怎么也摆脱不掉这幕寂寥景色给我的影响。我们悄悄地踏上了回市镇的归途，经过挺拔的、像线一样连绵不断的松树，经过一个点缀着树木的黑色池子，那里的空气中充满了浓郁的芳香。白色的麻鹬伸着细腿从我们头上掠过，盛开的深红色花朵衬着绿色和紫色的棉秆，显得分外艳丽。一个农家姑娘在田里劳作，头上包着白布，裸露着黑色的四肢。这一切我们都看在眼里，然而魔咒仍在我们心头作祟。

这是一片多么奇怪的土地——有说不尽的故事，有无数的悲剧和喜剧，有无限丰富的人生遗产；笼罩着过去悲惨历史的阴影，但也闪耀着未来灿烂前途的光芒！这就是佐治亚的"黑人地带"。道尔梯县在"黑人地带"的西边尽头，人们过去曾管它叫"南部同盟中的埃及"。这是个富有历史意义的地方。首先，西边有所谓的沼泽，奇克索华基河就从这里澎湃南流。沼泽的边缘有一片旧种植园的暗影，阴森而凄凉。接着是一个水塘；继而是灰色的苔藓、带咸味的水和栖满野禽的森林。有一处森林着火了，吐出暗红色的烈焰，但是谁也不加理睬。接着沼泽地越来越显得美丽；一条由戴着枷锁的黑人囚犯修筑的垫高了的大路一直伸进沼泽，形成一条通路，两面筑有围墙，上面几乎长满了葱绿的树木花草。枝叶茂盛的大树耸立在密密层层的乱丛棵子中间；一个个郁绿的巨影消失在黑魆魆的远处，到后来只见一大片错综复杂的亚热带枝叶，带着那种怪诞的、粗犷的美，确也是一种奇观。有一次我们越过一条静止的黑色溪流，上面的树木似乎带着愁容，爬藤和蔓草也似乎在痛苦地挣扎，它们呈现出一片灿烂的、火焰似的黄色和绿色，看去很像一个大教堂——一座用自然林筑成的绿色米兰大教堂。当我穿越这条溪水的时候，七十年前发生的那幕恐怖的惨剧好像又在我眼前重现了。奥西奥拉（Osceola），那个印第安人和黑人混血酋长，在佛罗里达的沼泽地起义，发誓要报仇。他的呐喊传到了道尔梯的克里克红种人那里，他们的呐喊从查塔胡奇河一直响彻大海。他们冲进了道尔梯，男人、女人和孩子在他们面前奔逃倒下。从那边的树影里，偷偷地溜进来一个皮肤黝黑、身上绘着难看的花纹的武士——他们一个接着一个溜进来，不久就有三百人爬进了那个害人不浅的沼泽。接着周遭的黏土出卖了他们，从东方唤来了白人。他们在大树下面鏖战，烂泥一直没到他们腰际，战到最后，呐喊声平息了，印第安人又悄悄地往南退去。所以无怪乎这里的树林染上了红色。

接着来了黑奴。在这些富饶的沼泽地带，每天可以听到从弗吉尼亚和卡罗来纳来到佐治亚的黑奴脚镣的叮当声。感情麻木的人们的歌声，无母的孤儿的号哭声，以及不幸的人们喃喃的咒骂声，都日日可闻，从弗林特河一直响彻奇克索华基河。这样到了一八六〇年，奴隶王国就在西道尔梯建立起来，其富庶的程度也许是现代世界从未听闻过的。一百五十个领主统率着将近六千个黑人的劳动力，管辖着有九千英亩耕地的农场，甚至在地价最便宜的时候，这些土地也要值三百万美元。每年有两万包轧好的棉花运到新旧英格兰；一班破产的人到了这儿，也都能发财致富，重建家业。在短短的十年内，棉花产量猛增了四倍，土地的价值增加了两倍。这是暴发户的黄金时代，奴隶主都过着挥霍无度的生活。四匹和六匹截尾纯种马拉着大马车往镇上疾驰；广迎宾客和大摆宴席成了当时的风尚。公园和丛林一个个兴修起来，栽满了花草和葡萄，中间耸立着低矮的"大房子"，里边有宽敞的大厅，有廊子和圆柱，有高大的壁炉。

然而这一切也意味着某种卑鄙和强迫——某种高度的不稳定和失策；因为这一切富丽堂皇的外表，不是建筑在痛苦呻吟上的吗？"这地方是个小小的地狱。"一个衣衫褴褛、容貌严肃的黑人对我说。我们当时坐在路旁一家铁匠铺附近，背后就是某个奴隶主家的废墟。"我曾看见黑奴在沟堑里倒下死去，可是他们只是被一脚踢在旁边，工作绝不耽误。在警卫室里，更是血流成河。"

一个建立在这种基础上的王国，当然要及时崩溃倒塌。奴隶主搬到了梅肯和奥古斯塔，只让那些不负责任的总管来管理土地。结果就出现了像这儿劳埃德"公馆"这样的废墟：迎风摇曳的高大橡树，一大片草地，山桃和栗子树，全都显得荒芜凄凉；过去曾经是一座城堡入口的地方，现在只剩下一根孤立的门柱；一个生了锈的旧铁砧静卧在铁匠铺的废墟里，旁边是腐朽的风箱和木柴；一所宽大的、格局散漫的老房子肮脏污黑，过去曾有成群的奴隶在桌旁侍候，现在却住满了他们的子孙；奴隶主的家属只剩了两个孤独的妇女，已经迁居到梅肯，靠着这领地的残余部分混一口饭吃。这样我们驱车前进，经过幽灵出没的门户和支离破碎的家宅——经过曾经繁荣一时的史密斯、甘狄和拉哥尔家农场——看见一切都残破凋零，荒凉满目，虽然个别地方也有那么一个代表过去时代遗迹的白人妇女离群索居，在好几英里地的黑人中间过着豪华的生活，每天乘着古老的马车上镇，但农场的景象也一样凄凉。

这的确是"南部同盟中的埃及"——一个富庶的谷仓，马铃薯、玉米和棉花曾经像潮水般涌出，供应饥饿褴褛的南部同盟的军队，支持他们为那个早在一八六一年以前就已告失败的事业作战。这地方隐蔽而安全，所以成了家族、财富和奴隶的避难所。然而即使在那个时候，对土地的残酷蹂躏所产生的不良后果也已微露端倪。红色的泥沙已经从肥土底下探出头来。对奴隶越是压迫得紧，他们耕作起来也就越是漫不经心，不顾庄稼。随后来了革命战争和黑奴解放，以及南部重建时期的彷徨——现在，"南部同盟中的埃及"成了什么？不管是好是坏，它对国家又起什么作用？

在这片土地上，贫富的对比形成得十分迅速，希望和痛苦奇怪地混杂在一起。这儿坐着一个蓝眼睛的黑白混血姑娘，设法想把她那双赤脚隐藏起来；她结婚才一个星期，她的黑皮肤的年轻丈夫就在那边地里干活，每天只挣三毛钱，不供膳宿，他就靠这点钱供养他的妻子。大路的那一边是盖茨贝，一个身材高大的黑白混血儿,凭着他的聪明才智,成了二千英亩土地的主人。他有一个铁匠铺、一个轧花厂和一家由他的黑种儿子管理的店铺。从这儿往下五英里,有一个市镇完全归一个新英格兰人所有,一切都受他控制。他几乎拥有一个罗得岛县,有几千英亩土地和数以百计的黑人雇工。他们的小屋比一般的像样,他的农场使用机器和肥料,比县里任何一个农场都有气派,虽然农场管理人对工资斤斤计较。现在我们如果离开这儿往上走五英里看看,就可以在市镇边上发现五所妓院——两所黑人妓院,三所白人妓院;两年以前,一个没出息的黑人小伙子在其中一所白人妓院里流连,由于做得太露骨,结果以强奸罪被处绞刑。那座围有粉刷得雪白的高墙的"栅栏"也在这里——人们都管县里的监狱叫"栅栏";据白人说,监狱里经常关满了黑人囚犯;据黑人说,只有带肤色的小伙子才被关进监狱,他们之所以坐牢,并不是因为他们犯了罪,而是州政府需要他们的强迫劳动,来弥补收入的不足。

在道尔梯,这些奴隶主的承继人都是犹太人;我们驱车西去,四围都是辽阔的玉米田和长满桃梨的果园,在这片幽暗的森林区内,我们到处可以看出迦南乐土的象征。我们随时都可以听到关于种种赚钱方法的传说,这些方法都是在变幻莫测的南部重建时期产生的——各式各样的"改良"公司、酒厂、磨坊和工厂;其中极大多数都失败倒闭,由犹太人承继了他们的事业。这是一片美丽的土地,这个道尔梯,位于弗林特河以西。所有的森林都雄伟壮丽,庄严的松树已经不见,这里有的是所谓"奥基森林",盛产胡桃树、榉树、橡树和棕榈树。可是在这片美丽的土地上,却盖着一件债务的尸衣;商人欠批发商的债,种植园主欠商人的债,佃农们欠种植园主的债,而雇工们担负着全部的重压,压得都直不起腰。偶尔也有一些人从这些浑浊的水中探出头来。我们经过一个筑有围篱的牧场,草地上有不少牲畜在吃草，在连绵的玉米田和棉花田中间突然看见这景象，的确十分赏心悦目。偶尔也可以看见一些具有不动产所有权的黑人：这儿有瘦削的、皮肤暗黑的杰克逊，拥有百来英亩土地。"我说过，'往上看！你要是不往上看，就没法爬上去。'"杰克逊像谈哲理似的说。而他的确爬上去了。黑皮肤的卡特尔拥有的那些整洁的骡厩，会给新英格兰带来光荣。他的主人在他创业时帮过他，但是当这个黑人在去年秋天死了以后，主人的后裔立刻对他的产业提出了所有权要求。"那班白人会把它弄到手的。"跟我聊天的那个黄种人说。

我从这些保护得很好的土地上转开身去，心胸很是舒畅，觉得黑人已经在抬头了。话虽如此，我们一路过去，田野开始显得越来越红，树木渐渐消失。一排排的旧的小屋子出现了，里面住满了佃户和雇工——这些屋子极大多数都是光秃秃的，十分肮脏，没有一点生气，虽然偶尔也有几所小屋由于十分古老，外表破旧，反倒使景色平添了美丽。一个年轻的黑人招呼我们。他约莫二十二岁，刚结婚不久。直到去年为止，他的运气都很好，租的地丰收；接着棉花跌价，镇长把他所有的一切都查封拍卖了。于是他只好搬到这儿，而这儿的地租更高，土地更贫瘠，地主更冷酷无情；他租了一头价值四十美元的骡子，一年的租价要二十美元。可怜的孩子！——二十二岁就做了奴隶。这个种植园现在已为一个外国人所有，它乃是有名的巴尔顿庄园的一部分。在南北战争以后，一连好几年都是黑人囚犯在这儿干活——而黑人囚犯在那个时候甚至比现时还要多；这是强迫黑人干活的一种方法，犯罪不犯罪的问题倒在其次。关于这些戴镣铐的自由人所受的残酷虐待，外间已有种种可怕的传说，然而县当局只是充耳不闻，直到后来，由于大规模移民的结果，自由劳动力的市场差不多完全解体了。于是他们把囚犯送出了种植园，但还是等到一部分最富饶的"奥基森林"区已被毁坏，糟蹋成一片红色废土的时候才开始这样做，此后只有北方的美国佬或者外国的移民才能利用这片废土从负债累累的佃农身上榨出更多的血来。

所以难怪那个迟钝、愚蠢、失去信心的路克·布赖克要一步一拖地走到我们的马车旁边，讲着悲观绝望的话。他为什么要奋斗？每年总发现自己的债务越积越多。佐治亚，这个世界闻名的穷苦债务人的避难所，现在竟像英国一样，残酷地将它自己的债务人逼得走投无路，趋于消极，这事说来有多么奇怪！这片可怜的土地为生育时的阵痛而呻吟，每一英亩地出产不了一百磅棉花，而在五十年以前，产量却是现在的八倍。从这么菲薄的收入里，佃农还得付出四分之一到三分之一的地租，还有剩下的那些钱，大部分得付赊欠的食物和日常用品的利息。二十年来，这个鸠形鹄面的老黑人一直在那样的制度下干活，现在呢，他成了个扛活的短工，每星期挣一美元半工钱，靠这来维持他妻子和他自己的生活，而像这样的工钱，一年还只有一部分时间可以挣到。

巴尔顿囚犯农场过去还包括邻近的种植园。囚犯们居住的木头大牢房现在还耸立在那里。它看上去依旧是个阴森森的地方，有一排排丑陋的茅屋，里面住满了没好气的、无知识的佃农。"你们在这儿付多少地租？"我问。"我不知道——你知道是多少，山姆？""我们的全部收入。"山姆回答说。这是个令人沮丧的地方——光秃秃的，没有一点遮荫之处，没有一点和过去时代有关的遗迹，只有人类的强迫苦役的记忆——现在、过去和南北战争以前。我们在整个地区所遇到的黑人，好像都不很快乐。我们通常在种植园黑人身上所看到的那种欢乐的狂放和好开玩笑的脾气，在这儿都很少见到。即使是其中一些最好的人，也都已失去天生的好性子，不是满腹牢骚，就是心怀怨懑，脸色阴沉。有时候，他们那种隐蔽然而炽烈的怒火会爆发出来。

我记得有一次我们在路旁遇见一个红眼睛的大个子黑人。他在农场上干了四十五年活儿，开始时一无所有，到现在还是一无所有，当然，他让他的四个孩子受了公立小学教育，要不是新围篱法允许庄稼地可以不筑围篱，那么他也许已经喂养了一些牲口，有了一些成就。可是按照他目前的情况，他欠了一屁股债，满心失望，怨恨不堪。他拦住了我们，向我们打听一个奥尔巴尼的小伙子，据说那个小伙子由于在人行道上大声说话，被一个警察开枪打死了。后来他慢腾腾地说："让白人来碰我一下，他非死不可；我并不是吹牛——我不向人大声说，也不在我孩子跟前说——可是我说了算数。我曾经看见他们在那边棉花田里鞭打我的父亲和我的老母亲，直打得他们浑身是血；要是……"接着我们又继续前进了。

我们后来遇到的那个在大橡树底下懒洋洋地躺着的西尔斯，却是另外一种脾性。他快乐吗？——嗯，不错；他哈哈笑着，用指头轻轻弹着石子，对世界抱着乐天的看法。他已经干了十二年活，除了一头抵押出去的骡子外，依旧一无所有。有孩子吗？是的，有七个；他们今年都没有上学——买不起书，做不起衣服，再说在工作上也少不了他们。现在就有几个孩子下地工作了——三个大孩子骑在骡背上，一个高大的姑娘光着棕色的大腿在徒步走。这儿是无忧无虑的无知和懒惰，那儿是强烈的痛恨和复仇心——这就是我们在那天所遇到的黑人问题的两种极端，而我们也不知道哪一种更可取。

我们偶尔也遇见一些性格和平常人完全不同的人物。有一个这样的人物从一块新开发的土地上出来，他正绕着弯路躲避毒蛇。他是个颧骨高耸的老头子，棕色的面孔很干瘪，但带着性格的特征。他有一种自发的古怪神气和粗野的幽默，很难用言语形容；他还有一种使人惶惑的玩世不恭的认真态度。"在别处，黑小子们都嫉妒我，"他说，"所以我和我的老伴儿向人要来了这个树林子,我自己亲手把它开发出来。两年内什么都没到手,不过我相信今年可以有收成了。"棉花看上去高大茂盛,我们于是称赞了几句。他低低地鞠了一躬,他的头几乎碰到了地面,脸上露出了那么一种镇定的庄严神气,看去简直有点可疑。随后他接下去说:"我的骡子在上星期死掉了。"——在这种地方,这样的一件祸事简直和城里的一次大火灾同样可怕——"可是一个白人租给了我一头。"接着他看了我们一眼,补上一句:"哦,我跟白人相处得很好。"我们转变了话题。"熊?鹿?"他回答说,"嗯,我想这儿是有的。"接着他就讲起沼泽地上有关打猎的故事来,顺口说了不少漂亮的咒语。我们离开他的时候,他一动不动地站在路中央目送我们,然而似乎心不在焉,视而不见。

惠瑟尔的地方,包括他的一小块土地在内,在战后不久就被英国的一家辛迪加买去——叫做什么"迪克西棉花粮食公司"。那个代理商举止阔绰得出奇,乘六匹马拉的大马车,有大批用人侍候他;因此到后来那家公司无可挽救地破产了。那所旧房子现在已经没有人居住,但是有人每年冬天都要从北方来,征收他的高额地租。我不知道哪一样叫人更伤感——是这类古老的空屋呢,还是奴隶主后裔的家。那些白色的大门后面,隐藏着种种悲惨伤心的故事——关于贫穷、挣扎和失望的故事。像一八六三年那样的革命,是件可怕的事情;有些人早晨起身的时候还是个富翁,往往到了晚上就睡在乞丐的床上了。乞丐和庸俗的投机商起来统治了他们,他们的孩子都已流离失所。瞧那边那所颜色阴暗的房屋,有小屋,有围篱,有欢乐的庄稼。可是屋内并不欢乐;上月那个在努力挣扎的父亲接到了一封信,是他那个挥霍的儿子从城里来要钱的。钱!从哪儿来钱呢?于是那个儿子在晚上起来,杀死了他的婴儿,杀死了他的妻子,自己也用枪自杀了。而世界还是照样存在下去。

我记得有一次我们驱车经过一段弯路,来到了一座美丽的森林旁边,潺潺的流泉之侧。我们迎面看见一所长形的矮房子,有廊子和长长一溜的圆柱,有橡木的大门,有广阔的草坪在夕阳下闪光。但是窗上已经没有玻璃,柱子已经蛀坏,长满苔藓的屋顶已经快要塌了。我有些好奇地从掉了铰链的门边探头往里望去,看见大厅里面的墙上写着"欢迎"两字,过去虽是色泽鲜艳,现在却已模糊不清了。

道尔梯县的西北部跟西南部恰好成鲜明的对照。这里只有清新的橡树林和松树林,没有西南部那种亚热带的茂盛花草。此外,这里象征过去浪漫时代的那种遗迹比较少见,更多的是现代系统化了的夺取土地和牟求利润的象征。这里白人比较常见,农夫和雇佣劳工在某种程度上代替了缺席的地主和付高额地租的佃农。庄稼不像某些肥沃土地上那么苗壮,但也没有西南部常见的那种被疏忽的迹象,有时候也偶尔可以看到一些围篱和牧场。这里大部分的土地都很贫瘠,战前那些奴隶领主对此都不屑正眼一看。后来他们贫穷的亲属和外来的移民占有了这些土地。农夫的收入很少,甚至不足以支付工钱,但他不愿把他的小块土地出售。有一个叫桑福德的黑人,他在拉德逊的农场上当了十四年总管,"所施的肥料的价钱足以买进一个农场",可是主人还是不肯卖掉少数几英亩地。

考利斯工作的那个农场上,有他的两个孩子——一个儿子一个女儿——在地里拼命干活。他面孔光滑,皮肤带棕色,当时正在为他的猪栏筑篱笆。过去他曾拥有一台轧花机,过的日子很不错,但是花籽油托拉斯把轧花的价钱压得那么低,他说他简直连本钱都收不回来。他把路那边一所很神气的老房子指给我们看,说这是"威里斯老爹"的家。我们急急地驱车往那里赶去,因为"威里斯老爹"是个高大有力的黑人摩西,领导黑人有二三十年之久,而且领导得很好。他是个浸礼会的牧师,死的时候,有两千个黑人给他送葬;现在他们每年都要把在他葬礼上的悼词宣讲一次。他的寡妇就住在这儿——一个面容枯槁、粗眉大眼的矮小妇人,我们招呼她的时候,她对我们行了一个古怪的礼。相隔不远,住着杰克·台尔逊,那个全县最富有的黑人农夫。遇见他确是一件乐事——他是个宽肩膀、高个子的漂亮黑人,为人聪明愉快。他拥有六百五十英亩土地,有十一个黑人佃户。他的家干净整洁,有舒适的花园;近旁还有一个小小的铺子。

我们经过孟逊的农场,那儿有个敢作敢为的白人寡妇在出租土地,拼命挣扎;又经过由黑总管经营的、拥地一千一百英亩的塞纳特种植园。这以后,农场的性质就开始改变了。几乎所有的土地都归一些俄国犹太人所有;总管都是白人,小屋都是光秃的木板屋,疏疏落落的这里几所、那里几所。地租非常高,长工和"合同"工到处都是。这儿,人们为了生活,都在拼命地、艰苦地挣扎,很少有人挤得出时间说话。我们车坐久了,十分疲乏,所以车到吉伦斯维尔的时候,心里十分高兴。这儿有一簇安静的农舍耸立在十字路的两边,一家店铺已经关了,另一家由一个黑人牧师经营着。在所有的铁路线还未集中在奥尔巴尼之前,人们曾纷纷传说吉伦斯维尔是个多么繁荣的市镇;现在,这主要已成为过去的记忆。我们乘车沿着大街走去,在那个牧师的铺子门口下车,在门前坐了下来。这儿的景色很难使人在短时期忘掉:一所宽阔、低矮的小房子,上面的屋顶慈爱地往外伸展,将一个舒适的小廊子置于它的庇护之下。我们坐在那儿,喝着凉水,在炎热的阳光下经过长途颠簸后,终于得到了休息——那个爱说话的小个子老板是我的日常伴侣;那个沉默寡言的黑人老太婆坐在那里补裤子,从来不说一句话;那个衣服破烂、束手无策的苦命人刚进来探望牧师;最后还有那个干净利落、有主妇风度的牧师妻子,身体丰满,皮肤带着黄色，为人聪明机灵。"你问有没有地？"那妻子说，"嗯，只有这所房子。"然后她安安静静地说："我们的确在那边买了七百英亩地，付清了钱；可是他们把我们骗了。塞尔斯就是那个卖地的地主。"塞尔斯！"那个褴褛的苦命人应声说，他正靠在栏杆上听着她说话，"他真是个不折不扣的骗子。今年春天我给他干了三十七天活儿，他付给了我一张支票，要到月底才能兑现。可是他一直没把那笔钱付给我——老是向我拖延。后来镇长来了，没收走了我的骡子、粮食和家具。""家具？"我问，"根据法律，家具是不准没收的呀。""嗯，他照样没收了，"那个脸色铁青的汉子说。

八
探寻金羊毛

但那怪物在他的心中说:"到我这磨停止转动的时辰,
一切财富都将变成泥土中的泥土,酒宴变成尘灰!"

"对少数强健的机灵鬼,
我将恶意地广施恩惠;
我将填塞他们无餍的嘴直到把他们的心灵窒息死;
从那些安分的贫贱的人,
我将把一切欢乐都收尽;
让他们为名利的饥渴奔忙,而身体饥渴不止。
让所有人都疯狂,升起阴毒的嫉妒心;
让弟兄的血向死寂空虚的天空呼号他的弟兄。"
　　　　　——威廉·沃恩·穆迪(William Vaughn Moody)

你曾见过收获期临近时那有如一片雪海的棉花地吗？那时，它的金羊毛像一片镶着花边的银色云彩在黑色的土地上飘动，它闪亮的白色的风信，像从卡罗来纳到得克萨斯的白头的海浪，在一片黑色的人海上飘摇。我有时简直有些怀疑，三千年以前那有翼的金羚羊克律索玛洛斯是否把它身上的毛丢在这里，而伊阿宋却带着他的谋士们糊里糊涂地跑到阴森森的东方寻找去了。① 的确，我们也不难完全按照那古老的传说写出一个今天在黑色的海洋上探寻金羊毛的故事来，这样做并非牵强，而且这故事也非常美，里面也可以有巫术、龙牙②、血和军队。

现在这金羊毛已被找到了。不仅找到了，而且已在它的产地被纺织着。因为，纺织机的嗡嗡声是今天新南部最新、最有意义的东西。从卡罗来纳到佐治亚，再往下一直到墨西哥，到处升起了这类可怕的红色建筑，外表光秃秃的，非常难看，但里面是那样热闹繁忙，使人简直没法相信它们属于这呆滞、沉睡的国土。也许它们是从地里的龙牙上生长出来的。所以这棉花王国依然存在；全世界依然在它的霸权下低头。甚至那一度排斥暴发户的市场现在也一个个爬过了海洋，缓慢地、勉强地，但毋庸怀疑地在向黑人地带前进。

当然，也有那些自作聪明的人会摇头晃脑地告诉我们说，棉花王国的资金已经从黑人地带在向白人地带转移了——而今天黑人种植的棉花连全数的一半都不到。这些人忘记了自奴隶制度被消灭以后，棉花的产量已翻了一番，甚至还不止，而且就算承认他们那种说法是对的，在一个比南部同盟希望所寄的棉花王国更大的棉花王国中，黑人仍是最重要的力量。所以在

---

① 希腊神话，菲里克索斯受继母虐待，乘天神所赐的金毛羊逃往东方，在黑海沿岸的科尔喀斯城与王女结婚，将金毛羊永远留在那里。许多年以后英雄伊阿宋曾带了无数勇士，漂洋过海，去夺取这珍贵的金羊毛。
② 英国成语"埋龙牙"即阴谋陷害之意。

今天这巨大的世界工业中，黑人是主要的角色；这一点，不管从问题的本身来谈或从历史意义的角度来看，都使得这棉国的田间工人变成了一个值得研究的问题。

我们从来没有认真、仔细地研究过今天的黑人情况。自以为什么都知道，那是比较容易的事。或者，当脑子里已得到一个结论以后，我们就会不愿意让它再被客观事实搅乱。然而，我们对这数百万人的了解实际上是多么不够——对他们每天的生活和希望，对他们家庭里的欢乐和悲哀，对他们的真正的缺点和他们犯罪行为的意义，了解得又是多么少啊！所有这一切，只有通过和群众的直接接触才能获悉。把生活在不同时代、不同地域、文化教养都有极大差别的几百万人，囫囵吞枣地放到一起来谈，那是不行的。那么，今天，我的读者们，且让我们转向佐治亚的黑人地带，设法来了解一下那边仅一个县里的黑色雇工的情形吧。

这里一八九〇年时共住着一万个黑人和两千个白人。这地方是很富足的，但人民非常贫穷。黑人地带的基本特点是欠债；不是商业上的债务，而是人民大众总是处在入不敷出的境地。这情况原是直接从南部奴隶制度下极尽浪费的经济体系遗留下来的；"黑奴解放"却使它更加恶化，并使它发展到了高潮。一八六〇年，道尔梯县共有六千个奴隶，价值至少是二百五十万美元；土地估计值三百万——这五百五十万美元的产业，它的价值的维持主要靠奴隶制和土地的投机买卖，而那曾经一度肥沃无比的土地由于经营不善和使用过度已变得大不如前了。那场战争可以说带来了经济的崩溃；那在一八六〇年价值五百五十万美元的产业，到一八七〇年就只剩下价值不到二百万美元的土地了。这时候，土地肥沃的得克萨斯更在棉花种植业方面发起了越来越激烈的竞争；于是棉花的正常价格一年比一年下降了，从一八六〇年的每磅一角四分直降到一八九八年的每磅四分钱。这么一个金融革命的结果，使得棉花地带的所有主都负债了。既然主人的情况都如此不妙，雇工们的日子还用问吗？

在奴隶制时期，道尔梯县的种植园一向不如弗吉尼亚的种植园那么威严，那么华贵。园主的宅第一般都比较小而且大多是平房，和奴隶们的木房紧挨在一起。有时这种小木头房子从宅第两边伸出去，好像是它的两翼一样；有些地方小木头房子又是建在宅第的一边，前后两排，或者沿着从种植园的大道通向田地去的小道两旁修建。今天，整个黑人地带雇工们住的小木头房子的式样和结构，和过去奴隶时代仍完全一样。有些雇工还是住着原来的小木房，有些雇工的小木房则是在旧址上重新修建的。所有这些房子分散成一大堆一小堆的，但大致仍以某个破败的大宅第为中心，宅第里住着二地主或他的代理人。这种住宅区总的特色和布置，基本上并没有改变。一八九八年时在这个县里，在奥尔巴尼自治镇外，一共住了一千五百家黑人。在所有这些家中，只有一家占有一所七间房的屋子；只有十四家的住房有五间或五间以上。其余都只住着一间或两间房。

住房的大小和布置当然也表明了居住者的生活情况。如果我们更仔细地去了解一下这些黑人家庭的内幕，我们更会看到许多不能令人满意的地方。在一大片土地上，到处是些单间的小木屋——有的立在大宅第附近，有的面对尘土飞扬的大路，有的阴暗凄凉地躺在一片青绿的棉田中间。它们几乎都非常破旧，四壁就是些粗糙的木板，既没有上过油漆，也没有顶棚。光线和空气就靠着那个独门和墙上的一个装有木窗的方洞供应。没有玻璃，没有门廊，外部当然更没有任何装饰。屋子里面呢，一般有一个黑色的、冒着烟的火炉，大多因为年纪太大，站都站不稳了。一两张床、一个桌子、一个木箱再加上几把椅子，那就是全部家具了。贴上一张戏院的节目单或一张报纸，那就算壁上的装饰。当然偶尔也可以看到一间收拾得非常干净的小木房子，有漂亮的、冒着热气的火炉，有漂亮的门；但绝大部分都又脏又破，满屋子都是有人吃过饭和睡过觉的气味，完全不通风，什么都像，就是不像一个家。

除此之外，所有那些木头房子都拥挤不堪。我们一向差不多只想到城市里的住宅拥挤，这主要是由于我们对农村生活缺乏正确的了解。在这个道尔梯县，我们可以看到八口或十口之家只占据一间到两间房，平均每十间黑人住房里住着二十五个人。在纽约最坏的公寓房子里，每十间房也不超过二十二个人。当然，城市里一间窄小的房间，外面没有院子，在许多方面较之更大的农村单间住屋要糟得多。可是在其他方面，它也有它的优点；它有玻璃窗、有像样的烟囱，还有比较牢固的地板。而黑人农民唯一的优越条件就是他可以把大部分时间消磨在他的蜗居之外，消磨在空旷的田野上。

这样一些可怜的家所以一直还存在着，有四个原因：第一，从奴隶制度产生的由来已久的习惯一直让黑人住着这种房子；白人雇工总会得到较好的照顾，而且以同样的理由，得到较好的工作。第二，黑人已习惯于这种居住条件，他们一般都想不到有更高的要求；他们也不知道什么叫好房子。第三，地主作为一个阶级，还没有认识到用渐进的、合理的方法来提高雇工的生活实际是一种有利可图的投资；一个黑人雇工如果能得到三间住房、五毛一天的工钱，那就比让他一家人愁眉苦脸地挤在一间房里、成天为了三毛钱工作时的工作效率要大得多，产生的利润也要大得多。最后，在这种生活情况下，简直没有什么东西能刺激雇工，使他希望变成一个较富裕的农人。如果他有野心，他就会搬到镇上去住或者试着去干别种苦工；至于使自己成为佃农，他根本不存此种奢望，因此，反正是暂时凑合，不管让他住什么房子他都不会有什么意见。

现在我们明白了那些黑人农民就是生活在这样的家庭中。那些家庭可以说很大，也可以说很小；还有不少人是单独生活的——寡妇、单身汉、拆散了的家庭中剩下的人口等。这种劳动制度和狭窄的住房，两者都起着破坏家庭的作用：成年的男孩出外去做长工或跑到市镇上去生活，女孩也都到外面去找差事；所以在许多家庭里就只是一大堆娃娃，或者是新结婚的夫妇，只有比较少的家里有半大的或已成年的儿女。黑人家庭的平均人数，自南北战争以后，主要由于经济上的压迫，毫无疑问是在日益降低。在俄国，三分之一的新郎和半数以上的新娘都小于二十岁，战前的黑人情况也是如此。但今天，只有很少黑人男孩和不到百分之二十的女孩在二十岁以前结婚。年轻男人结婚的年龄，一般是二十五到三十五，女孩二十到三十。结婚年龄的推迟是由于挣钱养家的困难；而这一点，在乡间地区，无疑会造成性关系上的不道德行为。不过，这种行为倒很少以卖淫的方式出现，不法的性关系也不像一般人想象的那么严重。这种问题倒大多是成家之后由于长期分居或被遗弃造成的。分居的人有千分之三十五——这是个很大的比例。拿这个数字去和离婚的统计相比较，那当然是不公平的，因为许多分居的女人，如果弄清了真相，实际都是寡妇，而另外一些分居的情况只不过是暂时的。但不管怎么，这里的确存在着最大的道德败坏的危险。在这些黑人中，的确很少或甚至可以说没有卖淫活动，而且四分之三以上的家庭，经过挨户的调查，都可以称之为相当注重妇女贞节问题的本分人家。毫无疑问，这里的群众许多观念是不甚符合新英格兰的要求的，他们有许多放浪的习惯和思想。但这里淫乱关系的比例肯定比奥地利和意大利都低。在这里两性生活上的主要毛病是轻率的结婚和轻率的分居。但这不是忽然发展起来的东西，也不是"黑奴解放"的结果。很显然，它是奴隶制的余毒。在那些年头，只要奴隶主同意，这个山姆就可以和那个玛丽"成家"。不必有任何仪式,在黑人地带的大种植园的繁忙生活中,一般都免除了这种仪式。如果现在奴隶主又需要山姆到别的种植园或同一种植园的另一地区去做工,或者他有意卖掉这个奴隶,那么山姆和玛丽的婚姻生活常常也就不需任何仪式便告结束。这以后,再让他们两人各有一个新的配偶,那显然也是奴隶主极乐意做的事。这种在两百年中普遍存在的习俗在最近三十年里并没有根除。今天山姆的孙子也仍然不需任何证书或仪式就可以和一个女人"成家";他们就这样规规矩矩、互相信赖地生活在一起,从任何角度看也就是正式夫妻。这种结合常常可以一直维持一生;但有不少情况,由于家庭纠纷,由于忽然来了一个生人,一个情敌,或者更多的由于继续进行维持家庭生计的奋斗已无望,于是就造成夫妻分离,其结果就是家庭的破散。黑人教堂在制止这种作为方面曾尽了不少力量,现在大多数结婚仪式已都由牧师来主持。然而,这种恶习已经根深蒂固,除了普遍提高生活水平没有其他的办法可以完全根治。

现在来看看这个县的黑色人口的一般情况,我们仍可以概括地说基本特点是贫穷和无知。大约有百分之十是生活比较富裕的最好的劳工,而至少有百分之九是极端淫乱和道德败坏的人。其余的百分之八十以上的人都贫穷、无知,一般都老老实实、不欺不诈、勤勤恳恳,但又多少有些懒散,在性生活方面有一些但并非十分严重的放荡行为。但这种区分也并不是固定的,我们几乎可以说,它时常随着棉花价格的变更而有所改变。至于无知的程度,那简直是叫人难以说明。比方说,我们可以讲他们中差不多有三分之二不识字。但这并不能完全说明这个问题。实际上,对于他们身外的世界、现代的经济组织、政府的功能、个人的价值和希望——凡奴隶制度为了自卫不容他们知道的一切东西,他们都一无所知。许多白人孩子从他早年的社会经历中学到的东西,对已成年的黑人都是不可理解的难题。美洲这个词并非对它的"全部"儿女都含有"机会之邦"的意义。

我们有时为了了解一群人的真实情况,很容易迷失在许多细节里面。我们常常忘了一群人中的每一个个体都是一个具有灵魂的活人。他可能无知、贫穷,肢体是黑色的,外形不同,思想和习俗也不一样;然而他也会爱,会恨,会劳动,会感到疲倦,会笑也会流着辛酸的眼泪,会怀着模糊的、崇高的希望眼望着阴暗的人生的天边——在所有这些方面都完全和你我一样。这些数以千计的黑人并非真正都是懒惰的,他们只不过不会精打细算,什么都漫不经心。他们有个老规矩,每星期六要到市镇上辽阔的世界中去观光观光,调剂一下单调的劳动;他们中也有游手好闲的人和流氓;但绝大部分的人都为着一点报酬去勤勤恳恳地工作,而且在这样的劳动条件下,他们所表现的自觉的努力,很少有——如果不是根本没有——哪一个现代劳动阶级能够与他们相比。他们中百分之八十八以上的男人、女人和孩子都从事农业。这的确也是他们唯一可以从事的行业。大部分的孩子都在"收割以后"才去上学,而且很少在春耕开始的时候还留在学校里。在这里可以看到童工劳动的极恶劣的后果——造成了孩子的无知,阻挠了孩子身体的发育。对于成人来说,在全县彼此的工作几乎没有什么差别:一千三百个农人,二百个雇工和牧人等,其中包括二十四个技术工人、十个商人、二十一个教士和四个教师。这种生活圈子的狭窄情况在妇女方面更达到了极端;她们中一千三百五十个是农场上的雇工,一百个是女仆和洗衣妇,此外就是六十五个家庭妇女、八个教师和六个缝纫工。

在这群人中是没有有闲阶级的。我们常会忘记,在美国半数的青年和成人是不需自己谋生的,他们只是料理自己的家,熟悉熟悉世界的情况，或者在经历了激烈斗争之后休息休息。但是在这里，百分之九十六的人都整天在劳苦地工作着；没有一个人有时间回到那清冷简陋的小木房子里去把它弄得更像一个家，没有老人们坐在火炉边向下一代传述古老的传说；没有无忧无虑的幸福的童年，也没有充满幻想的青春。打破那无味的整日劳动的单调情绪的，只有无思想的人的欢笑和星期六上镇去的一趟旅行。这种劳动，正如一切地方的田间劳动一样，是非常单调的，而这里更很少有机器和工具来减轻沉重劳动的痛苦。但尽管如此，这种工作是在洁净的野外进行的，在这新鲜空气极缺少的今天，这也还算是一件可喜的事。

　　土地尽管曾长期遭受破坏，一般还是比较肥沃。如果使用得当，在连续九个月或十个月中都可以从地里讨得一批庄稼：四月间收蔬菜，五月间收谷米，六七月间收西瓜，八月间割干草，九月间收甜薯，此后从十月一直到圣诞节是收棉花。然而，三分之二的土地终始只种一种庄稼，这就使得劳工们都不得不欠债。为什么会有这种情况呢？

　　沿着柏森大道走去，在一片高大的橡树林旁边有一片广阔平坦的土地，那里有一个种植园；这个种植园一直经营着好几千英亩地，零零散散的，有的还在森林的那一边。这里有一千三百个人曾经完全听从一个人的指挥——身体属于他，连灵魂在很大程度上也属于他。他们中有一个现在还住在这里——一个又矮又胖的汉子，深褐色的脸上满是皱纹，一头卷得很紧的灰白头发。收成怎么样？马马虎虎。他说：马马虎虎。生活好了一些吗？不——他的生活完全一如从前。奥尔巴尼的史密斯"供应"他，地租是八百磅棉花。不可能有多少剩余。他为什么不买一点地呢？"得啦！"买地得要钱呀。他转身走开了。自由了！在战时黑人所受到的一切灾祸中，在奴隶主的家业凋零中，在妈妈们、年轻姑娘们破灭的希望和一个帝国的衰亡中，最可怜的一件事——在这一切中最可怜的一件事，是获得自由身份的黑人，因为整个世界都承认他们自由而丢下了手中的锄头。这么一种近于玩笑的自由究竟是什么意思？没有一文钱，没有一寸地，没有一口粮食——甚至身上的几片破布都不属自己所有。自由了！战前，每个月一两次，到星期六的时候，老奴隶主拿出香肠和肉来分给他的黑人。当自由最初的红光闪过，当得到自由的人认识到自己真实的处境的时候，他马上回去又拾起了他丢下的锄头，于是那个老主人又依然和从前一样按时分发给他们香肠和肉食。从理论上讲，雇工为主人服役的法律形式是大大不同于前了；但实际上，不过是用包工或"包收"代替了过去的集体劳役；慢慢地，奴隶们在名誉上变成了对分或按某种比例分成的佃农，而事实上他们只不过是没有固定工资的雇工。

棉花价值一直在继续下跌，地主逐渐纷纷抛弃了他们的种植园，这一来商人的统治就开始了。黑人地带的商人是一种奇怪的复合体——他一身兼为银行家、地主、承包商和恶霸。原先，他的店铺多半开在十字路口，是每周一次的市集的中心，现在却搬到了镇上；黑人佃农们也都跟着他去到那里。这些商人什么都卖，衣服和鞋袜，咖啡和糖，猪肉和麦片，罐头和干货以至于大车、铁犁、种子、肥田粉等等——他没有的东西，也可以凭他的一张条子到路那边的仓库里去取。也就在这里，山姆·司各特，在和一位缺席地主的代理人订立合同租下四十英亩地之后，来见那商人；他把帽子捏在手里心情紧张地等待着，一直等那商人和山德斯少校谈完了早点后的闲话，对他喊道："山姆，你有什么事？"山姆要他"供应"他——那就是说，要那商人在山姆的庄稼收起来卖掉以前，赊给他一年的食物和衣服，或者还有种子和肥料。如果这个商人看山姆还顺眼，那他就可以和商人一起去找一个律师作证，指名以他的骡子和大车作为抵押，拿到种子和一星期的口粮。等到棉花的绿叶刚在地面露头的时候，他就又把这"庄稼"抵押出去。每个星期六，或者隔得更久一点，山姆就去找那商人讨一次"口粮"；一个五口之家每月一般可以得到约三十磅的肋条上的肥肉和两大斗玉米片。此外，衣服和鞋子也一定得靠他供应；如果山姆或他家里的人病了，他就开条子给医生和药铺；如果骡子需要钉掌，他就开条子给铁铺等等。如果山姆非常勤劳，庄稼看样子又不错，他就经常鼓励山姆多赊他的东西——糖、额外的衣服，甚至马车。但他很少鼓励他储蓄。去年秋天棉花价格涨到了一毛，道尔梯县的奸商们在那一季就卖掉了一千辆马车，大部分都是卖给黑人的。

在进行这种交易时所提出的抵押——一季的收成和一些实物，初看起来好像也不值什么。同时，商人还会告诉你许多倒也并非虚假的他被骗和倒账的事；夜里偷着把棉花摘走，骡马不见了，佃农私逃了等等。但总的说来，黑人地带的商人仍是这一区域最发财的人。他用一切巧妙的方法把法律的锁链死死地紧扣在那些佃农身上，使得这些黑人常常就只有两条路可走，讨饭，或者犯罪。在他订立的合同中，他"放弃"了对自己家一切东西的自主权；他不能随便动一下他已抵押出去的庄稼，法律几乎已把它完完全全放在地主和那个商人的控制之下了。庄稼快熟的时候，那个商人就像老鹰似的看守着；一等到可以送去市场的时候，他就马上把它全部拿过去，把它卖掉，然后向地主付清地租，扣下他供应的一切东西的价款，再如果还有一点剩余——有时也总有一些的——他就把它交给那黑色的农奴，让他作为过圣诞节的花销。

这样一种制度的直接结果，就是田地只能种棉花和佃农的日益破产。黑人地带的货币就是棉花。这种农产品任何时候都可以卖得现钱，价格一般在一年内不会有很大的波动，种植的方法黑人们都很熟悉。因此地主收地租只要棉花,商人也不肯接受任何其他农作物作为借贷的抵押。所以要劝黑人佃农改种别的庄稼是完全无用的——在这种制度下他不可能。而这种制度必然会造成佃农的破产。我记得有一次在河边大道上遇见了一辆由一头骡子拉的小板车。一个年轻黑人两肘支在膝上,坐在上面无精打采地赶着。他的黑脸的妻子一句话不说,呆呆地坐在他的身边。

"嗨!"我的车夫叫喊着——他一向同这些人打招呼总是非常冒失的,不过他们也都习惯于这种态度了——"你车上装的什么?"

"肉和玉米片。"那个人停下车回答说。肉连盖都没盖就那么放在车上——一大块薄薄的靠肋条处的肥膘,上面撒了许多盐;玉米片装在一个大口袋里。

"肉什么价钱?"

"一毛钱一磅。"用现钱的话,七八分钱就可以买到一磅了。

"玉米片呢?"

"两块。"在镇上现购不过只要一元一角。这个人显然是用五块钱买下了三元现款就可以买到的东西,多花了两块或一块半钱。

但这并不完全是他的过错。黑人农户站起来太晚——一开始就站在债台上了。这也不是他们心甘情愿的,而是那个完全不负责任的国家的罪恶,它不顾一切地演着它的种种重建南部的悲剧、西班牙战争的插曲和占领菲律宾的早场,真像上帝已经死去了似的。一旦爬上了债台,这个民族要想从上面跳下来可不是一件容易事。

在棉价低落的一八九八年,在三百户佃农中,有一百七十五户干完一年活后共欠债达一万四千美元之多;五十户落了两只空手,剩下的七十五户一共不过得到一千六百美元的盈利。全县黑人佃农的净欠不下六万美元。收成较好的年头，情况当然要好得多；但一般地讲，大部分佃农在年终结算都只是收支相抵，或者还欠债，那就是说他们劳动一年只混了个吃穿。这样一种经济组织是根本错误的。这究竟是谁的责任呢？

造成这种情况的基本原因虽相当复杂，但仍有迹可寻。除了全国在一开始就让奴隶们去"白手起家"这种不负责任的做法外，最主要的原因之一是，在黑人地带的商人和老板们中间更有一个非常流行的说法：必须使黑人变成债务的奴隶才能使他们好好工作。没有疑问，在自由劳工制度刚建立的初期，需要有某种压力来迫使那些散漫、懒惰的人工作；甚至今天黑人劳工大众比大部分北部劳工都更需要较严格的管束。可是这个真实的普遍流行的意见，却成了奸诈和欺骗无知劳工的行为的一个大好的藏身所。而且在所有这些之外，我们还有必要说明一个很明显的事实，那就是奴隶后代的身份和这无偿劳动的制度，并没有增进黑人劳工大众的效率，或改良他们的脾性。这也不仅对山波是这样，对于历史上的约翰和汉斯，雅克和派特[①]，以及一切受压榨的农民都莫不如此。这就是黑人地带的黑人群众今天的处境；他们自己也在对这问题加以思索了。这种思想活动的不可避免的结果，将是犯罪行为和一种廉价又危险的社会主义。我现在还看到那个穿着破烂衣服的黑人坐在一根木头上，无意识地削着一根木棍时的形象。他用低沉的声调对我讲出了那数百年来古老的心声，他说："白人成年到头坐在那儿；黑汉子无日无夜地干活，种庄稼；黑汉子好难弄到一点面包和一点肉；白人坐在那里倒什么都有。这是不对的。"黑人中比较富裕的一些人又是怎样去改变他们的这种处境呢？两条路：

---

① 以上这些名字，是黑人、英格兰人、德国人、法国人和爱尔兰人的常用名，这里是用作这些民族的代称。

如果有可能，就买地；如果没有可能，就移居到市镇上去。正像几百年前一个农奴要想逃到城市里去自由生活是千难万难一样，今天在这里这些劳工面前也有着重重障碍。在墨西哥湾各州的大部分地区，特别是在密西西比、路易斯安那和阿肯色州，边远的种植园上的黑人仍然是一个工钱没有地干着强迫劳动。特别是在那些由更无知的一类穷苦白人做农场主的地区尤其如此；在那里，黑人根本不能进学校，也不能和比他们更先进的同胞们来往。如果这样一个工人逃跑了，由白人选举出来的镇长差不多准可以把他给逮回来，一句话不问就把他送回去。如果他逃到外县去了，那只要随便控告他偷了点什么东西——要找到这种罪名当然也并非难事——就可以保证把他弄回来。即使真有极不怕事的人一定要坚持审判，邻人们也会本着彼此方便的精神证明他有罪，而县里判他应服的劳役自然可以由老板轻而易举地买过去。在南部比较开化一些的地方，或者靠近大市镇或大城市的地带，这种情况当然是不可能有的；但在那一大片电报和报纸都不能到达的地区，宪法第十三条修正案的精神确已受到了可悲的破坏。这就是处于经济底层的美国黑人农民的情况；而要研究握有土地的黑人兴起的过程和他们的处境，我们就必须从这现代的农奴中去追索他们的经济发展过程。

甚至在南部秩序较好的乡村地区，农业劳动者迁移的自由也受到迁移局的法令限制。最近美联社向世界发布消息说，代表"大西洋海军供应公司"的一个南佐治亚州的白人，因"被当场发觉诱聘约翰·格雷尔先生的松脂农场上的劳工"被捕了。这个被逮捕的青年人就因这个罪名被处罚金：以这位公司代理人为了招聘工人去外州工作所到过的县份为准，每一县罚他五百美元。所以，几乎南部每一州的法律，都使得黑人对于他自己所在地区以外的劳力市场的情况不是越来越熟悉，而是越来越无知了。

和这相同的是南部边远地区和小市镇上的不成文法，它规定某一地区大家都不熟悉的一切黑人都必须有一个白人给他作保。这真表明古罗马的保护人制度又复活了，那时新得到自由的人都是受着别人的监护的。这种制度，在许多情况下，对黑人确也有很大的好处，常常这个获得了自由身份的人，在他过去的主人家或另一个白人朋友的保护和监督下，收入慢慢增多，道德品质也逐渐提高了。但另一方面，由于这种制度的存在，整个社会却因而拒绝承认黑人有权移居、有权做他自己的财产的主人。比方说，在佐治亚州的柏克尔县，任何一个白人在大道上的任何地方，遇见一个黑人，就可以拦住他寻根究底地盘问他一番。如果他回答得不恰当，或者好像有点过于自尊或"无礼"，他就可能马上被逮捕或者被赶走。

就这样，依靠成文或不成文法，用劳役偿付债款的情况，限制劳工迁移的情况，以及一种白人监护制度，在南部广大的乡村地区一直普遍存在着。此外，在乡间进行不合法的压迫和合法的榨取的机会也远比城市要大，而且在最近十年中，几乎所有严重的种族纠纷，都是产生于这个县的雇工和老板之间的争端——比方说山姆·霍斯事件就是一个例子。由于存在这种情况，所以结果第一，产生了黑人地带；第二，出现了向城市移居的现象。黑人地带的产生，并不是像一般人想象的那样，黑人们都迁移到气候条件较好的适宜耕种的土地上去了；简单地说，这不过只是一种为了自保的人口集中——这些黑人居民聚集在一起，只是为了依靠大家的力量来求得经济发展所必需的和平与安宁。这个运动是在从"黑奴解放"到一八八〇年这一期间进行的，而且只是部分地达到了预期的结果。一八八〇年开始的向市镇迁移的狂潮，是由于人们对于在黑人地带求得经济发展感到失望而发起的一种反运动。

在佐治亚州的道尔梯县，我们现在还很容易看到这种集结自保活动所留下的痕迹。成年人中在本县出生的只有百分之一，而黑人的数目与白人相比，却差不多是四或五比一。这里毫无疑问，人口众多本身就是对黑人的一种安全的保障——不致被人任意摆布的个人自由，使得成百成千的黑人劳工尽管忍受着低工资和经济上的压迫，也愿意死守着道尔梯县。但是，情况也开始在改变了，即使是在这里，农业工人也慢慢地、但毋庸怀疑地在抛下辽阔的土地，流向市镇。为什么会这样呢？黑人为什么不能实现几十年来慈善家和政治家们的理想，使自己变成土地所有者，形成一种黑人的自耕农集团呢？

对那些从车窗口调查问题的社会学家，对那些只肯在假日旅行时花费几小时的空闲去熟悉和了解南部的这个数百年来即已存在的错综复杂的问题的人——对他们这些人，黑人农民的全部困苦，常常可以用奥菲丽娅大娘的一个字就全部包括了："懒！"像我去年夏天见到过的那种事例，他们也曾一再援引：那是一个炎热、漫长的白日行将结束的时候，我们坐着马车在一条通往镇上的大道上行驶着，对面过来一辆骡车，车上坐着一对年轻黑人，拉着几斗还长在穗上的麦子。一个赶着车，心不在焉地向前伏着身子，把两肘撑在膝头上——一副完全不负责任的吊儿郎当的样子；另一个在车上已睡熟了。当车子从我们身边走过的时候，我们看到一大串麦子从车上掉了下来。但他们根本没有看到——他们才不管哩。走了没有多远，我们又看到地上一穗麦子；从我们见到那爬行着的骡子的地方起直到镇上，一路我们数了一数，一共看见二十六穗麦子。"懒"吗？是的，他们是"懒惰"的化身。但你跟着那些年轻孩子去看看：他们并不懒惰；明天早上，太阳一出他们就将起身；在他们干活的时候，他们毫无怨言地劳苦工作着。他们不知道什么卑鄙的、自私自利的弄钱门道，对于钱他们倒有一种高超的鄙视心理。他们会在你面前悠闲地游荡，在你背后踏踏实实地工作。他们会偷偷摘掉你的一个西瓜，可也会原封不动地还回你丢失的钱包。作为劳动者，他们最大的缺点是，除了身体的运动所给予的乐趣外，再没有什么别的东西能激发他们的工作热情。他们漫不经心，是因为他们还没有发现小心谨慎对他们有什么好处；他们不精打细算，是因为他们看到熟人中那些粗心大意的人并不见得比那些精打细算的人生活得更苦。更重要的是，他们看不出他们为什么要不辞劳苦来使白人的土地变得更肥、骡马变得更壮、麦子收得更多。而另一方面，白人地主们却说，任何要想通过给黑人以更大的信赖、或更多的工资、或较好的住房、或让他们自己占有土地等方式来改进黑人劳工的企图，都是注定只会失败的。他让北部来访的客人看那满目疮痍的土地，那毁败的宅第，那使用过度的土地和抵押出去的田亩，然后大叫着说，瞧，这就是黑人的自由！

所以现在的情况是，老板和雇工两方面都各有自己的一番充足的道理使得双方彼此无法理解。黑人模模糊糊地认为白人是他的一切不幸和灾祸的根源；他穷是因为白人夺去了他的劳动果实；他无知是因为白人既不容他有学习的时间，也不给他学习上的便利，真的，不管有什么不幸的事落到他头上，他肯定那准是有某个"白人"在背地里暗暗捣鬼。另一方面，老板和他的儿子们始终也没弄明白，这些黑人为什么不能为了自己的衣食安安分分地做一个雇工，却偏要愚蠢地希望向上爬，为什么他们不能像他们的上辈一样快乐、迟钝而忠实，却一个个都那么忧郁、不满，对什么都无心去干。"嗨，你们黑人比我过得还舒服哩！"奥尔巴尼的一个对黑人感到无法理解的商人对他的一个黑人主顾说。"是呀，"那个黑人回答说，"你家的猪也比你过得舒服。"

现在，让我们拿这些不满的、贫困不堪的雇工作为一个起点，来研究一下道尔梯县数以千计的黑人如何从这种处境挣扎着向他们所理想的境界行进，以及什么是他们理想的境界。在一群地位不相上下的居民中，标志着社会斗争的，是不同阶层的出现，首先在经济上，然后在社会关系上。今天在这些黑人中已可以明显地看出如下的各种经济阶层。

一个由分成雇农组成的"占全人口百分之十的底层"，包括少数乞丐；百分之四十的对分佃农，百分之三十九的半对分佃农和雇工。然后就剩下百分之五租金佃农和百分之六土地占有者——他们是这里"占全人口百分之十的上层"。佃农都完全没有资金，甚至最狭义的资金，即从播种期到收割期用来维持生活的粮食或钱也没有。他们能拿出的只是他们的劳力；地主供给他们土地、牲畜、农具、种子和住房；到一年终了，这出劳力的人可以得到地里收获的三分之一或一半。但在他所分得的这份中，还必须扣掉他在这一年中预先支领的粮食和衣服的价款和利息。在这种情况下，我们看到的是没有资金也没有工资的劳工和除了付给雇工工资外再不须用多少资金的雇主。这种安排，不论就雇主或被雇者来讲都是不能令人满意的，而它却在许多土地贫瘠、地主资金不足的地方非常风行。

在这些佃农之上的，是在黑人人口中占比例最大的一群人，他们对自己所耕种的土地负责，以棉花付地租，依靠以庄稼为抵押的制度维持一切。南北战争及新得到自由的人对这种制度是颇感兴趣的，因为这使他们有较大的自由权，而且可能有超产的希望。但后来由于庄稼扣押权的实施、土地质量的下降、以及作债务的奴隶的情况出现，原来的对分佃农的地位实际已降至无偿劳动的水平。从前，佃农大多有一点资金，有些还不是很小的数目；但由于缺席地主制度的出现、额外地租的增加和棉价的下跌，他们差不多都已变得两手空空，而在今天自己拥有骡马的人数恐怕连一半都不到了。只要确定了地租的数额，分成雇农就可以转为佃农。如果现在把地租定得合理一些，这也能刺激佃农在增产方面多作一些努力。另一方面，如果地租定得太高，或者土地质量太坏，那结果就会打击和阻挠黑人农民的工作热情。毫无疑问，目前存在的正是后面一种情况；在道尔梯县，棉花市价增涨所产生的点滴的经济利益，佃农们的一切为增产的努力，都只使地主和商人得到好处，他们以地租和利息的形式刮去一切。如果棉价涨高一点，地租就会涨得更高；如果棉价下落了，地租可能不变或很难跟着压下去。如果一个佃农努力耕作得到了丰收，第二年地租就一定上涨，如果这一年不巧又歉收，那他的粮食和牲畜就会全被扣押变卖抵付。当然，例外的情况也是有的——那只是出于个别人的仁慈和宽容；但绝大多数的例证是尽力榨取黑人农民直到最后一分钱为止。

一般佃农都必须以所获的百分之二十到三十付作地租。这种高额地租只能导致恶果，结果是田地管理不善、劳工品德恶化和普遍的不公平。"一切贫困的农村，"亚瑟·扬（Arthur Young）曾大声疾呼地说，"都莫不是在佃农手中的农村"，而且"他们的处境比雇工们还要可怜得多"。他这里讲的是一百年前的意大利；但他这话也可以说是对今天的道尔梯县讲的。而他当时对大革命前的法国情况所讲的几句话在今天看来尤其真实："佃农所受的待遇简直和家奴差不了许多，去留完全听地主的意思，他的一切行动都必须服从地主的意志。"道尔梯县半数以上的黑人居民——说不定全国数百万黑人中的一半——今天都是在这样一种低下的地位上挣扎着。

为货币工资而工作的劳工的地位，也许比他们这些人略胜一筹。他们可以得到一间也许还有一块园地的住房；可以预先支领食物和衣服，到年底还可以拿到一笔固定数目的工资——大约从三十美元到六十美元不等，然后再从这里面无息地付掉预支衣物的价款。在全部黑人中，大约有百分之十八属于这种雇农阶级，而另有百分之二十二是按日或按年计工资的劳工，他们或者是靠自己的积蓄，或者更普遍的是靠某些借机从中取利的商人"供应"。这种劳工在农忙季节一般可以挣到三毛到三毛五一天。他们大多是未结婚的年轻人，其中也有妇女；而到他们一结婚以后，他们就会降而属于雇农阶级，或者，偶尔有一些变成了租金佃农。

以固定数目的货币付地租的租金佃农在这些新生的阶级中是最早出现的，占全部农户百分之五。这个人数极少的阶级的唯一优越条件是他们有选择作物种类的自由，而且由于和地主进行货币支付，有了更大的责任感。尽管有些租金佃农的地位和雇农差不多，但总的来讲，他们都比较聪明、责任感比较强，而且最后能变成土地所有者的也都是他们这些人。他们较好的名声和较大的智慧使他们能得到，或者要求，更合理的承租条件；租金佃农所租的土地，少者四十英亩，多者一百英亩，每年平均租金约五十四美元。耕种这种土地的人一般都不能长久维持租金佃农的地位；他们或者下降为雇农，或者遇上数年连续丰收而上升为土地所有者。

在一八七〇年道尔梯县的税收册中，没有一个黑人的名字是作为土地持有者载入的。那时如果真有的话——少数几个可能是有的——他们的地大概也都是登记在某一白人监护人的名下——这种方法在奴隶制度时期已不少见。到一八七五年，黑人已开始占有土地七百五十英亩；十年后增加到六千五百英亩，接着更继续增到一八九〇年的九千英亩和一九〇〇年的一万英亩。在这同一时期，全部地产估价从一八七五年的八万美元增到了一九〇〇年的二十四万美元。

接着，两种情况的发生使得这种发展的情况趋于复杂化，使得我们在许多方面都难以确定它真正的趋势；那就是一八九三年的经济大恐慌和一八九八年棉价的骤落。除此之外，佐治亚乡村地区财产估价工作已有些陷于停顿，所提材料已失去可靠的统计价值；正式财产估价人已经没有，各人向税收机关提出一个以誓言作保证的数字。这时公众舆论起着最大的作用，但那些报告的数字每隔一年都有极大的改变。不过这些数字肯定表明了黑人在这期间积累的资金数目非常微小，因而使得他们对产权的保有更须有赖于暂时的繁荣。他们没有方法度过连续数年的经济萧条，远比白人更严重地让棉花市场支配着自己的命运。因此，这些土地所有者，不管他们曾如何努力，始终也只是一个不固定的阶级，随时有人离开它，依然变成了租金佃农或雇农，同时也有从群众中起来的新人补充进来。在一八九八年存在的一百户土地所有者中，半数是在一八九三年以后买下他们的土地的，四分之一买地的时间是一八九〇至一八九三年之间，五分之一在一八八四到一八九〇年之间，其余的是在一八七〇到一八八四年之间。而总起来讲，自一八七五年以来，这个县里的黑人曾有一百八十五人占有过土地。

如果所有曾占有过土地的黑人都能够一直保持它或只把它转到其他黑人手中，那今天黑人所占有的全部土地将是三万英亩，而不是现在的一万五千英亩。但就只这一万五千英亩地，也仍可以作为一种强有力的证明——表明黑人民族的才智和能力并非微不足道。如果他们在"黑奴解放"后一开始就有一点经济基础，如果他们一直是生活在一个真正希望他们拿出最大才能来的开明而富足的社会中，我们也许可以说这么一点成果是很小的，甚至不值一谈。但是，这为数不过数千的贫穷、无知的劳工，受着贫困的压迫、农产品价格日低的威胁和种种社会压迫，却在一代的时间内积蓄起二十万美元的资金，这不能不说是一种了不起的努力的结果。一个民族的兴起，一个社会阶层的发展，必须经过痛苦的挣扎，这种同外部世界进行的艰苦、辛酸的战斗是那些得天独厚的阶层从未经历过或想到过的。

在黑人地带这一区域如此艰苦的经济情况下，全部人口只有百分之六曾经上升为持有土地的农民；而且这个比例数也不是完全固定的，它随着棉花市场的波动时而增大，时而缩小。足足有百分之九十四的人曾进行过希望占有土地的努力，然而失败了，他们中有一半都堕入绝望的农奴地位。对于这些人还另有一条出路，朝这条路上走的人是越来越多的，那就是向市镇迁移。略看一看持有土地的黑人的土地分配情形，就可以清楚地看到这一事实。一八九八年土地分配情况是这样的：四十英亩以下四十九家，四十到二百五十英亩十七家；二百五十到一千英亩十三家；一千英亩以上两家。而到一八九〇年，占有土地的为四十九家，其中却只有九家低于四十英亩。随着土地占有数量的增加，有些人就在市镇近郊买了小房子，住在里面的房主也真正能够享受到市镇生活；这也是向市镇移居的一种形式。但每当一个土地持有者像这样匆忙地抛开狭窄、艰苦的农村生活的时候，又有多少雇工、多少佃农、多少破产的租金佃农参加到那原就极长的队伍中去？这种迁移所得到的不是一种很奇怪的报酬吗？乡村地区的犯罪行为总是弄到镇上去处理，而今天在道尔梯县这里，或许在远近的其他许多地方，城市生活中的社会疾患恐怕都得要到城墙以外去寻找根治的药方了。

九
主仆的子孙

生命连着生命，心连着心；
我们在教堂、在市集都挨得很近，
无论在梦中或死后，永远相亲。

——布朗宁夫人（Mrs. Browning）

自古以来世界上不同种族互相接触的现象，在这个新世纪要一改旧观了。实际上，我们这个时代的特点是欧洲文明与世界上各个不发达的民族的接触。关于过去的接触的结果，无论我们怎么说，总之是在人类的活动史上写成了不堪回顾的一章。战争、屠杀、奴役、灭种、淫逸——这是不遵守法律，把文明

和福音输送给海外各岛和异教徒所屡次产生的结果。如果我们听见人家心安理得地告诉我们说，这一切都是正确和适当的，这是强者胜过弱者、正义胜过邪恶、优者胜过劣者，那是完全不能使近代世界上有良心的人感到满足的。假使我们能轻易相信这一切，那当然是令人快慰的；但是有许多丑恶的事实，不能这样随便解释掩饰过去。我们觉得，而且也知道，在种族心理方面有许多微妙的差别，有无数的变化，我们通常用来解释历史和社会发展的那些简略的准则，都不能把这些差别和变化解释清楚。同时我们也知道，这些想法从来就不曾充分地说明暴力和诡诈胜过软弱和纯朴的道理，也不曾替这种现象提供充分的辩解。

因此二十世纪一切高尚的人都应该努力奋斗，力使在今后各种族的竞争中，适者生存将意味着真、善、美的胜利；我们能够为将来的文明保存一切真正优良、高贵和健康的东西，而不致继续奖励贪婪、无耻和残暴。要想实现这个希望，我们就不得不越来越认真地研究种族接触的现象——要实事求是地研究，而不被我们的愿望或是顾虑所蒙蔽，以致戴上有色眼镜来看问题。而美国南部就是我们从事这种研究的适当场所，这是全世界难得的——当然，这个场所是一般美国科学家所不屑于研究的，而不是科学家的普通人却对这个地方知道得很清楚；但是这个地区是值得研究的，因为那里的种族关系非常复杂，上帝仿佛是要以这种纠纷惩罚我们这个国家似的，所以更需要我们予以冷静的注意、研究和思索；我们必须问一问，南部的白人与黑人的实际关系究竟怎样？要回答这个问题，绝不应该采取辩解或是挑错的方法，而是要说出赤裸裸的、不加掩饰的事实。

在今天的文明生活中，人与人的接触和他们之间的相互关系，有几个主要的行动和联系的途径：首先是凭借家庭和住宅的接近，邻居的人们就是这样集合在一起的，各个居住地区之间的相互接近也是一样。其次是经济关系，这在我们这个时代也是最主要的关系——人们就是靠这种方法，合作谋生，满足彼此的需要，生产财富。再其次是政治关系，这是人们在社会管理、组织政府、规定和偿付赋税负担上的合作关系。第四是知识方面的接触和交流，这种关系是比较难于捉摸的，但是特别重要，这是指通过谈话和开会，通过刊物和图书馆交换意见；更重要的是，通过每个社会单位逐渐形成的那种我们称之为舆论的奇怪东西。与这种关系有联系的，还有日常生活中的各种社会接触的方式，比如在旅行、看戏、聚居和婚嫁等方面的接触。最后是宗教事业、道德教育和慈善事业这些方面的各种接触方式。这些是在同一社会单位中生活的人们彼此互相接触的几种主要方式。所以现在我的任务就是要照我的观点说明南部的黑人在这些日常生活的事情上如何与白人相处。

首先谈谈居住问题。在南部的每个聚居的地方，一般都可以在地图上画一条种族的分界线，一边住着白人，另一边住着黑人。当然，在各个聚居的地方，地理上的种族分界线各有不同，弯弯曲曲和错综复杂的程度互有差异。我知道有一些市镇，从主要的一条街道当中画一条直线，就可以把十分之九的白人和十分之九的黑人分成两边。在其他市镇，白人住的历史较长的城区被一条宽带子似的黑人区包围着；还有一些地方，黑人的小居民点在周围的白人区当中形成起来。在一般的城市，每条街都有明显的种族特色，两个种族只是间或凑在一起，互相接近。即便在乡间，这种种族隔离的现象在那些比较小的地区也是很明显的，在黑人地带当然是不消说了。

这种种族隔离的情况与一般社会所共有的各个阶层分居的自然现象是迥然相同的。有时候一个黑人的贫民窟也许与一个白人居民区非常接近，而白人的贫民窟出现在上等黑人的地区中心，也是常见的事情。有一种情况却很少见：上等的白人和上等的黑人几乎绝对不在互相接近的地方居住。一般的情况是，白人和黑人几乎在每个南部的城市和村镇都互相仇视。这与过去的情况大不相同；从前在那家长式的大家庭里，主仆之间的接触是很密切的，当初两个种族的最好的人关系相当亲密，彼此很有同情，而在田间干活的黑人离家很远，家里的主人既看不见，也听不见他们做邋遢和沉闷的辛苦工作。我们可以很容易地了解，一个人从他的父亲的客厅里看惯了这样的奴隶制度，忽然在一个大城市的街道上看见自由的黑人，是怎样地不能理解这种新情况的全部意义。另一方面，大部分黑人群众也有一种定见，认定南部的白人对黑人的最切身的利益漠不关心，近年来由于上等黑人与白人当中的这类最坏的代表人物经常接触，这种心理就更加深刻了。

谈到两个种族间的经济关系，我们所根据的情况是经过研究和许多讨论才熟习的，还有不少的慈善事业的活动，也增长了我们对这个问题的了解。然而尽管如此，黑人和白人为了工作和财富而进行合作时，还是有许多重要的因素太容易被人忽略，或是不曾被人彻底了解。普通美国人很容易设想一片富饶的土地，等待着开发，遍地都是黑种的劳动者。在他们看来，南部的问题只不过是如何把这种人变成效率很高的工人的问题，只要给他们应有的技术能力，并投资帮助他们就行了。但是这个问题绝不如此简单，因为我们要顾到一个明显的事实，那就是这些工人已经受过几世纪当奴隶的训练了。所以他们表现出这种训练的一切长处和短处；他们都很听话，脾气也很好，但是缺乏独立的精神，不够精明和谨慎。现在南部的经济发展很可能即将面临开发的局面，如果是这样，我们就有大批的工人必须与世界各地的工人进行无情的竞争，但是他们因为所受的训练恰好与现代民主制度下具有自主能力的工人所受的训练相反，以致处于不利的地位。黑人工人所需要的是细心的个人指导和一批有良心的人的集体领导，教育他们，使他们有远见、谨慎和诚实。这个种族经过两百五十年毫不放松的奴隶教育，已经惯于顺从、粗心和偷窃，他们的头脑已不再思考了，现在必须经过一番集体训练，才能使他们改变过来；我们不必搬出那些种族差别的高论，就可以证明这种必要。"黑奴解放"之后，早就有人应该担负起责任来，使黑人工人获得这种集体领导，并受到这种教育。我在这里并不打算问这是谁的责任——无论是应该由过去靠黑人的无偿劳动发财的主人负责也好，由那些热心帮助黑人、以致引起现在这种危机的北方慈善家负责也好，或是应该由颁布黑奴解放令的联邦政府负责也好，我不打算问这是谁的责任，但是我坚决认为总应该有人负起责任来，不使这些工人没有人照料，没有人指导，没有资本，没有土地，没有技术，没有经济组织，没有法律、秩序和礼节的保护——把他们甩在一片广漠的土地上，不让他们安定下来，从事迟缓而谨慎的国内开发事业；而现在他们处在这样一种经济制度之下，人人各自作战，每每完全不顾伙伴们的权利和福利，却几乎马上就要被迫与那些最优秀的现代工人进行无情的剧烈竞争。

我们绝不可忘记，今天继承了旧制度的南部经济制度，与工业发达较早的北方的经济制度不同，与英国或法国的经济制度也不同，不像它们那样有工会、有限制性的法律、有成文和不成文的商业规则、有长期的经验。我们现在的制度仿佛是摹仿了十九世纪初英国实行工厂法以前的制度——当时英国的经济制度曾经引起思想家们对工人的怜恤，激起卡莱尔（Carlyle）的愤怒。一八六五年，一半由于强制，一半由于南部的绅士们的急躁，他们放弃了统治权，后来这种权力就始终没有回到他们手里。这种权力已经转移给另一批到新的南部来担负经济开发的责任人了——这种人是一些追求财富和权力的穷苦白人子弟，节俭而贪婪的北方佬，莽撞的移民。南部的工人，包括白人和黑人，都陷入这种人手中了；这是他们很不幸的事情。这些新的工业巨头对于这种工人，无所谓爱憎，既没有同情，也没有传奇的意味；那只是冷酷的金元和利润的问题。在这种制度之下，所有的工人是注定要吃苦的。连那些白人工人也不够聪明、不够伶俐，所受的训练也不够，不足以抗拒有组织的资本的强大侵犯。他们当中也有人不得不进行长时间的劳动，拿低微的工资，并且还有童工，没有不受盘剥和欺骗的保障。在黑人工人之中，这一切就更加厉害了，首先是由于种族偏见——这种偏见有各种不同的程度：在最好的白人当中只是怀疑和不信任的心理，在最坏的白人当中却是疯狂的仇恨；其次是由于脱离了奴隶地位的自由民从奴隶时期继承下来的穷苦经济状态，这是我在前面提到过的。自由民既然只受过那样的教育，他们当然就难于抓住对他们开了大门的各种机会，新的机会很少落到他们手里，而是让白人捷足先登了。

由于南部最好的白人也不关心脱离了奴隶地位的自由民的事情，使他们得不到保护，也没有人监督，所以他们在每个社会里就在法律和习俗上受到那些最坏的不法之徒的欺凌。庄稼扣押权的制度使南部的农村人口逐渐减少，这不仅是由于黑人方面的无能，也是由于法律上在抵押、扣押权和轻罪等方面故意安排了一些圈套，这是那些没有良心的人用来使粗心大意的人上当的手段，结果弄得他们无法脱逃，继续苦干也是蠢事，抗议也是罪过。我在佐治亚州的黑人地带看见过一个无知而老实的黑人用分期付款办法购买一个农场，他买过三次，付过三次款，最后那个卖地的大胆的美国人竟不顾法律和人格，把钱和契约都收起来，使那个黑人的产权落了空，只好在他的农场里当雇工，每天仅得三毛钱的工资。我还看见过一个黑人农场主欠了一个白人店主的债，这个店主就到他的农场上去，把一切可以变卖的东西都拿光——骡子、耕犁、存粮、工具、家具、铺盖、时钟、镜子——这一切都是任意横行的,既没有扣押状,也不曾凭过什么法律手续,也没有执法官或其他官员在场,对于宅第不能抵债的法律也置之不顾,也没有对任何负责人开出账单。凡是那些无知的劳动者受着习俗和种族偏见的歧视,得不到同情和友爱的地方,都能发生这种事情,以后也会发生。如果一个社会中最优秀的人们不肯承担保护、训练和照顾他们的集体里那些弱者的义务,那就会使他们受这些骗子和流氓的欺凌。

　　这种不幸的经济情况并不是表示南部的黑人完全没有进展的机会,事实上还是有一些黑人地主和机匠,他们尽管处境不利,却积聚了财产,成了体面的公民。但是这种人毕竟太少,如果经济制度比较公道一些,富裕的黑人就绝不止这么多了;而且在竞争中幸免于淘汰的黑人也受着重重的限制,不能取得他们所应有的成就;最重要的是,成功的这一类黑人是听天由命、全靠机缘的,而不是由于他们善于选择,或是有什么合理的选择方法。要想挽救这种情况,只有一个唯一可行的办法。我们必须承认南部的某些种族偏见是事实——这种偏见很深,令人遗憾,后果也很不幸,对将来是危险的,但这究竟是一种无情的事实,只有时间才能把它消除。所以目前黑人的处境虽然急切需要白人的帮助,我们却不能希望在这一个世代里或是今后的几个世代中,多数白人能够改变他们的观点,以同情和自我牺牲的精神承担领导黑人的义务。这种领导、这种社会教育和示范,必须由黑人自己担负起来。有一个时期,人们曾经怀疑黑人是否能培养出这种领导人物;但是今天已经没有人认真否认某些黑人能够吸收文化和现代文明的常识,并把它传授给他们的同胞,至少可以收到几分效果。如果这种看法是正确的,黑人的经济情况就有了改善的途径,因此培养一批有品德、有才能的黑人领袖，就成了一种迫切的要求——要培养出一些有技能的人才，有眼光、能领导的人才，受过大学教育的人才，黑人的工业巨头和宣扬文化的人才；这些人要彻底理解现代文明，能够运用教导和实例，凭着深厚的同情，在共同血统的情谊和共同理想的激发之下，把黑人的社会领导起来，培养他们，教育他们。但是这种人如果要收到功效，就必须有一种力量——他们必须受到这些社会最好的舆论的支持，而且要善于运用全世界的经验已经证明是人类进步所必不可少的一些武器，以达到他们的目的。

在这些武器之中，现代世界上最重要的一种也许是选举的权力；这个问题使我联想到南部的白人与黑人之间的第三种接触方式——政治活动。

从美国人对待黑人选举权这个问题的态度，可以非常准确地看出当时一般的政治概念。在十九世纪五十年代，我们受着法国大革命的影响，对普选的信念相当深。我们当时认为，社会上没有哪个阶层会有那么善良、那么真诚、那么无私，使其他阶层的政治命运都可以付托给它；在每个国家里，只有直接有关的人最能当自己的利益的主宰；因此唯有用选举权把每个人都武装起来——使人人都对国家的政策有发言权——最大多数人的最大利益才能获得；这种想法，我们当时认为是相当合理的。当然，这种主张是有人反对的，但是我们以为我们给他们的答复是简单明了、令人信服的。如果有人抱怨选民愚昧无知，我们就回答他们说："教育他们好了。"如果另外有人抱怨选民贪财受贿，我们就回答说："取消他们的选举权，或是把他们关进牢里好了。"对于那些担心政治煽动家和脾气古怪的捣乱的人，我们就极力解释说，时间和惨痛的经验会把最固执的人都教育得好。就在这个时候，南部黑人选举权的问题被提出来了。这里有一个没有自卫能力的民族，忽然获得了自由。应该怎样保护他们，使他们不受那些不相信他们的自由、决心要加以阻挠的人的侵犯呢？北方的人们说，不能靠武力；南部的人们说，不能靠政府的监护；于是全国具有常识的人们说，那就用普选的办法吧，这才是一个自由的民族唯一合法的自卫方式。当时没有人认为那些原来当奴隶的人能够明智而有效地运用他们的选举权；但是大家认为国内的一个重要的民族拥有这么大的权力，就会迫使其他的人教育这个民族，使它能恰当地运用选举权。

同时我们国内出现了一些新的思想：战后必然产生的那个道德败坏和政治腐化的时期开始了。政治上的丑事闹得太不像话，弄得有声誉的人渐渐不问政治了，于是政治就成了不名誉的事情。人们以不与自己的政府打交道自豪，默认那些把公职视为私人发财的机会的人的看法。在这种心理支配之下，人们很容易对南部反对黑人选举权表示同意，并且还劝那些自爱的黑人完全不问政治。北方那些忽视自己的公民义务的有声誉的人，也就大大地讥笑那些把选举权看得过分重要的黑人。于是越来越多的比较优秀的黑人就自然听从了外来的劝告，也受了内部压力的影响，对于政治再也不感兴趣了，让本族的那些轻率的和出卖选票的人去行使投票选举的权利。那些仍旧在行使投票权的黑人不但没有受过训练和教育，而且还进一步被公开的无耻贿赂的威胁利诱所玷污了；直到后来，黑人选民在思想上完全中了毒，认为政治就是用卑劣的手段给私人谋利的方法。

今天我们终于觉醒过来了，我们知道，要想在这个大陆上永久维持共和制度，就必须使选举没有弊端，给予选民以公民教育，把投票选举提高到一种神圣义务的水平，使大家知道，爱国的公民忽视这种义务，对他们自己和他们的子子孙孙都是很危险的——到了今天，我们正在为公民道德的复兴而奋斗的时候，应该对南部的黑人选举说些什么话呢？难道我们仍旧对他们说，政治是人类活动的一种卑下和无益的方式吗？难道我们还要劝那些最优秀的黑人对政治越来越不关心，对他们毫无异议地放弃关心政治的权利吗？我绝不是反对人们为清除选举弊端而做的一切合法努力，绝不否认选民中的愚昧、贫穷和犯罪的现象应该铲除。但是很少人自欺欺人地说，现在南部剥夺黑人选举权的运动是为了这个目的；几乎在每个场合，人们都坦率地声明，制定剥夺黑人选举权的法律，目的在于根本消灭黑人参加政治的权利。

这难道是一个次要的问题，对黑人的工业和智力的发展那个主要问题没有影响吗？假如按照法律和舆论，南部的黑人对于支配他们的生活和工作的法律绝对无权过问，我们是否能使一大批黑人劳动者、技工和土地所有者安定下来呢？现代的工业组织采取自由民主的管理方式，承认工人阶级有权力和才能使人尊重他们的福利，但是南部的劳动队伍对公共的政治机关无权过问，也没有自卫的权利——在这种情况下，难道还能实行那种民主制度吗？今天南部的黑人对于他们应该纳多少税，这些税款如何开支，法律由谁执行和如何执行，法律由谁制定和如何制定这些问题，他们都没有说话的余地。在紧急的时候，要想叫某些州的立法者听一听黑人方面陈述他们对于一个正在争执中的问题所持的见解，都要经过激烈的奋斗，这实在是很可怜的事情，黑人越来越认为法律和司法不是保障人权的手段，而是屈辱和压迫的源泉。法律是由那些对他们漠不关心的人制定的；执行法律的人也绝对不愿意以尊重的态度对待黑人；被告犯法的人不是受与他们同道的人审判，每每是受那些对他们有成见的人审判，这种人宁肯惩罚十个无辜的黑人，也不肯让一个有罪的黑人幸免。

我绝不否认黑人有一些显著的弱点和缺陷；我绝不是对南部的白人企图解决一些复杂的社会问题不表同情。我坦率地承认,一个不发达的民族为了他们本身的利益,在他们还不能独自参加世界上的斗争之前,暂时受他们那些较强、较好的异族中的最优秀的弟兄的指导,那是可行的,有时候还是最好的办法。我在前面已经说过,解放后的黑人多么迫切地需要这种经济和文化的指导;我很愿意承认,如果今天南部白人最好的舆论的代表人物是南部的统治和指导力量,上面所指出的情况是容易实现的。但是我在前面极力说明的一点,也是我现在所着重的一点,就是今天南部最好的意见并不是占统治地位的意见。我认为今天使黑人陷入束手无策的地位,不给他们选举权,就等于不让他们受最优秀的人们的指导,而是让他们受最坏的人们的剥削和损害;这种情况,在美国北部也和在南部一样,在欧洲也和在美国北部一样。在现代的自由竞争中,在任何地方、任何国家,总是要让一个软弱的、被人轻视的民族——无论是白色的、黑色的或是蓝色的在政治上受那些较强、较富、较有机智的对手的欺压——这是现在人们很难抗拒的一种诱惑,将来也很不易抗拒这种诱惑。

还有一点:黑人在南部的政治地位是与黑人犯罪问题有密切关系的。毫无疑问,近三十年来黑人的犯罪行为是显著地增加了;在各大城市的贫民窟中,已经在黑人当中出现了一个分明的犯罪阶层。为了说明这个不幸的发展过程,我们必须注意两件事情:(1)"黑奴解放"的不可避免的后果是增加犯罪行为和犯人;(2)南部的警察制度主要是为了管制奴隶而制定的。关于第一点,我们绝不可忘记,在一个严格的奴隶制度之下,犯罪这件事情是几乎不会有的。但是当这些素质各有不同的渺小的人忽然被抛入人生的茫茫大海中时,就有些人浮起来,有些人沉下去,在水中挣扎,被那熙熙攘攘的世界随时冲来的激流颠簸着,忽起忽伏。一八六三年遍及南部地区的大规模经济和社会革命,可以说是从黑人当中把那些不适于生存的和邪恶的分子淘汰出去，也就是鉴别社会等级的开端。这时候一批上升的人不是像一团毫无生气的东西那样，整个地被人从地下举起来，而是像一棵活着的植物似的向上伸长，它的根却还留在泥土里。所以黑人的罪犯的出现是意料中的事；这虽然不免令人焦虑，却不应该引起惊异。

关于这个问题，对未来的希望也是要靠慎重而妥善地处理这些罪犯。他们的罪行起初不过是懒惰、轻率和冲动的毛病，而不是有意作恶或是任性的邪恶行为。这种过错应该分别对待，既要严厉，又要起感化作用；应该有充分的罪证，而不应使人感到不公平。南部却没有适当的机构，也没有完善的监狱或是感化院来这样处理犯人——无论他们是白人还是黑人；南部的警察制度是专为对付黑人而设的，事实上是默认每个白人都是这批警察的成员。于是就产生了一种双重的司法制度，一方面对于白人失之于过分宽容，实际上使血债累累的犯人逍遥法外，另一方面失之于对待黑人太严、太不公平、不分轻重。我在前面已经说过，南部的警察制度本来就是为了迫害所有的黑人，而不仅是为了对付罪犯而制定的；后来黑人获得了自由，南部所有的白人都认定黑人的自由劳动是行不通的，于是大家首先采取的、几乎是各地一致的对策，就是利用法院作为重新奴役黑人的手段。因此几乎无论对待哪个案件，决定一个人的判断的，并不是罪行的问题，而是肤色的问题。于是黑人就渐渐把法院视为陷害和压迫的工具，把被法院定罪的人视为烈士和牺牲者。

后来真正的黑人罪犯出现了，我们不仅有偷窃和懒惰的犯人，还渐渐有了路劫、夜盗、凶杀和强奸犯，于是在种族界线的两边都起了奇异的作用：黑人不肯相信白人见证人的证词和白人陪审员的公正，因此制止罪行的最大力量——人们的同一社会阶层的舆论——消失了，犯人反而受到尊敬，人们都认为他不是被处绞刑,而是在十字架上牺牲。另一方面,白人因为一贯对被告的黑人是否有罪采取随随便便的态度,便在动怒的时候不顾法律、理智和体面,任意处理。这些情况必然会增加犯罪行为,而且事实上是起了这种作用的。除了天性邪恶和游手好闲的罪行而外,又天天加上了反抗和报复的动机,这就把两个种族潜在的野蛮心理都刺激起来,于是要想心平气和地关注经济发展就每每成为不可能的事情了。

但是任何一个被犯罪诅咒的社会的主要问题,并不是惩治罪犯,而是防止年轻的一代受到犯罪的熏染。在这一方面,又是南部的特殊情况阻碍了适当的预防措施。我看见过一些十二岁的儿童戴着镣铐在亚特兰大的大街上干活,他们正在学校门口,与那些顽强的老犯人在一起;这样不分轻重地把男男女女和儿童混杂起来,就使这一批一批戴着镣铐的犯人形成了地道的犯罪和堕落的学校。弗吉尼亚、佐治亚和其他各州都在开办教养院,这种努力是唯一可喜的现象,足见有些地方已经清醒过来,认识到那种政策的自杀性的后果了。

但是在家庭以外,还是应该使公立中小学成为训练自尊自重的公民的主要手段。我们近来非常热烈地讨论职业学校和高等教育的问题,以致南部的公立中小学这个体系的糟糕情况几乎没有人过问了。佐治亚州的公共教育经费,每五美元中白人学校占了四美元,黑人学校只占一美元;虽然是这样,除了在城市而外,白人的公立学校也还是办得很糟,需要改善。白人的情况既然是这样,黑人方面又怎样呢?我观察了南部的公立小学教育这个体系,越来越相信联邦政府应该顾到这个问题,多少想点办法,帮助南部把民众教育办好。今天完全仗着南部的一些有见识的人积极活动,有五六个州的黑人方面所分到的学校经费才没有削减到极微小的数目;这种运动不但没有消沉下去,还在许多社会集团中越来越蓬勃了。像这样一个民族,教养既不好，经济上又遭受着无情的竞争的严重压力，又没有政治权利，小学设备又简陋到可笑的地步，那么，我们如果稍有脑筋，就应该想一想，国家还能对他们存什么希望呢？无非是罪行猖獗，死气沉沉，只有某些地方有少数幸运而比较坚决的人还抱着乐观心理，希望我们这个国家迟早会头脑清醒过来，凭着他们的顽强努力，总算使那种局面稍有改变——除此以外，我们的国家还能对这个民族存什么希望？

直到这里，我一直在按照我自己的看法，力求说明南部的黑人和白人之间的自然、经济和政治关系，由于我所提出的那些理由，这里面包括了犯罪和教育的问题。但是在我对这些有关人类接触的比较明确的问题说了这么多话之后，还剩下一个重要部分，必须加以说明，然后才能把南部的整个情况弄清楚；可是这一部分是很难用局外人容易理解的词句加以说明的。总之，社会生活是由一个地区的气氛和大家的思想感情加上各种各样微小的活动组成的。无论在哪个社会或是国家，最难捉摸的就是这些小事情，但是要想充分了解集体生活的全貌，却又非把这些问题弄清楚不可。一切社会是这样，南部更加是这样，因为南部除了文字记载的历史和明文公布的法律之外，还在一个世代中酝酿着人类心灵的强烈激荡和紧张、感情的高度沸腾和精神的痛苦挣扎，这是任何一个民族从来没有经历过的。在那阴暗的肤色帷幕的内外，有各种巨大的社会力量起着作用——为改善人类生活而作的种种努力、趋向分裂和绝望的种种运动、一些社会和经济生活中的悲剧和喜剧，以及人类心灵的动荡和升沉，这些复杂的情况使这个地区成为一个悲喜交集的地区，变化和骚动不安的地区。

处在这种精神骚乱中心的，一向是那几百万脱离了奴隶地位的黑人自由民和他们的子孙，他们的命运与全国的命运是有同生共死联系的。但是偶然到南部去游历的人，起初不大看得出这种情况。他乘车往前走的时候，只注意到越来越多的黑脸——而在其他方面，日子却过得很自在，阳光照耀着，这个小小的世界似乎是和他所游历过的其他地方一样快活、一样满足。事实上，关于这个问题中的问题——黑人问题——他所听到的消息太少了，几乎像是人们故意把它隐蔽起来似的；早晨的报纸上很少提到这个问题，即便偶尔提一提，也是拐弯抹角地说得空空洞洞，不着边际，每个人都好像是忘记了这带地方的一半黑人，不把他们放在眼里，直到后来，这位吃惊的客人终于想问一问，这里究竟是否有什么问题。但是他如果停留得久一些，他就会恍然大悟：也许是突然涌起一阵愤怒，使他因这种情绪的强烈而透不过气来；但多半是逐渐发觉他起初不曾注意的一些事情。他的眼睛慢慢地看出肤色界限的阴影，但绝没有看错：他在这里遇见成群的黑人和白人，然后他忽然发觉，他连一张黑脸都看不见；或是在到处乱走了一天之后，他会发现自己在一个稀奇的集会里，看见所有的面孔都是棕色和黑色的，在这种场合，他就有一个陌生人茫然的、不舒服的感觉。他终于发现眼前这个世界默然地、不可抵抗地分成两股潮流从他身边流过：它们在同一阳光下荡漾着波光，仿佛是漫不经心地互相接近、互相汇合——然后又彼此分开，各自奔流。这样时合时分，都是无声无息的，根本不会出什么差错；即便偶尔出点毛病，法律和舆论也会马上伸出手来，加以纠正，比如前几天就有一个黑人男人和一个白人妇女只因为他们在亚特兰大的白宫街上在一起谈话而被捕了。

谁要是仔细观察，他就会看出这两个世界之间虽然天天都有生活上的接触，彼此经常混合在一起，但在精神生活中几乎毫无相通之处，也可以说是没有一个转移点，可以使一个种族的思想感情与另一个种族的思想感情直接接触，引起共鸣。在南北战争以前和战后的初期，有些最好的黑人在最好的白人家里当仆役的时候，两个种族之间还有亲密友爱的联系，有时候甚至还有血统的关系。他们在同一个家庭中过着共同生活，每每还到同一个教堂做礼拜，常常互相交谈。但是从那以后，黑人的文化逐渐提高，自然就形成了一些上层阶级：传教士、教师、医生、商人、技工、独立自主的农民越来越多，这些人由于出身和教养不同，就成了黑人中的贵族和领袖。但是在他们和最优秀的白人之间很少甚至没有知识上的交往。他们上的教堂各自不同，居住的地区各自不同，举行各种集会也是严格分开的，出外旅行也不在一起，而且还渐渐读不同的报纸和书籍。大多数的图书馆、演讲会、音乐会、博物馆，或者根本不许黑人入场，或者有一些苛刻的条件，使黑人感到伤了他们的自尊心，而不愿意去。日报上记载黑人世界的事情，多半是捕风捉影，很少注意到消息是否正确；别的方面的关系也很不好，在各种思想交流的范围内——在学校里、会议上，以及社会改革运动等方面——这两个种族的代表人物彼此始终像路人一般，以致一方面认为所有的白人都是狭隘而偏执的，而另一方面却认为受过教育的黑人是危险而傲慢的；其实为了共同的利益和全国的福利，他们应该是完全互相了解、互相同情的。此外，由于显然的历史原因，南部白人舆论的专制又非常厉害，绝对不容许别人批评，所以这种局面就非常难于纠正。白人和黑人都是一样，各自被肤色界限隔离着；有许多促进两个种族之间的友好关系和慈善事业，以及宽大为怀的互相同情和亲密团结的运动，都流产了，因为有些好事之徒硬把肤色界限的问题提到首要地位，对那些改革家施加不成文法的强大压力，使他们遭到失败。

关于两个种族之间的社会接触问题，我大概无须多说了。从前的某些主人和仆人之间那种高尚的同情和友爱，几乎被近年来划分的那种绝对不可调和的肤色界限弄得毫无踪影了，现在却没有什么新的东西可以代替这种关系。在这个世界里,握着别人的手,在他身边坐下,坦然相视,感觉他的心中热血奔腾,那是使人感到无限亲切的;在这个世界里,在人们的往还中,一支雪茄烟或是一杯茶比立法机关的集会和刊物上的文章和演说还更有意思;而两个相互疏远的种族之间却几乎完全没有这种愉快的社交接触,甚至在公园里和电车上,都彼此隔离开来,那么我们很可以想象得到,这会产生怎样的后果。

这里绝不容许上等人与民众发生社交关系——上等人与下贱的人不能敞开胸怀、互相携手,坦然地承认有共同的人性和共同的命运。另一方面,在单纯的施舍和救济老弱这类事情上,因为根本不存在什么社交接触的问题,南部的白人却非常慷慨,好像是对那些不幸的人深表同情似的。黑人乞丐总不会得不到一些施舍,就空着手被人撵走;每逢有人呼吁救济贫苦的人,很快就可以得到响应。我记得有一次在寒冬时节,我在亚特兰大拒绝给一笔公共救济金捐款,怕的是黑人会被歧视,得不到好处;后来我问一个朋友:"黑人也有得到救济的吗?"他说:"嗐,他们全是黑人啊。"

然而这并没有触及问题的核心。人类的进步并不是一个单纯的施舍问题,而是在那些轻视施舍的阶级间的同情和合作的问题。但是我们这个地方有一条肤色界线把自然的朋友和合作者分开,使上等阶层彼此无法接近,使他们不能携手合作,为争取实现高尚美好的理想而共同奋斗;同时在社会的底层,在舞厅里、在赌场里、在妓院里,那一条界线却又摇摇晃晃、无影无踪了。

我已经把南部过去的主人和仆人的子孙之间的实际关系绘出一幅通常情况的图景。我没有为了政策设想,对某些事情加以掩饰,因为我恐怕我们在这方面已经做得太过火了。另一方面，我诚心诚意地极力避免夸张。我并不怀疑，南部某些社会的情况比我所描述的要好一些，但是我同样相信，另一些社会的情况却还要坏得多。

这种局面的矛盾和危险并不是没有引起南部最有良心的人的注意和焦虑。白人群众大部分是深信宗教和民主的，他们敏锐地感到黑人问题使他们陷入了错误的地位。这样一个基本上心地诚实、胸襟宽大的民族，要想引用基督教的人的地位平等的箴言，或是相信一切的人机会均等的学说，就不能不一代比一代更加感觉到，现在这样划分肤色界线，是完全与他们的信念和声言相矛盾的。但是每逢他们想到这一点的时候，目前的黑人社会情况又使他们感到威胁和不吉的预兆，连最坦诚的人也不免有这种顾虑：他们说，如果黑人除了皮肤黑和其他生理上的特征而外，没有别的可指责的地方，问题就比较简单了；但是黑人的无知和无能、穷困和犯罪，叫我们怎么办？我们这些有自尊心的人要想继续生存下去，难道能不尽量避免与这种人亲近吗？我们难道能让一种令人作呕的情绪把我们的祖先的文化和子孙的希望一扫而光吗？他们提出的这种理由是很有力的，但是这并不比有头脑的黑人所持的理由稍强一点：黑人回答说，即便我们的群众的情况是不好的，那也确有充分的历史根源，而且有不少的黑人虽然在非常不利的条件下，也还是提高到美国文明的水平了，这是有确凿证据的。另一方面，如果由于排斥和偏见，仅仅因为他们是黑人，就把这些人与他们本族中的最坏的人相提并论，使他们受到同样的待遇，这种政策不仅不足以鼓励黑人改善生活和增进知识，还等于直接奖励你们所抱怨的事情——无能和犯罪。你们尽管严格地毫不妥协地划清犯罪、无能和败德的界限吧，因为这些东西是必须禁止的；但是肤色界限却不仅不能达到这个目的，而且还有阻碍的作用。

既然有了这么两种相反的论调，南部就要靠代表这两种意见的人能够互相了解对方的立场，并能体会它的意义，予以同情，才能有前途——黑人方面应该比现在更加深切地明了他的同胞大众有力求进步的必要，白人方面应该比现在更加清楚地认识，他们的种族偏见产生了惨痛的后果，就是这种偏见使他们竟然把斐丽斯·惠特利①和山姆·霍斯这样的人物也都列入那个被人轻视的阶层里去了。

黑人如果说，种族偏见是他们的社会情况的唯一根源，南部的白人如果回答说，黑人的社会情况是产生那种偏见的主要原因，那都是不够的。其实他们是双方互为因果，只改变任何一方面，都不能收到人们所希望的效果。双方都必须改变，任何一方的改变都不能起很大的改进作用。黑人绝不能永远忍受现在这种反动的趋势和不合理的肤色界限，而不产生丧气和退步的现象。黑人的处境永远是实行进一步歧视的借口。在我们共和国目前这种紧要关头，唯有越过肤色界限，促成智慧和同情的结合，正义和公理才能获得胜利——

> 头脑与灵魂调和一致，
> 可以奏出过去一样的和谐乐章，
> 但会更加广阔嘹亮。②

---

① 斐丽斯·惠特利（Phillis Wheatley, 1753—1784），美国独立战争时期杰出的黑人女诗人。
② 引自英国诗人丁尼生（Alfred Tennyson, 1809—1892）的诗《悼念》。——编者注

十
宗教信仰

　　黑暗笼罩着整个世界，
　　光明还不见端倪，
　　虽然晨星下坠，晨光熹微——
　　　　那也只有你
　　　　有安宁可言。

　　光明、黑暗、神秘、离奇，
　　这些都是愚人絮聒的梦呓，
　　他们在雷声下面哼哼唧唧，
　　　　一连多少世纪
　　　　全都白白浪费。

　　　　　　——菲奥娜·麦克劳德（Fiona Macleod）

那是个阴暗的星期日晚上，在离家——那个寄养我的

家——很远的乡间。那条大路从我们格局散漫的木头房子门口蜿蜒地通向一条小河的石头河床,经过麦田和玉米田,从田野那边,我们可以模模糊糊地听到有节奏的、抑扬的歌声——歌声低沉、刺耳、有力,在我们耳朵里振响,然后带着悲哀的余音消逝。那时候我还是个乡村教师,刚从东部来,从来没见过南部黑人的奋兴会。当然,我们波克夏的人,也许不像萨福尔克的老一代人那么古板拘泥;然而我们也都十分安静,不敢在教堂里轻举妄动;我老想,要是在那些晴朗的安息日早晨,有人大叫一声,扰乱了牧师的讲道,或者有人大声说了一声"阿门",打断了冗长的祷告,结果不知会怎样呢!因此,当我走近那个村落和那所鹤立鸡群的简陋小教堂的时候,最引起我注意的,是那种笼罩着黑人会众的极度兴奋的气氛。似乎有一种被压抑的恐怖高悬在空中,把我们震慑住了——一种神灵附身、恶魔作祟的疯狂,使得每一个字、每一支歌都显得真实得可怕。那个牧师张着嘴,滔滔不绝地向我们讲着,他那黑色的臃肿的身躯不住地摇晃、颤动。人们呻吟着、骚动着,然后,我身边那个脸色憔悴的黑白混血的妇人突然跳到半空,像厉鬼一样尖声号叫,周围的人们也开始号哭、呻吟、叫喊,那种感情冲动的情景,是我过去怎么也想象不到的。

那些不曾在南部的冷僻乡区亲眼见过这种黑人奋兴会的疯狂情景的人,是很难真正体会到奴隶的宗教感情的;这类情景描绘起来,显得怪诞不经,荒谬可笑,可是看在眼里,却是很可怕的。这种奴隶的宗教有三个特征:牧师、音乐和疯狂。牧师是黑人在美国土地上培养起来的最了不起的人物。领袖、政治家、演说家、"老板"、阴谋家、思想家——这些他都是;他始终是一群人的中心,这群人有时是二十个,有时是一千个。某种程度的圆滑加上深切的热忱,技能加上卓越的才智,使得他高人一等,而且帮助他经久保持这种地位。当然,由于时间和地点的不同,从十六世纪的西印度群岛到十九世纪的新英格兰,从密西西比河的穷乡僻壤到新奥尔良和纽约这类大城市,牧师的类型也都各有不同。

黑人的宗教音乐是一种如怨如诉的、有节奏的旋律,带着一种动人的低音调,尽管有人歪曲污蔑,它依旧是美国国土上反映人类生活和愿望的最原始、最美丽的艺术。这种音乐起源于非洲丛林(在那里还可以听到类似的音乐),在奴隶们痛苦的精神生活影响下,起了变化,有了改进,直到后来在法律和鞭子的重压下,它终于成了反映一个民族的悲哀、痛苦和希望的真正艺术。

最后,这"叫喊"的迷狂,是组成黑人宗教的最后一个要素,人们对它的信奉也最虔敬,据说在这时候,上帝的圣灵经过他们,抓住了皈依他的人,使他们快活得如癫如狂。这种"疯狂"有各种不同的表现方式,从沉默的快乐表情或低低的嘟囔呻吟,到肉体上的疯狂放纵——跺脚、尖叫、高喊、疯狂地前后挥舞胳膊、哭泣和狂笑、恍惚和昏迷。这一切其实并不新奇,只是像德尔斐和隐多珥①的宗教一样古老。它对黑人的影响是那么深,以致他们好几代人都坚决相信,如果上帝不是这样明白地有所表示,要与上帝有真正的神交是不可能的。

这些都是发展到"黑奴解放"之前的黑人宗教生活的特征。由于黑人所处的环境特殊,它们终于成了反映黑人更高生活的唯一东西,因此对于一个研究黑人发展史的学者来说,不管从社会角度或心理角度,这些都是他最感兴趣的。于是也产生了许多很有趣味的问题。对非洲的野蛮人来说,奴隶制度到底意味着什么?他对世界和生活抱着什么态度?他对善和恶——上

---

① 德尔斐是希腊阿波罗神庙所在之处,隐多珥是《圣经》里交鬼的妇人,见《圣经·旧约·撒母耳记上》28:7。

帝和魔鬼——是什么看法？他们所渴望和奋斗的是什么？他们怎么会有痛苦和失望？要回答这些问题，就必须研究黑人宗教的发展过程，看它怎样从黄金海岸的异教逐步演变到芝加哥的兼做社会事业的黑人教会。

此外，尽管是奴隶，数百万人在宗教上的成长，对他们同时代的人来说，不可能不发生深远的影响。美国的美以美会教徒和浸礼会教徒所以会是今天这个样子，数百万改变宗教信仰的黑人起了很大的影响，虽然这种影响是在暗中发生的。特别是在南部，这种情况更值得注意，因为在那儿，由于黑人的影响，神学和宗教哲学大大落后于北方，而那些贫穷的白人在宗教上简直是黑人思想方法的翻版。在美国教堂里盛极一时，几乎摧毁了我们欣赏歌曲的能力的那些"福音"赞美歌，在很大程度上都是拙劣地模仿黑人的旋律，而且所模仿的也只是黑人"欢乐"歌曲的音响而不是音乐，是肉体而不是灵魂。所以显而易见，对黑人宗教的研究不只是美国黑人历史中重要的一部分，而且也是美国历史中相当有趣的一部分。

今天的黑人教堂是美国黑人生活的社会中心，也是最富有非洲特征的地方。举弗吉尼亚州一个小市镇里的典型教堂作例子：这个叫作"第一浸礼教徒"的教堂———一座宽敞的砖房，有五百个以上的座位，用佐治亚的松木修饰得很雅致，里面有一张地毯，一架小风琴和镶着有色玻璃的窗户。下面是一个很大的会场，设有长凳。这个建筑物是一千或一千以上黑人的中央俱乐部。各种不同的机构都在这儿集会——教会本身、主日学校、两三个保险团体、各种妇女团体、各种秘密团体，以及各式各样的群众集会。除了五六次每星期都有的宗教集会以外，这里还举办各种娱乐活动、宴会和演讲会。相当可观的款子在这里募集，也在这里花掉，失业者可以在这里找到工作，陌生人在这里得到介绍，新闻在这里传播开去，救济物资在这里分配。此外，这个社会、学术和经济的中心，同时也是个强有力的宗教中心。堕落、罪恶、赎罪、天堂、地狱、永恒的惩罚——这些东西每个星期天都要热烈地宣讲两次，每年在庄稼收割完毕以后，都要举行奋兴会；而会众里面的确很少有人能鼓起勇气来拒绝皈依。除了这些比较正式的宗教活动外，教会还是道德的真正维护者，家庭生活的促进者，决定善恶的最后权威。

这样，我们可以在黑人教堂里看到今天用种族歧视和社会条件的限制将黑人摒弃在外的那个伟大世界的缩影。在大城市的教堂里，同样的倾向也很明显，而且在许多地方还更厉害。像费城的贝瑟尔大教堂有一千一百个以上的会众，教堂本身价值十万美元，可坐一千五百人，每年的预算是五千美元，管理机构包括一个牧师和好几个本地的辅助讲道师、一个常务委员会和立法委员会、一些财经委员会和捐款收集人；有订立规章制度的教会例会；有专人领导的分支机构，一队警卫人员和二十四个辅助团体。像这样一座教堂，它的活动是多方面的，活动范围也是很广的，掌管这些遍布各地的机构的主教，可以说是世界上最有权力的黑人统治者了。

这类教堂事实上就是管辖人的机构，因此只要稍稍研究一下，就可以发现这样一个奇怪的事实：至少在南部，实际上每个美国黑人都是教会的会众。当然，其中有些人并未正式入会，也有少数人并不经常上教堂；但是，实际上，一个受迫害的民族必须有一个社会中心，而这个中心对黑人民族来说，就是黑人教堂。一八九〇年的调查表明，全国差不多有两万四千座黑人教堂，正式入会的会众共有两百五十万以上，那就是说，每二十八个人里就有十个正式的教友，在南部的某些州里，每两个人里就有一个正式的教友。除了这些正式教友之外，也有很多人虽未正式入会，却也参加教会的许多活动。在全国，差不多每六十个黑人家庭就有一个组织得很好的黑人教堂，在某些州里，是每四十个家庭有一个教堂，平均说来，每一个教堂拥有价值一千美元的产业，或者说全国的教堂产业差不多值到两千两百万美元。

这就是黑人教会从"黑奴解放"以后所取得的重大发展。现在的问题是：这段社会历史是怎样连续发展的？目前有些什么倾向？首先，我们必须认识到，像黑人教会这样的机构如果没有特定的历史基础，是不可能自动出现的。这些基础是可以找到的，只要我们记得黑人的社会历史并不是从美国开始。他是从一个特定的社会环境里来的——多妻制的民族生活，酋长的领导和祭司的巨大影响。他的宗教是对自然的崇拜，深信周围看不见的力量（不管这些力量是善是恶），他的崇拜是通过巫咒和献祭。这种生活第一次急遽的改变，是载运奴隶的船只和西印度的甘蔗田。种植园的组织代替了氏族和部落，白种奴隶主代替了酋长，而且权力更大，更专制。无休止的强迫劳动成了他们的生活规律，古老的血缘关系和亲戚关系消失了，代替家庭制度的，是一种新的一夫多妻制和一妻多夫制，这在某些情况下，差不多到了杂交的程度。这是个可怕的社会革命，然而过去那种部落生活依旧留下一些痕迹，而残存的主要人物就是祭司或巫医。他很早就在种植园里出现，作用是医治病人，解释神的意旨，安慰受苦的人，替受冤屈的人作不可思议的报复；从他身上，粗糙地、可是生动地表达了一个失去自由的和受压迫的民族的渴求、失望和忿恨。这样，在奴隶制度许可的狭窄范围内，出现了黑人传教士，他的身份是弹唱诗人、医师、法官和祭师；在他的领导下，出现了第一个非洲-美国式的机构——黑人教会。这种教会最初并不是基督教会，也没有明确的组织；它只是每个种植园里信徒们所采取的某种混合的非基督教的礼拜仪式，可以粗略地称为伏都教。和主人的相处，传教士的努力，权宜之计——这一切都促使他们的仪式披上最初的基督教外衣，过了许多世代以后，黑人教会终于成了基督教会。

这种黑人教会有两个特征值得注意。第一，从信仰上说，它差不多全是浸礼会教徒和美以美会教徒；第二，作为一个社会机构，它要比一夫一妻制的黑人家庭早几十年出现。由于开始时条件的限制，这种教会只限于种植园之内，只包括一系列彼此毫无联系的单位；虽然后来人们有了一些行动的自由，但是这种地理上的限制仍旧一直很重要，同时这也是散漫的、民主的浸礼会信仰所以能在奴隶之间广泛传布的原因之一。此外，肉眼可以看见的洗礼仪式也非常投合奴隶们好迷信的脾性。今天，浸礼会依旧在黑人中间拥有最多的会众，差不多有一百五十万教友。其次普遍的，是那些跟附近的白人教会有组织关系的教会，主要是浸礼会和美以美会，也有少数几个圣公会和其他教会。美以美会现在仍旧是第二个最大的教派，差不多有一百万教友。这两个大教派的信仰所以对奴隶教会比较适合，是因为它们都以强烈的宗教感情和热忱著称。其他教派的黑人教友为数一直很少，相形之下也比较不重要，虽然圣公会和长老会今天正在知识分子阶层中发展，而在某些地方，天主教会发展得也很迅速。"黑奴解放"以后——在北部还要早些——黑人教会极大部分都和白人教会割断了联系，有的是自愿的，有的是被迫的。浸礼会独立自主了，可是美以美教会在很早以前就被迫联合起来，以便于受主教团的管辖。由于这个缘故，就兴起了伟大的非洲人美以美教会，这是世界上最大的黑人组织；此外还兴起了锡安教会和有色人种的美以美会，也促使这个或那个教派里成立了黑人会议和教会。

第二个值得注意的事实是：黑人教会要比黑人家庭出现得

早，这就在某种程度上说明了为什么在这个公共机构里，以及在信徒的道德观念里，有这么多自相矛盾的地方。尤其是这还引导我们把这个机构看作是一个民族的内在道德生活的集中反映，虽然在其他地方，这样说也许很不妥当。那么，让我们换个题目吧，不谈黑人教会外在的具体发展，来谈谈组成这个教会的民族更重要的内在的道德生活。早已有人一再指出，黑人是一种笃信宗教的动物——由于他感情十分深厚，因此自然而然地倾向于不可思议的神秘事物。这些移植进来的非洲人富于热带的幻想，对自然有一种锐敏的、微妙的欣赏能力，他们所生活的世界里充满了神祇和恶魔、鬼魅和巫师；充满了各种奇异的力量——福祉应该祈求，邪恶应该禳除。因此，奴隶制度在他们看来只是黑暗的恶势力控制了他们。地下世界所有的邪恶力量都起来和他们作对了，他们的心里充满了反抗和复仇的精神。他们想尽了办法祈求异教的神明来援助——禳解和巫术，对灵符的神秘崇拜和崇拜时的那种野蛮仪式，符咒，有时甚至还杀人献祭。怪诞的夜半神会和不可思议的巫咒屡见不鲜，女巫和伏都教祭司成了黑人集体生活的中心，他们那种不可捉摸的迷信加深了，越来越厉害了——这种迷信心理甚至在今天的无知识黑人身上都还可以看到。

但是，尽管勇猛的麦隆人、丹麦的黑人和其他一些人取得了那么大的胜利，由于奴隶主有更大的力量并不断施加压力，结果那种反抗精神就慢慢消失了。到了十八世纪中叶，黑人奴隶带着被压抑的嘟哝声，已经沉到了一个新的经济制度的最底层，而且已经在无形中成熟，可以接受一种新的人生哲学了。这时候，除了他们所学到的基督教义里那些劝他们逆来顺受的学说外，再也没有什么东西更适合他们当前的情况了。奴隶主很早就认识到这一点，所以在一定范围内也兴高采烈地帮助做宗教宣传。由于在奴隶制度下受了长期的压迫和摧残，黑人的性格也渐渐改变，使他成了一种有价值的动产：礼貌变成了卑躬屈节，精神力量退化为妥协屈服，那种天生的对美的卓越欣赏能力也变成了默默忍受痛苦的无限本领。黑人既然在这个世界上失去了快乐，就迫不及待地攫取那些提供给他的关于另一世界的种种观念；惩罚恶人的神灵命令在这个世界上要忍耐，忍受忧愁和痛苦，直到那伟大的一天到来，上帝就会率领他的黑色孩子们回家——这已成了安慰黑人心灵的梦想。牧师们重复着这样的预言，弹唱诗人们这样唱着：

> 孩子们，只要主降临了，
> 我们都可以获得自由！

在《汤姆叔叔的小屋》里描绘得那么美丽、色彩那么浓厚的这种宗教宿命论，像所有宿命论信仰一样，很快就在孕育殉道者的同时也孕育出一些淫逸的人。种植园里的生活一般都道德松弛，结婚等于开玩笑，懒惰就是美德，财产来自偷窃；在这样的地方，对于那些意志比较薄弱的人来说，一种主张逆来顺受的宗教当然很容易退化成为一种放纵和犯罪的哲学。今天黑人民族里许多坏习惯坏现象，大多是在这个奴隶的道德成长时期播下的种子。这样，在白人和黑人教会的阴影下，"家庭"被摧毁了；这样，偷懒的习惯扎下了根，怨懑和绝望代替了希望和奋斗。

随着废奴运动的开始和自由黑人阶层的逐渐成长，来了一个变化。我们常常忽略战前那些脱离了黑奴地位的自由人的作用，因为他们数目少得可怜，在全国历史上起的作用也不大。但是我们不应该忘记，他们的主要作用是内部的——是在黑人世界里，那里，他们是道德上和社会上的领袖。那班脱离了黑奴地位的自由人挤在像费城、纽约和新奥尔良之类少数几个中心城市里，越来越变得贫穷，越来越没精打采；但是他们并不完全都这样。具有自由身份的黑人领袖很早就起来了，他的主要特征是对奴隶问题的深切关怀和同情。自由对他来说，是一种真实的东西，而不是梦幻。他的宗教变得更阴沉，更热烈，他的道德观念里也有了复仇的调子，在他的歌里也宣扬算账的日子快要到了。"主的降临"在"死亡"的这一边盛传，成了今天就可以盼望的东西。通过逃亡的奴隶和无法制止的讨论，这种对自由的愿望吸引住了数百万尚戴着枷锁的黑人，成了他们生活的唯一理想。黑人的弹唱诗人也换了新的调子，有时候甚至敢这样唱：

> 自由啊，自由，在我头上飞翔的自由！
> 我不愿屈身为奴，
> 宁愿早日入土，
> 回家去见我在天之父，
> 从此获得自由！

这样，五十年来，黑人的宗教一直和废奴主义的梦想融合为一，直到后来，北部白人一个急进的新花样，南部白人一个无政府主义的阴谋，都成了黑人世界的宗教。所以最后当"黑奴解放"到来时，对于已经获得自由身份的原先的黑奴来说，好像真正是"主降临了"一般。军队的步伐声，战争的鲜血和尘土，社会动乱的叫嚣和漩涡，这一切都冲击着他狂热的头脑，使他思想中发生从未有过的混乱。他在旋风之前目瞪口呆、一动不动地站着：他跟这一切有什么关系呢？这一切难道不是上帝的作为吗？在他眼里这一切岂不是不可思议的吗？他对发生的事又是快乐，又是迷惑，老是站在那里等待新的奇迹发生，直到后来，不可避免的反动时代冲击全国，带来了今天的这个危机。

要把黑人宗教目前的这个危险阶段解释清楚，是很困难的。首先，我们必须记住，像美国黑人这样住在一个现代大国里，在各方面都和这个国家有密切的接触，一起享受着（虽然不怎么完全）这个国家的精神生活，他们当然会或多或少地直接受到今天正在推动这个国家的一切宗教道德力量的影响。然而，这些问题和推动力量与那个最重要（对他们来说）的问题——他们的社会、政治和经济地位——比较起来，那就相形见绌，黯然逊色了。他们必须经常讨论"黑人问题"——他们必须在其中生活，在其中行动，必须置身其中，必须从这个基础上或限制下去解释其他一切事物。与此同时，也产生了一些关于他们内在生活的特别的问题——关于妇女的地位，家庭的维持，孩子的教育，财富的积聚，以及罪行的防止。这一切势必意味着这样的一个时期已经来到，道德上极其纷乱，宗教上反复探求，精神上波动不安。由于每一个美国黑人必须过着双重生活，一方面做黑人一方面做美国人，一方面要顺着十九世纪的潮流前进，一方面又必须在十五世纪的漩涡里挣扎——由于这个缘故，一定会产生一种痛苦的内疚，一种几乎是变态的对人格的看法和一种对自信心是致命伤的精神上的迟疑。"肤色帷幕"之内和之外的世界都在变，而且变得很快，可是速度有所不同，方法有所不同；这就势必产生一种特别的灵魂上的煎熬，一种特别的犹疑和迷惑的感觉。这种双重的生活，带着双重的思想，双重的责任和双重的社会阶级，必定会导致双重的言语和双重的理想，引诱人们不是作假，就是反抗，不是假仁假义，就是趋向极端。

从某些这类可疑的字句中，我们也许可以很清楚地看到今天面临着黑人正在渲染和改变他宗教生活的那种特有的道德矛盾。黑人感觉到自己的权利和最宝贵的理想正在受人践踏,公众的舆论对他正义的呼声充耳不闻,一切跟偏见、贪婪和复仇心理有关的反动势力每天都在取得新的力量和新的同盟者,在这种情况下,他倒并没有面临什么值得羡慕的进退两难的处境。他意识到自己的无能为力,心里充满了悲观的情绪,往往变得咬牙切齿,渴求报复;他的宗教也不再是一种膜拜,而是一种控诉和咒骂,不是一种希望而是一种号叫,不是一种信仰而是一种嘲笑。另一方面,也有另外一种比较机灵、比较敏锐、也比较不正派的人,他在反黑人运动的力量里看出了它的明显的弱点,就采取狡猾的解决办法,绝不受道德观念的阻挠,来想法把这种弱点转化为黑人的力量。这样,我们有了两股彼此很难调和的思想上和道德理想上的巨流:其中一股的危险在于无政府主义,另一股的危险在于假仁假义。一类黑人差不多随时随地准备咒骂上帝而死去,另一类则常常是真理的叛徒和压力下的懦夫;前一类的理想往往远不可及,反复无常,也许无法实现;后一类忘记了人生在世不是专为了吃肉,肉体的价值高于衣着。但是,归根结底,这难道不是时代的折腾在黑人身上的表现——不是谎言的胜利,这种谎言今天带着它虚假的文化,正面对着无政府主义者暗杀的恐怖?

今天有两派黑人,一派在南部,另一派在北部,他们代表上述两股不同的道德倾向,前者倾向激进主义,后者则倾向假仁假义的妥协。南部白人的确怀着不小的惋惜心情,悼念着过去时代黑人的消失——那个代表过去逆来顺受、卑躬屈节的宗教时代的坦率、诚实、朴质的老仆人。他虽然懒惰,缺少做一个真正的人的许多要素,但是他至少是坦白的、忠实的、诚恳的。今天他已经一去不复返了,但其咎在谁呢?岂不在于悼念他的那些人吗?岂不在于南部重建时代和反动时代出现的那种倾向,企图在一个不讲法律、欺诈行骗的基础上建立一个社会,企图将一个天性诚实直爽的民族的精神道德任意篡改，结果使白人有危险成为无法管束的暴君、黑人有危险变成罪犯和伪善者？欺诈是弱者对抗强者的天然的自卫办法，南部有许多年采用了这个办法，来对付它的征服者；今天，它也就可以看到它的黑人无产者准备拿同一件双刃的武器来对付它了。这是多么自然的事！丹麦克·维塞和纳特·忒纳尔的死，在很早以前就向黑人证明，强力的对抗在目前是没有希望的。政治上的自卫越来越见困难，经济上的自卫也只有部分见效。但是另外有一个很好的自卫方法随时都可以应用——那就是用欺诈和谄媚，用虚假诺言哄骗和撒谎来自卫。中世纪的农民就采用过这个方法，它的印记在好几世纪以来，一直留在农民的性格上。今天，一个南部的黑人青年要想成功，就不能坦白直率，不能诚实无欺和富于自尊心；相反的，他每天都在受着诱惑，促使他变得沉默警惕、圆滑阴险；他必须阿谀奉承，讨人欢喜，装出笑脸忍受一些小的侮辱，对不公平的现象闭起眼睛；在许多许多地方，他都看出欺诈和撒谎对个人绝对有利。他的真正思想，他的真正愿望，只能隐藏在窃窃私议中；他不能批评，他不能抱怨。对这些成长中的黑人青年来说，忍耐、卑躬屈节、随机应变，必须代替自发的感情、人的尊严和英雄气概。作了这类牺牲之后，他们在经济上才有发展前途，而且也许才有安宁和某些财富可言。不做这类牺牲，就意味着暴乱、流徙和犯罪。这种情况也不光是美国南部有——那些不发达的种族，岂不都是靠这独一无二的办法，才获得了共享现代文明的权利吗？文明的代价就是"谎言"。

另一方面，在北部的倾向是黑人的激进主义的加强。每一个比较正直和有自尊心的人，在南部的那种环境下，必然会起反感，促使他离开本土，来到新的土地上，在那里，由于残酷的竞争和种族歧视，他简直难以谋生。同时，通过学校和杂志，讨论会和演讲会,他在智力上受了启发,有了觉悟。那个长时期来被禁锢着的、萎缩了的灵魂,在新获得的自由中突然扩张了。无怪乎每一种倾向都是趋于极端——激烈的怨言,激烈的对策,痛切的指责,或是愤怒的沉默。有的摔倒了,有的站了起来。那些为非作歹的和淫逸的离开了教堂,走向赌场和妓院,充斥了芝加哥和巴尔的摩的贫民窟;那些较富裕的阶层把自己从白人和黑人的集体生活中隔离开来,自成一个贵族阶级,他们虽然有文化,但是悲观消极;虽然作尖锐刺人的批评,但是指不出一条出路。他们看不起南部黑人的逆来顺受和卑躬屈节,但也提供不出其他办法,可以让这个受穷的和受迫害的少数民族和它的主人们以平等地位相处。他们对自己所生活的时代的倾向和机遇有深切、锐敏的感觉,因此他们从灵魂深处痛恨那个在白人和黑人之间垂下"帷幕"的命运;这种痛恨是很自然的,也是很有道理的,正因为这个缘故,它也就日益加深,越来越疯狂。

我在上文企图说明在黑人中间有两种各趋极端的道德态度,而在南部和北部,就有数以百万计的广大群众在这两种态度中间摇摆;他们的宗教生活和活动也受着各阶层内这种社会矛盾的影响。他们的教会正在分化:有时候化成一群群冷静的、时髦的信徒,除了肤色以外,和同类的一群群白人信徒并没有丝毫区别;有时候化成庞大的社会性和事务性的机构,目标只是为它的会众们谋求知识和娱乐,警惕地避开在黑人世界内外发生的不愉快的问题,用实际效果而不是用言语宣扬:"如果我们活着,就让我们活下去吧。"

但是在这一切的后面,有一种深厚的宗教感情在每一个真正的黑人心中酝酿,这是一些伟大的人类灵魂所汇成的一股浩荡的、尚未找到方向的巨大力量,他们已经失去了过去时代的指路明星,目前正在这漫漫长夜里寻找一个新的宗教理想。总有一天,"觉醒"将会到来,一千万人被压抑的力量将以雷霆万钧之势,冲出那个被死亡阴影笼罩着的山谷,汹涌澎湃地奔赴自己的伟大目标,而在这个笼罩着死亡阴影的山谷里,一切生命中最宝贵的东西——自由、正义和权利——都打着"白人专有"的印记。

十一
头生子的夭折

哦，妹妹，这孩子是你的头生，
他手脚的活动已经停止，
但我还听到他的血在呼号：
"谁把我忘了？谁还记得我？"
你也许忘了，哦，夏天的燕子，
但要我忘记，除非世界已经终结。

——斯文伯恩（Swinburne）

"您添了一个孩子"，十月里某个阴暗的早晨，有一张小小的黄纸飞进了我的房间，上面写着这样的字句。于是做父亲的恐惧和生孩子的欢乐油然而生，强烈地混杂在我的心头；我心里想，他不知是什么样子，有什么感觉——他不知有什么样的

眼睛,他的头发是不是柔软卷曲。我深深为她担心——和死神睡在一起的她,为生育一个男孩子深受着痛苦,我呢,却毫不在乎地在外流浪。我急急地向我的妻儿赶去,一边梦魂颠倒地重复着:"妻子和孩子?妻子和孩子?"——我归心似箭,速度赛过汽船和火车,然而又不得不耐着性子等待它们;我远离了那个人声鼎沸的城市,远离了水光闪耀的大海,回到我的家所在地波克夏山,山岭带着满脸愁容,一天到晚坐在那里,守卫着马萨诸塞州的大门。

我急急地走上楼去,奔向那个憔悴的母亲和呱呱啼哭着的婴儿,奔向那个神圣的殿堂,在它的祭坛上面,一个新的生命在我的祈求下诞生了,他要求生存,也获得了生存。这是什么东西呢?这个乱糟糟一团的小东西,这个从不可知的世界来的新生的号叫——全是脑袋和声音?我好奇地抱着他,惶惑地瞅着他眨眼、呼吸、打嚏。那时候我并不爱他,他的模样怪可笑的,不讨人爱,不过他的母亲,我的年轻的妻子,我是爱的,而且在我看来,她的身上还放射出清晨的光辉——完全是一个神化了的女人。

那小东西渐渐长大,越来越结实了,我由于爱他母亲,也慢慢爱起他来;他呢,也喊喊喳喳,牙牙学语,他那个小小的灵魂渐懂人事,他的小眼睛里闪耀着生命的光芒。他是多么美丽啊,皮肤像橄榄的颜色,金色的鬈发略带着黑色,眼睛里混淆着蓝色和棕色,小小的肢体十全十美,小脸儿肉嘟嘟的,丰满圆硕,带着非洲的血统!后来我们回到了我们南部的家乡,我把他抱在怀里——我抱着他,两眼望着佐治亚炎热的红色土壤和那座被群山环抱着的呼吸困难的百山之城,心中泛起了一阵模糊的不安的感觉。他的头发为什么是金色的呢?在我的一生,金头发都是不好的预兆。他眼睛里的棕色为什么不把蓝色压倒呢?——因为棕色是他父亲的眼睛的颜色,也是他父亲的父亲眼睛的颜色。这样,在这个种族歧视的国土上,我看到了那幅帷幕的阴影,看着它朝我的孩子身上落下。

他生在帷幕之内,我说;而他以后也将要在这里面生活——他是一个黑人,一个黑人的儿子。在他的小脑袋里,保持着——啊,痛苦地!——一个被追猎的民族不屈不挠的骄傲,在他那只胖胖的小手里,紧抱着——啊,疲惫地!——一个不是不能实现而是阻碍重重的希望,他那两只窥入我灵魂深处的明亮好奇的眼睛看到了一片国土,那儿的自由对我们来说是一种讽刺,解放是一种谎言。我看见那幅帷幕的阴影笼罩到我孩子身上,我看见那座冷酷的城市屹立在那片血红的土地上。我用自己的脸贴着孩子的小脸儿,把刚出现的微弱的星星和闪耀的灯火指给他看,嘴里唱着一支平静的歌曲,把我生命中无声的恐怖压了下去。

他长得那么健康结实,洋溢着那么蓬勃的生气,他的小生命虽然离开"生命之源"只有十八个月,却那么富于不言而喻的智慧——所以我和我妻子两人,都不由得要崇拜他,崇拜这个神灵的启示。我妻子把她的整个生命都建筑在孩子身上了;他给她的每一个梦境平添了色彩,给她的每一项努力增加了理想。只有她的手能抚摸和擦洗他的小小的肢体;他穿的衣衫和褶边,没有一件不是她亲手缝缀的;只有她的声音,才能把他送入梦乡;他俩还讲着一种轻柔的、外人所不知的共同语言,来彼此传意。我也常常俯伏在他睡的那只白色小床上沉思默想;我从他的新生的力量里,看到了我那只伸过几世纪的胳膊的力量;看到了我的祖先的梦想在这梦幻的世界里往前跨了一步;从他牙牙学语的声音里,听到了将要在帷幕内响起的预言。

这样我们梦想着,爱抚着,计划着,过了秋天和冬天,过了风和日暖的漫漫的南方春天,直到滚滚的热风从臭气熏天的海湾里吹来,直到玫瑰花簌簌地发起抖来,那轮威势未减的红日将它可怕的光芒颤巍巍地直射在亚特兰大山峦上。就在那个时期的一天晚上,他那双小脚疲乏不堪地在那张白色的小床上踢了几下,他的小手哆嗦起来;他那张烧得绯红的脸在枕头上翻来覆去,于是我们知道孩子病了。他在床上躺了十天——一个星期转眼过去,接着是三个漫长的日子——眼看着他一点一点瘦下去。最初几天,做母亲的兴高采烈地看护着他,对着那两只还露出笑意的眼睛嘻嘻哈哈。接着她只是温柔地在他身边流连,直到后来,笑容黯然逝去,恐怖蜷伏到小床旁边。

接着是永不消逝的白天和梦寐不安的恐怖黑夜,欢乐和睡眠一去不再来。我现在还可以听见那个在午夜喊我的声音,把我从痴呆的、不眠的恍惚中惊醒——只听那声音喊道:"死亡的阴影!死亡的阴影!"我在星光下悄悄出去,喊醒那个白发的老医生——死亡的阴影,死亡的阴影。时间颤抖着,一小时一小时地过去;夜谛听着;灰白的晨光像什么疲乏不堪的东西轻轻地向灯光溜来。然后我们俩转过头去望着孩子,看着他掉过脸来朝我们瞪着两只大眼,伸出他两只骨瘦如柴的手——死亡的阴影!我们说不出一句话来,默默地转身走开了。

他在黄昏时候死去,那时候夕阳用面罩遮住了脸,静卧在西边山头,好像在孕育悲哀,风儿静悄悄不出一声,树木,他所爱的那几棵绿色大树,也一动不动地挺立在那里。我看见他的呼吸越来越急促,停住了,随后他那幼小的灵魂跳了起来,好像一颗流星划过夜空,把漆黑的世界抛在它的后面。那天的日子依旧,高大的树木仍向窗边窥探;青草仍在夕阳下闪光。只是在那个死亡笼罩着的房间里,那个世间最可怜的人——失去了儿子的母亲——在痛苦地折腾。

我不想躲避。我渴望工作。我渴求一种富于斗争的生活。我不是个懦夫,既不会在暴风雨肆虐时退缩,也不会在那幅帷幕的可怕阴影前胆怯。可是听着,哦,死神!是不是我这一生还不够痛苦——是不是这片用嘲笑的罗网罩住我的阴暗土地还不够寒冷——是不是这四堵矮墙外面的整个世界还不够无情,所以还需要你降临此地——你,哦,死神?暴风雨发出隆隆的雷声,冷酷无情地在我头上震响,孱弱的森林颤抖着,发出弱者的咒骂;可是我,只要让我待在家里,在我妻儿的旁边,我还在乎什么?是不是你妒忌我有这么一点点快乐,所以你非要到我这儿来不可——你,哦,死神?

他的生活真是十全十美,充满了欢乐和爱情,他的眼泪只是增加了他生活的色彩——美丽得像是霍萨托尼克河旁边的一个夏日。人们个个爱他;女人吻着他的鬈发,男人严肃地望着他那对美丽无比的眼睛,孩子们都在他身旁流连。我现在还可以看见他,像天空一样善变,一会儿眼睛发亮,哈哈大笑,一会儿沉下脸来,皱起眉头,一会儿又看着周围人们的动作,露出好奇的、沉思默想的神气。他不知道什么肤色界限,可怜的小宝贝——而那幅帷幕虽然笼罩着他,却还不曾把他的阳光全部遮掩。他爱白人主妇,他也爱他的黑人保姆;在他那个小世界里,只有灵魂在行走,没有肤色,也没有衣服。生活在那个小生命的无限广阔的世界里,我——不,所有的人——都会变得更广阔、更纯洁。他死了以后,她独具慧眼,看得见群星后面的一切,就说:"他在那边会快乐的;他一向喜爱美丽的东西。"我呢,要比她无知得多,而且被自己所织的网遮住了眼睛,就一个人坐在那里思索着字眼,嘟囔着说:"要是他还存在,要是他在那边,要是还有个'那边',但愿他快乐,哦,命运!"

他下葬的那天早晨很欢乐,有小鸟,有歌声,有扑鼻的花香。树木在向青草轻声耳语,但是孩子们都沉着脸坐在那里。然而这一天却显得可怕而不真实——像是生活的幽灵。我们好像隆隆地朝着一条不熟悉的街道驰去,我们的背后放着小小的一束白花,耳畔听到依稀的歌声。忙碌的城市在我们周围喧闹;他们没有说什么,这些脸色苍白、忙忙碌碌的人;他们没有说什么——他们只是看了我们一眼,说了声:"黑鬼!"

我们不能把他埋葬在佐治亚这儿的土地下,因为这儿的泥土实在红得奇怪;所以我们送他北去,带着他的花束和他合着的小手。没有用,没有用!——哦,上帝,在你广阔的蓝色天空下,哪里是我黑皮肤的孩子安息之所?——哪里有尊严、善良和真正的自由存在?

整整一天,整整一晚,我心里洋溢着一种无法形容的快乐——不,不要责备我,如果我从帷幕里往外望,把世界看得太阴暗了——我的灵魂始终悄悄地对我说:"没有死,没有死,是逃掉了;不是套上了枷锁,而是获得自由了。"现在不会再有什么卑鄙恶劣的行为能折磨他婴儿的心灵,使他活受罪了;现在不会再有什么冷嘲热讽能残害他快乐的童年了。我真傻,怎么会想到或者希望让这个幼小的灵魂日后在帷幕内窒息、凋零!我早就应该知道,不时在他眼中掠过的那种深刻的、不同凡响的神情,就是他透过了狭窄的"现在"往远看。在他那个覆着鬈发的小脑袋里,不也存在着所有那种作为一个人而存在的无比骄傲,就像他父亲还未在心坎里把这种骄傲磨灭掉一样?说真的,在五千万同胞处心积虑的侮辱下,一个黑人要骄傲又有何用?快去吧,我的孩子,不要等世界把你的宏大志愿说成是狂妄,使你的理想没有实现的可能,而且还要教导你怎样卑躬屈节。我宁愿让这个莫名的空虚来结束我的生命,也不愿让你沉浸在这样的苦海里。

这些都是废话;也许他负起这个重担时会比我们更勇敢——是的,总有一天还会发现这个担子变得更轻;当然,当然啦,目前这种情况绝不会永远下去。当然,在某个灿烂的早晨,一定会有曙光出现,揭掉这幅帷幕,让受禁锢的获得自由。

不是为了我——我会戴着枷锁死去——而是为了年轻的一代，他们将会不知道什么是黑夜，醒来就是清晨；在那个时候，人们询问劳动者不是"他是不是白人？"而是"他能不能劳动？"在那个时候，人们询问艺术家不是"他们是不是黑人？"而是"他们懂不懂艺术？"在许多许多年以后，总有一天这样的早晨会到来。可是现在，在帷幕内的阴暗的岸上，同一个深沉的声音在哭号："你应该牺牲！"我在这命令下，已经作了一切牺牲了，而且很少口出怨言——只有这一次例外，因为我不忍看着那个年幼美丽的尸体躺在我所建筑的这个窝里，那么残酷地跟死亡结了不解之缘。

如果人必有死，那我为何要偷生？我为什么不能离开这个纷纭的世界而获得安息，我为什么不能长眠而非要眼睁睁地看着这个世界？世界的蒸馏器，时间，难道不是在他年轻的手里？我的日子难道不是一天少似一天，很快就要完结？难道葡萄园里的工人已嫌太多，所以必须将这个幼小尸体的美好前途随随便便地丢弃？我的这个种族里有多少不幸的人，他们都拥挤在这个国家的小巷里，没有父亲，也没有母亲；但是爱就坐在他的摇篮旁边，智慧就在他耳边等着说话。也许他现在已经懂得了大爱，而智慧对他也不再有必要了。那么睡吧，孩子——静静地安睡吧，直等到有一天我也安睡，醒来的时候将听见一个婴儿的声音和小脚不停的踢跶声——在帷幕之上。

十二
亚历山大·克伦迈尔

接着，简直像从天地尽头的那一边，
像一声高叫残留下的回荡的余音，
我似乎听到从黎明中传来低弱的喧哗，
仿佛某一个幸福的城市里的全部居民
正环绕着一位刚从战场归来的帝王欢呼。

——丁尼生（Tennyson）

　　这是一部人类心灵活动的历史——这是有关一个黑孩子如何为了要认识世界和认识自我而在漫长的岁月里和人生搏斗的故事。这孩子在那些展现在他惊异的眼睛前面的阴惨可怖的黑色沙丘里，遇到了三种诱惑：那鲜明地显现在朝霞初红的天空

中的"仇恨"的诱惑;那使正午时的白昼阴暗失色的"绝望"的诱惑;还有那永远暗随着薄暮而来的"疑虑"的诱惑。此外,你更必须知道他所穿过的那些溪谷——屈辱之谷和死亡之谷。

我是在威尔伯福士大学的一次毕业典礼上,在那典礼会的喧嚣纷扰中第一次见到亚历山大·克伦迈尔的。他站在那里,显得又高又瘦又黑,露出一副朴实高雅和极有教养的神态。我和他单独走到一边去谈话,在那里,那些热狂的年轻演说家所掀起的风暴已不能打扰我们。我始而客气地、继而好奇地、然后简直是急切地和他谈着话,因为我很快就感到了他的品德的优美——他的温文尔雅的态度,他的令人悦服的力量,以及他那把生活的真实与希望融合起来的美妙的格调。正像人们在世界先知们的面前弯腰顶礼一样,我本能地向这个人俯首致敬了。他好像是一个独具慧眼的人,但他既非来自血红的"过去",也非来自灰暗的"将来",而是来自脉搏正旺的"现在"——来自那在我看来既是极光明又是极黑暗、既是极高雅又是极卑贱的滑稽的世界。整整八十年,他都和我在这同一个世界上,在那幅帷幕之内流浪着。

他是密苏里妥协案的时代出生的,在马尼拉和埃尔卡内①炮火的回声中他曾躺在那里奄奄垂毙:那为生存挣扎的动荡岁月,黑暗得令人不敢回顾,更黑暗得令人不敢前视。这个黑脸的孩子,七十年前当他停止玩泥块和石弹而向世界俯视的时候,他便已看到了一角令他困惑不解的远景。那时候,载运奴隶的船还在呻吟着横渡大西洋,南来的和风中充满了依稀可闻的哭泣声,高大的黑人父亲伏在年轻人的耳边低声讲述着令人难以相信的惨无人道的故事。从那低矮的门洞口,母亲正一声不响地

---

① 马尼拉,菲律宾首都;埃尔卡内,古巴南部的一个城市;这两个地方均在1898年美西战争时被美国占领。

注视着她的正在玩耍的孩子,一到天黑,她就急切地把他找回家,唯恐夜的阴影把他带去送入了奴隶之邦。

就这样,他的年轻的头脑,经过长久的、躲躲闪闪的思索之后,给人生勾画了一幅非常奇怪的图景;在那图景中永远站着一个孤独的黑人——永远带着那个悲痛的父亲的愁苦呆滞的面容,满脸都是深陷的纵横交加的皱纹。于是那"仇恨"的诱惑日益增长,夺去了这个日益成长的孩子的光辉——偷偷地溜进了他的笑声,隐藏在他的游戏里,使他的日思夜梦都充满着动乱的怒涛。于是这个黑孩子向天空、向太阳、向花草追问着那个永远不曾为人回答过的问题——"为什么?"当他成人以后,他既不爱这世界,也不爱这世界的许多无理的行径。

你也许会觉得,一个孩子受到这种诱惑,未免奇怪;然而在这片广阔的土地上,今天却有一百万黑人孩子正沉默无言地站在这种诱惑前面,而且已经感觉到这诱惑伸过来的战栗着的冷冰冰的双臂。也许有一天,会有一个人走过来为他们揭开那幅帷幕——亲切而愉快地走近这些悲惨的小生命,驱散那潜伏在他们心中的仇恨,正像当初贝里亚·格林(Beriah Green)跨进亚历山大·克伦迈尔的生活中去一样。在这个坦率善良的人面前,那个阴影似乎不再那么黑暗了。贝里亚·格林在纽约州的奥奈达县办了一个学校,教着二十来个顽皮孩子。"我一定要去弄个黑人孩子来教教",贝里亚·格林说,这真是只有一个爱作奇思怪想的人和废奴主义者才敢说的话。"啊哈!"孩子们全都大笑起来。"真是这样",他太太说;于是亚历山大就来了。在这以前,这黑孩子本来就希望找个学校念书,他曾经忍饥受冻地跑了四百多英里路,一直跑到没有奴隶的新罕布什尔,跑到这块"迦南乐土"上来。但那里信奉上帝的农场主们早就套上了九十头公牛,把那废奴主义者建立的那所学校拉到沼泽地中去了。于是这黑孩子只得拖着沉重的脚步又走开了。

十九世纪是人类同情心开始出现的第一个世纪——在这时代，我们才略带惊奇地开始在别人身上看到那变了形的神圣的火花，也就是我们称之为"自我"的东西；在这个时代，庄稼汉和农民，流浪汉和偷儿，百万富翁——有时还有——黑人，才变成了有血有肉的人，他们温暖的跳动着的脉搏是那样和我们接近，使我们禁不住要惊愕地喊道："你们也和我们一样！你们见到过悲哀和绝望的死水吗？你们知道什么是生活吗？"于是我们一筹莫展地偷窥着别的那些世界，哭着说："哦，一切世界所在的世界，人们要怎样才能使你变得浑然如一啊？"

就这样，在奥奈达那个小小的学校里，那些小学生看到了一个黑皮肤孩子流露出来的思想和希望，这是他们从来也没有梦想过的。同时，那个孤独的孩子也第一次见到了同情和鼓舞的曙光。那个一直在他和世界之间飘动着的阴暗的、不可名状的东西——"仇恨"的诱惑——现在逐渐淡薄，不像从前那么可怕了。它并没有完全消散，只是慢慢化开，全凝集在边缘上。通过它，这孩子第一次看到了人生的悲欢——看到了一条阳光闪耀的大道在天地之间伸展出去，一直伸展到那遥远模糊的天地抱吻的地平线。这个日渐成长的孩子开始看到了生活的远景——奥妙而神奇的远景。他抬起头，挺直身躯，深深地呼吸着清新的空气。忽然在那边的森林后面，他听到一阵奇怪的声音，接着，从树木的缝隙间，他隐隐约约地看到极远处有一个棕色的民族在喊叫——喊声时低时高。他听见了他们的铁链发出的那种可恨的哗啦声，他感觉到他们都在匍匐乞怜，他心中升起了抗议和预言的声音。于是他扎紧腰带，大踏步地向世界走去。

他心里的一个声音和幻象叫他去做一个神甫——做一个把那些未被召唤的民众领出奴役的牢房的带路人。他立即看到无领导的群众像澎湃的狂澜一样向他涌来——他急切地向他们伸出手去，但是正当他伸手的时候，那"绝望"的诱惑的阴影忽然向他的幻象袭来了。

他们都不是坏人——人生的问题不是坏人的问题——他们都是文静、善良的人，都是罗马天主教会的主教，他们都力图过着正直的生活。他们缓慢地说："你的这一切打算都是非常自然的——甚至是值得赞美的；但圣公会的神学院不能收黑人。"当那个瘦弱的、样子简直有点可笑的人仍然继续上门来请求的时候，他们仁慈地、略带悲伤地把手放在他的肩上说："你听着——当然，我们，我们知道你心里多么难受；可是你知道这是办不到的事——那就是说——呐——现在还不到时候，将来有一天，我们相信——诚恳地相信——这种界线会慢慢消失；可是现在，世界就是这个样子。"

这就是"绝望"的诱惑；这个年轻人顽强地跟它斗争着。他像一个阴暗的影子一样，飘过那些大厅，请求、争辩，带怒地要求他们录用他，直到他听到最后一声"不行"，直到人们匆匆忙忙地把他这个打扰者赶走，说他是一个愚蠢的、不明道理、不懂礼法的人，是一个妄图违抗上帝谕旨的叛逆。于是，那辉煌的幻象中的一切荣光慢慢消散了，只剩下一片灰暗冷酷的大地在一团失望的浓云下滚动。甚至从那阴惨的早晨的深渊之外，自行向他伸来的仁慈的手，在他看来也不过是那些紫色的阴影的一部分。他冷冷地望着它们说："既然世界之门已对我关闭，我为什么还要不遗余力地进行奋斗呢？"但是那些手仍然温和地推着他前进——那是那个英勇父亲的英勇儿子约翰·杰伊①的手；没有奴隶的城市波士顿的善良人们的手。可是，直到容他担任教职的教堂的门对他打开的时候，那片阴云也并未完全消散；甚至在古老的圣保罗教堂，当年高德勋的主教举起他的白

---

① 约翰·杰伊（John Jay，1871—1894），美国律师和政治家，废奴运动的重要人物之一。

色手臂来任命这个黑人担任教堂执事的时候——甚至到这个时候,他心头的重担也依然没有解除,因为在那里人世的荣光已经消失了。

但是,亚历山大·克伦迈尔所穿过的烈火不是白烧的。慢慢地,他比以前更从容地重整起了他的生活计划。他更认真地对实际情况进行了研究。他从奴隶制度和黑人民族所处的奴役状态的深处,看到了他们的致命弱点——那些被无数年来的虐待加深的弱点。他感到他们最主要的一个短处是缺乏坚强的性格和不屈不挠的正义感,所以他决定从这里开始。他要把他同胞中最优秀的一些人集中在某一个圣公会小教堂里,在那里领导他们、教育他们、鼓舞他们,直到这一点酵母扩大开来,直到孩子们长大成人,直到整个世界都听到他们的声音,直到——直到——于是,他在青年时期第一次见到的那种美好幻境的微弱余光又在他的梦中闪现了——但仅仅是余光,因为在那里人世的荣光已经消失了。

有一天——那是在一八四二年,那时海里的春潮正轻快地和新英格兰五月的和风搏斗——他终于在普罗维登斯他自己的教堂里,做了一个神甫。时光飞逝,这个年轻的黑人教士劳苦地工作着;他细心地编写他的讲道词;他用柔和恳切的声音做祷告;他满街到处跑,和过路的行人交谈;他去拜访病人,跪在临死的人的床前为他祈祷。他一周接一周、一日接一日、一月接一月地工作着、劳苦着。但结果他的会众却一月一月地减少,他空荡荡的大厅里的回音一周一周地越来越响了,来拜望他的人一天一天地越来越少了,同时那第三个诱惑的影子也一天一天地越来越明晰了,而在帷幕内尤其明晰;这个诱惑好像总是温和地含着笑容,它柔和的声音里只略带一丝讽刺意味。最初,它只是偶尔出现,合着一个声音的节奏说:"哦,有色人种吗?嗯。"或者说得更明确一些:"你希望怎样呢?"在那种声调和手势中都暗伏着疑虑——那"疑虑"的诱惑。他是多么憎恨它啊，他对它发出疯狂的喊叫！"他们当然能行，"他叫着说，"他们当然能学得知识，努力上进而且获得……""你说的这一切，"那诱惑却轻言慢语地接口说，"他们当然做不到。"在所有三个诱惑中，这个诱惑给他的打击最深。"仇恨"吗？这孩子气的东西在他已经长大成人后便抛弃掉了。"绝望"吗？他已经靠它练出了坚强的右臂，一直在用不屈不挠的决心和它斗争。现在他却怀疑起他毕生事业的价值来了——怀疑起这个种族的命运和才能来了，自己是这个种族的一分子，他对它是衷心热爱的；现在他看到他所预期的奋斗精神只是可鄙的拖拉懒散，听到他自己的嘴唇在喃喃低语："他们不感兴趣；他们不可能获得知识；他们是一群麻木的任人驱使的牛马——为什么要把你的珠宝扔在猪的面前呢？"——这个，这个真似乎不是人所能忍受的；他关上大门，颓丧地在圣坛的台阶上坐下来，脱下身上的教袍，痛苦地在地板上打滚。

等他从地上爬起来的时候，夕阳已经使阴暗教堂里的微尘开始飞扬。他折起衣服，放下赞美诗，合上那部大《圣经》。外面已经是黄昏，他走出门外，带着疲倦的笑容回头望了望那又窄又小的讲坛，锁上了大门。然后，他匆忙地跑到主教那里，把主教早已知道的情况告诉他。"我失败了。"他直截了当地说。这个自白使他获得了勇气，于是他又接着说："我现在需要的是一个较大的教区。这里的黑人比较少，而且也许他们不是最好的黑人。我必须到工作范围更大的地方去再试一试。"于是主教就把他派到费城去，还写了一封信给翁德东克主教。

翁德东克主教住在一所门口有六级白石阶的房子里——他一身胖肉，红光满面，写过几篇讨论使徒传统的精彩论文。他刚吃过晚饭，舒舒服服地坐下来准备作一番愉快的沉思，门铃响了，一封信和一个瘦弱难看的黑人闯到了他面前。翁德东克主教匆匆地读过了那封信，皱起了眉头。很幸运，这时他的头脑已经清醒；他松开皱着的眉头，望着克伦迈尔。过了一会儿，他缓慢而郑重地说："我可以留你在我这个主教管区工作，但有一个条件：黑人神甫不能参加本教区的年会，黑人教堂也不能要求派代表参加会议。"

有时我真觉得我可以清楚地看见当时两人那种相对无言的情景：那个高瘦的黑人站在翁德东克主教的便便大腹之前，紧张不安地揉着手中的帽子；他的那件旧得不堪的外衣已经搭在木制的黑书架上，在那里，福克斯的《殉道者传》安适地放在《人的全部天职》的旁边。我似乎看到那个黑人圆睁着的眼睛从主教的黑呢外衣移到了那在太阳下闪着红光的书房的玻璃转门上。一只小绿蝇正想越过门上的那个宽阔的锁眼。它轻快地飞过去，有点惊异地向裂罅中张望了一下，沉思地搔搔它的一对触髯；接着它试了一下那个裂罅的深度，发现那是个无底深渊，于是它立即就缩回来了。那黑脸的神甫不禁在那里暗想，不知这只绿蝇是否也遇到过它的屈辱之谷，要是遇到了，不知会不会纵身向里面跳去——可是正在这时，瞧！它却展开它的小翅膀，嗡的一声快快活活地飞了过去，把那恨无双翼的观望者孤伶伶地丢在那里了。

于是，他的负担的全部重量一下子全都压到他身上来。那富丽的四壁旋转着退到一边去了，在他面前只有一道蜿蜒着穿过生活之海的寒冷坎坷的堤岸，被一座极高的花岗石山峰切成两段——在这边的是屈辱之谷；在那边的是死亡之谷。两者中我不知道哪一个更阴森可怖——不，我没法知道。但这一点我是知道的：在那边的那个恭顺之谷里，现在有一百万黑皮肤的人站在那里，他们甘愿

　　……忍受时间的鞭笞和嘲弄，

>忍受压迫者的罪恶和狂妄者的无理,
>
>忍受被厌弃的爱的痛苦,
>
>忍受法律的拖延和官府的傲慢,
>
>以及无能者的谦德应受的侮辱——①

这一切,甚至比这更多,他们也将忍受,如果他们知道这是一种牺牲,而并非什么比牺牲更下贱的事。这种思想在那孤寂的黑色胸膛里起伏汹涌。主教似乎要说什么似的清了清嗓子,但想一想实在再没什么可说,他也就慎重地什么也没讲,只是坐在那里不耐烦地拍着脚。这时亚历山大·克伦迈尔却用一种沉重的调子缓慢地开口了:"我永远也不愿在这种条件下在你的管区里工作。"说完这句话,他就转身跳进了死亡之谷。你也许只见过肉体垂死、骨头快要散架以及咳得令人窒息的情景;但这个人的灵魂遭受着比这更可怕的死亡的折磨。他在纽约找到了一个教堂——他父亲的教堂;他为这个教堂工作着,受尽贫困饥饿的压迫和一同供职的教士们的凌辱。最后,他几乎感到绝望了,于是漂泊到海外,成了一个伸手向人乞讨的乞丐。一些英国人对他表示了欢迎——这里面有威尔伯福士和斯坦里,瑟威尔和英格尔斯,甚至还有弗劳德和马可梨;本杰明·布罗迪爵士要他在剑桥的皇后学院休息一阵,于是他就在那里逗留下来,为身心的健康奋斗着,直到一八五三年他取得学位的时候。但他仍然不能就此满足,安定下来,于是他又跑到非洲去,在那里,在贩卖奴隶走私贩子的鬼影之中,他花费了许多漫长的岁月,想寻找一个新的天国和一块新的大地。

这个人就这样探索着光明;这一切并不是生活——这只是一个灵魂为了寻找"自我"而在世界上所作的漫游,这只是一

---

① 引自莎士比亚戏剧《哈姆雷特》第三幕第一场。——编者注

个被比死亡还要可怕的死之阴影所跟踪的人为了在人世间寻找自己的地位而进行的徒劳的努力——这是一个宿愿未偿的灵魂的消亡过程。他一共流浪了二十年——二十多年；但那个无法解决的令人困惑的问题仍在他心里不停地烦扰着他："上帝明鉴，我究竟活在世上干什么？"在那狭小的纽约教区中，他的灵魂似乎已被压得喘不过气来了。在那所英国大学的古色古香的气氛中，他听到了海外数百万人民的呼号。而在那遍地疫疠的西非的沼地上，他又是孑然一身，无能为力。

对他的这种奇异的历程，你是不会感到奇怪的——你在生活的大漩涡中，在它冷漠的歧路和神奇的幻景中，也曾面对人生，探问过它这个谜的谜底。如果你发现这是一个不解之谜，那就请你记住：它对于这个黑人尤其难解；如果你发现要确定并完成自己的职责是一件困难的事，那对他就会是更加困难；如果战斗的血迹和尘烟曾使你烦恼不堪，那就请记住，对他说来，那尘烟更浓，那战斗更猛。流浪的人忽然倒地，是不足为奇的！我们随时可以看到强盗、杀人犯、到处拉客的妓女，以及无尽无休的没有装殓的死者队伍，这也是不足为奇的！死亡之谷很少会把它接纳的游客送回人世来。

但死亡之谷把亚历山大·克伦迈尔送回来了。他逃脱了"仇恨"的诱惑，受到了"绝望"之火的冶炼，战胜了"疑虑"，受到了在屈辱前的牺牲的锻炼，最后终于越过重洋，回到了自己的家，谦虚而强健，文雅而坚决。他以作为纯洁灵魂的甲胄的那种少有的礼节，向一切嘲弄和偏见、一切仇恨和歧视低头。他以作为公正的利剑的不屈的正义，在他的本民族中跟卑鄙、贪婪和邪恶战斗。他从不退缩，他很少抱怨；他只是工作着，鼓舞后辈，斥责腐朽，扶助弱小，领导强者。

他就这样成长着，把行走在帷幕内的所有最好的人都置于他的广阔的影响之下。住在帷幕外的那些人不知道，也根本梦想不到帷幕内会有这样一股充沛的力量，这么一种宏伟的启示，这种启示是社会的铁幕不容许大多数人知道的。现在，他已经死了，我撩开帷幕喊道，看啊，我谨向他的英灵致送这一点微薄的献礼！我似乎还能看见他的脸，那张在雪白的头发下满是皱纹的黑色的脸；时而因充满对未来的希望而泛出一片光彩，时而又因人类的邪恶使他忍受无辜的痛苦或因伤心往事引起的悲感而显得一片阴暗。我越是和他亲近，就越是感到世界对他竟如此生疏，这损失是何等巨大。在另一个时代，他可能会穿着帝王的袍服坐在全国的元老中间；在另一个国家，做母亲的也许会对着摇篮唱着关于他的歌曲。

他尽了他的职责——他高贵而完美地尽了他的职责；然而令我伤心的是，他在这儿竟一直是孤独地工作着，很少得到人的同情。今天，在这广阔的土地上，他的名字并不代表任何意义，在五千万人的耳朵里也引不起怀念或尊崇。而这正是这个时代的悲剧：可悲的不是人们贫穷——所有的人都难免尝到贫穷的滋味；可悲的不是人都邪恶——谁又是好人呢？可悲的不是人都无知——什么是真理呢？不，可悲的只是人对人知道得太少。

一天早晨，他坐在那里凝望着大海。他微笑着说："大门上的铰链已经锈了。"那天夜晚，在星星初现的时候，一阵风从西方呜咽着吹来，刮开了那扇大门，于是我所爱的这个人就像一团火似的飞过了重洋，死神坐上了他的位子。

我不知道今天他在何方？我心里在想不知在那边的那个阴暗的世界里，当他飘然来到的时候，会不会有一个帝王升上一个朴素的宝座——那是一个黑色的怀着伤痛之心的犹太人，他知道在尘世被贬黜的人的痛苦，因而在他让这些历经艰辛的贤者安息的时候，他会说一声："干得好！"同时四周的晨星也会随着轻声歌唱。

十三

约翰的归来

在这深夜的时候,他们
　　带着什么来到河海之畔?
他们带来的是人心,
　　那心中彻夜不安;
它既不与露水同干,
　　也不随着风声平静;
上帝啊,求你叫它安宁,
　　唯有你能抚慰心灵。
　　　　河水向前奔流。

——布朗宁夫人

卡莱尔街从约翰斯敦的市中心向西伸展，跨过一座黑色的大桥，下了山又上山，街旁有小店铺和肉市，还有单层的住宅，直到最后，它忽然在一片绿油油的宽大草坪前面止住了。那是个广阔而安静的地方，有两座大房子被西边的天空衬托得轮廓分明。傍晚的风从东方吹来，城中的烟像一件尸衣，无精打采地在山谷上空悬着，这时候西边通红的天空像梦乡一般，放射出炽热的光辉，正照着卡莱尔街，伴着晚餐的钟声，衬托着天空，映出路过的学生们的侧影。他们又高又黑，缓缓地移动着，仿佛一道不祥的光照着的预示凶讯的模糊鬼影，在这座城市前面掠过。也许他们就是鬼吧；因为这是威尔斯学院，而这些黑人学生与下面那座白人的城市是很少往来的。

如果你一夜又一夜地注意看，就会发现有一个黑色的身影，老是来迟了，走在最后，匆匆忙忙地向斯温厅的闪烁的灯光赶过去——因为琼斯照例是迟到的。他是个高身材的孤独角色，长着一头棕色的硬头发，整个人仿佛一直从衣服里长出来似的，走起路来跟跟跄跄，好像带着几分歉意。当他在谢饭祈祷的钟声响过之后，悄悄地溜到他的座位上的时候，他照例要把饭厅里那些静悄悄的人们引得哄堂大笑；他的样子实在显得太古怪了。但是你只要向他脸上瞟一眼，就会对他大为原谅——他那满脸愉快而和善的笑容丝毫没有做作的意味，只是洋溢着温和的性格和对一切都心满意足的神气。

他是从奥尔塔马霍到这里来的，他原先住在佐治亚州东南部那些多节的橡树底下，那儿的海给沙滩低声歌唱着，沙滩听着它唱，一直听到被海水淹掉一半的时候，露在水面的只有东一条西一条的沙洲，像海岛一般。奥尔塔马霍的白人公认约翰是个好孩子——掌犁的能手，长于干稻田里的活，做什么事都心灵手巧，并且总是和和气气、恭恭敬敬。但是他的母亲要叫他去上学的时候，大家却只是摇头。"这会糟蹋他——把他毁了的。"他们说；他们说话的口气，好像确有把握。但是足有一半的黑人得意扬扬地跟他到车站去，替他扛着他那只怪模怪样的小箱子和许多包袱。他们在那里再三握手，女孩子们羞涩地和他亲吻，男孩子们拍着他的背。后来火车到了，他亲切地捏一捏他的小妹妹，伸出一双大胳臂搂着他母亲的脖子，然后火车喷着汽，吼了几声，就载着他往那广大的黄色世界里奔驰，前面是闪烁的阳光，照耀着这个前途没有把握的旅客。火车沿着海岸飞跑，经过萨凡纳的那些广场和棕榈树，穿过一片一片的棉田，度过了沉寂的黑夜，到了密尔维尔，在黎明时分来到喧嚣扰攘的约翰斯敦。

那天早晨，送行的人们在奥尔塔马霍车站上，看着火车载着自己的这个玩伴或自己的哥哥或儿子轰隆轰隆地奔向广大的世界，事后他们常常说这么一句话——"等约翰回来就好了"。大家考虑着，到那时候要举行怎样的舞会，教堂里将有人讲些什么话；正屋里将摆上什么新家具——甚至说不定还会有一间新的正屋哩；那时候会有一所新校舍，由约翰当老师；也许还会举行一次盛大的婚礼；尽是这一类的话——等约翰回来就好了。但是白人只是摇头。

起初他说要在圣诞节的假期回来——但是假期太短了，他没有回家；然后又说是第二年夏天，可是生活艰难，学费太贵，所以他改在约翰斯敦工作，还是没有回来。这样拖到下一年的夏天，又拖到再下一年的夏天——最后一直拖到玩伴们散伙了，母亲的头发花白了，妹妹到法官家的厨房里去当帮工了。但是那句老话仍旧流传着——"等约翰回来就好了"。

法官家里的人也很喜欢听这句话；因为他们也有一个约翰——他是一个长着金黄头发、脸上刮得光溜溜的小伙子，他和那个与他同名的黑人有许多漫长的夏日曾在一起玩过，老是一直玩到天黑。"是呀，老兄！约翰在普林斯顿大学，老兄，"宽肩膀、灰头发的法官每天早晨迈着大步到邮局去的时候,老爱这么说,"叫那些北方佬看看,一个南部绅士能干些什么事情。"他补充这么一句,拿着他的信和报纸,又迈着大步回家去了。在那所有廊柱的大房子里,法官一家人——法官和他那娇弱的妻子,还有他的妹妹和那些成长中的女儿——把普林斯顿大学的来信津津有味地看了很久。"这可以把他造就成一个人才,"法官说,"大学正是个合适的地方。"然后他就问问那个腼腆的小女仆:"喂,珍妮,你们家的约翰怎么样?"随即又沉思地补充了一句:"太糟糕了,你妈叫他去念书,实在太糟糕了——那会把他糟蹋掉的。"小女仆只是莫名其妙地出神。

在这个偏僻的南部乡村里,人们就是这样模模糊糊地期待着两个年轻人的归来,不声不响地梦想着将要做的一些新的事情,想着大家都会想的一些新的念头。然而奇怪的是,很少有人同时想到两个约翰,因为黑人想的那个约翰,他是黑人;白人想的是另一个约翰,他是白人。每个世界都不转另外那个世界的念头,即便想一想,也无非感到一种隐约的不安。

在约翰斯敦那个学院里,我们早就为约翰·琼斯的情况而焦急。经过了很长一段时间,这块泥土都像是不适宜于塑造任何东西。他老是粗声大气、吵吵闹闹,常常哈哈大笑,还爱唱歌,无论什么事情,他从来都不能有始有终地干。他不知道怎样读书;他没有力求彻底的念头,他那拖沓和粗心的习惯,还有他那惊人的爱开玩笑的脾气,实在使我们替他着急。有天晚上,我们举行了教务会议,大家都感到焦虑而沉重;因为琼斯又出了毛病。这最后的一次越轨行为太严重了,因此我们郑重地表决:"琼斯屡次不守校规,对功课也不专心,本学期决定勒令停学。"

我们似乎觉得,院长告诉琼斯必须离校的时候,是他一生遭到的第一次严重的打击。他瞪着一双大眼睛,茫然地望着那位花白头发的先生。"嘻——嘻，"他结结巴巴地说，"可是——我还没毕业呀！"于是院长慢慢地、清清楚楚地给他解释，提醒他他的拖沓和粗心，以及功课不好和太不专心、爱吵闹和不守秩序的毛病，一直到把他说得慌乱地低下头来。然后他飞快地说："可是您别告诉我妈和妹妹——您别给我妈写信去，好吗？因为您要是不告诉她们，我就到城里去工作，下学期再回来，做出点成绩给您看看。"于是院长诚心诚意答应了，约翰就扛起他那只小箱子，既不和那些吃吃笑着的同学说话，也不看他们一眼，他睁着一双冷静的眼睛，脸色沉着而严肃，只顾顺着卡莱尔街，向那座大城市走去。

也许是我们的想象吧，但是不知怎么的，我们的确觉得那天下午他那稚气的脸上现出来的那副严肃的神情从此再也没有消失。他回到学校之后，便拼命使出全副劲头，努力地干。这是一场艰苦的奋斗，因为他所学习的东西，他都不容易领会——在他的新的学习过程中，从前那些乱七八糟的生活和学习的回忆很少能给他什么帮助；他所努力要创造的世界，全靠他自己建设，而他却建设得又慢又吃力。当晨光亲切地照耀着他的新创造的时候，他在自己的幻景面前狂喜而沉默地坐着，或是在绿油油的校园里独自徘徊，透过人的世界窥探着思想的世界。有时候他的念头使他非常困惑；他不懂圆圈为什么不是方的，有天晚上，他把圆周率计算到五十六个小数位，一直算到半夜——如果不是女舍监敲门叫他熄灯，他还要继续研究哩。他夜间仰卧在草地上，想要把太阳系弄清楚，结果害了严重的伤风；他对罗马帝国覆亡的伦理意义发生了严重的疑惑；他不相信教科书里的说法，强烈地怀疑德国人是些盗贼和流氓；他把希腊文的每个生字都思索很久，老想着这个字为什么要这样解释，而不能代表别的意思，还想到如果能用希腊文想一切的事情，那该会是一种什么感觉。他就这样独自苦思力索，凡是别人轻松愉快地跳过去的地方，他都停下来费许多脑筋，别人止步投降的地方，他都突破难关，稳步前进。

他像这样在身心方面同时成长着，他的衣服也仿佛随着他起了变化，适应了新的要求；上衣的袖子变长了，还添了硬袖口，衣领也不像过去那么脏了。他的靴子间或擦得很亮，他走路也添了一股新的高贵气派。我们天天看见他那双眼睛里有一种深思的神情在发展，也就对这个勤学苦干的孩子有所期望了。他就是这样从大学预科升入了本科，我们这些观察着他的进展的人又感到了四年的变化，这段时期几乎使这个高身材的严肃的青年完全变了样；在举行毕业典礼的那天早晨，他向我们鞠躬致敬。他已经离开了他那个奇怪的思想世界，回到活跃的人的世界来了。现在他第一次认真环顾一下周围的事物，便感到惊奇，不知道过去为什么看到那么少。他几乎是第一次逐渐感觉到他与白人世界之间隔着的那一道帷幕；他第一次注意到了那种从前并不像是压迫的压迫，注意到了那些在从前显得很自然的分歧，还有他在儿童时期不曾注意或是一笑了之的那些约束和藐视。现在人家不称他"先生"，他就生气；他看见"黑人隔离"车，就狠狠地攥紧拳头；他对那条限制他和他的同胞的种族界线，感到愤愤不平。他说起话来，不知不觉地带上了几分讽刺的口吻，他的生活中有了一种模糊的愤愤不平的意味；他一连几个钟头，坐在那里苦思力索地考虑着改变这种不合理现象的方法。他天天都感到自己不想再去过他的故乡那种窒息和狭隘的生活。但是他经常计划着回奥尔塔马霍去——经常计划着回到那里去工作。尽管如此，回家的日子越来越近的时候，他又感到一种无名的恐惧，因而犹豫起来；甚至在毕业的第二天，院长提议在暑假里让他参加四重唱合唱团，到北方去为这个学院演唱的时候，他还急切地抓住了这个机会。他略带几分辩解的心情，暗自想道，跳下水去之前，先透一口气再说吧。

那是九月里一个晴朗的下午，纽约的街头人来人往，喜气洋洋。约翰坐在广场上注视着他们的时候，不由得联想起海洋来了——街上的人群也是那样，好像毫无变化，却又在变化不停，既鲜明而又幽暗，既严肃而又活泼。他细看着他们那些华丽、完美的衣服，看着他们双手摆动的姿势和他们的帽子的式样，他向奔驰的马车里窥视。然后他叹了一口气，往后一靠，说道："这才是上流的社会。"他忽然动了个念头，要看看那些上流人物的去向；因为比较阔气和漂亮的人似乎有许多都在往同一方向去。于是当一个高身材、浅色头发的年轻人和一个多嘴的小个子女人从他身边走过的时候，他便略带几分犹豫地站起来，跟着他们走去。他们顺着街道，经过许多百货店和华丽的铺子，横过一个宽大的广场，后来终于和许多别的人一同走进了一座大楼的高大的门。

他在人群中被大家向售票处挤过去，一面伸手到口袋里去摸他积蓄起来的那张五美元新钞票。他似乎没有犹豫的时间了，所以他就大胆地把它掏出来，交给那个忙碌的售票员，结果却只接到一张入场券，并没有找钱。后来他终于醒悟过来，发觉他花了五块钱买了一张票，自己还不知道进去是干什么，于是他就惊愕得呆呆地站定了。"你得当心，"他后面有一个轻柔的声音说，"可千万别因为那位黑先生对你有点妨碍，就把他用私刑处死呀。"一个姑娘调皮地抬头望着她那个金发男伴的眼睛。男伴的脸上泛出一副烦躁的神色。"你可不了解我们南部的情况，"他不大耐烦地回答说，好像是继续一场争辩似的，"不管你怎么说，反正在北方绝不会看到白人和黑人之间像南部那样的亲密关系，我们那边可是天天都是那样。嗐，我还记得我小时候最要好的一个玩伴就是一个黑孩子，他和我同名，准是他——哦！"这个人突然把话停住，连头发根子都涨红了，因为他刚才在门厅里碰到的那个黑人恰好坐在他预订的音乐会座位旁边。他迟疑了一下，气得脸色惨白，随即把引座员叫来，递了一张名片给他，还说了几句严厉的话，才慢慢地坐下。那位女伴灵巧地变换了话题。

这一切约翰都没有看见，因为他正恍恍惚惚地坐着，在注意周围的情景；那座精美的大厅、那股淡淡的香气、那万头攒动的人群、那些华丽的衣服和低沉的谈话声，一切都与他自己那个世界里的情况十分不同，比他所知道的一切都美丽得多，因此他仿佛是在梦乡坐着一般，后来全场静默了片刻，天鹅骑士罗恩格林的乐曲便发出了洪亮的声音，把他惊醒了。哀诉的乐声美妙无比，余音不绝，穿透了他的全身，使他颤动起来。他闭上眼睛，抓紧座位的扶手，无意中碰着了那位女客的胳臂。那位女客把身子扭开了。他整个心灵里涌出了一股热望，但愿能随着那嘹亮的音乐腾空而起，摆脱那囚禁他和玷污他的卑下生活。假如他能在自由的天空生活，听着鸟儿歌唱，看着没有血的色调的夕阳，那该多好！当初是谁把他叫来当奴隶，受大家的欺凌？像这样的世界在所有的人面前敞开了大门，他有什么权利叫别人当奴隶呢？

这时候乐章变了调子，更爽朗、更洪亮的和声不断地迸发出来。他沉思地向大厅对面望过去，发现一个头发花白的漂亮女人显出一副无精打采的神气，一个小个子男人不知在低声说些什么，他心里便有些纳闷。他想道，他可不愿意那么无精打采，那么懒洋洋的，因为他听着音乐的声音，感到内心的力量在奔腾。假如他有一种杰出的成就，有一种终生的事业，那该多好，即便是艰苦的——无论怎么艰苦都行，只要没有那种奉承别人、令人恶心的屈辱滋味，没有那种使他的心灵僵化的残酷的创伤就好了。最后提琴奏出一阵轻柔的哀怨的时候，他心中便涌现了遥远的家的情景——他的妹妹那双大眼睛，他的母亲那张愁苦的黑脸。于是他的心便沉到水底下去了，正如奥尔塔马霍海边上的沙滩一样;最后天鹅飞上高空,发出一阵悲鸣,颤悠悠地在天空渐渐消失的时候,他的心才又随着音乐的声音高飞起来。

约翰听完了这个乐章,默默无言、如醉如痴地坐在那里,引座员在他肩上轻轻地敲了几下,客客气气地说:"先生,请您上这边去,好吗?"他一时居然没有发觉。引座员最后敲那一下的时候,约翰稍微有点吃惊,他连忙站起来,转身离座,恰好和那个金发青年对面,便睁大了眼睛向他脸上望了一下。那个青年第一次认清了他小时候的黑人玩伴,约翰也知道他是法官的儿子。白种的约翰吃了一惊,举起手来,随即又僵硬地在椅子上坐下了;黑种的约翰微微笑了一下,然后露出严酷的神情,跟着引座员顺着过道走开了。经理表示抱歉,非常、非常抱歉——但是他解释说,票房弄错了,把已经预订的一个座位卖给了这位先生;当然,他要退还票款——他说他实在为这件事情很难为情,以及诸如此类的话——约翰没等他说完,就走开了,他匆匆忙忙地横过那个广场,顺着宽阔的街道往前走;当他走过公园的时候,他把上衣的纽扣扣上,说道:"约翰·琼斯,你真是个天生的傻瓜啊。"然后他回到住所,给他的母亲写了一封信,写完又把它撕掉,再写一封,又把它扔到火里去了。然后他拿起一张纸写道:"亲爱的母亲和妹妹——我就要回家了——约翰。"

约翰一面在火车上坐定,一面想:"只是为了这显然的命运似乎是太难堪、太不愉快,就拼命挣扎,想摆脱它,这也许——也许要怪我自己吧。我对奥尔塔马霍的义务是明摆在眼前的;也许他们会让我帮忙解决那儿的黑人问题——也许不会。'我要不顾法律的限制,进去朝见国王;如果因此牺牲性命,那就牺牲好了。'"于是他就沉思幻想起来,计划了一个终生的事业;同时火车在向南飞奔。

经过七年的漫长岁月，奥尔塔马霍所有的人都知道约翰要回家了。两个人家都洗刷得干干净净——其中一家特别认真；花园和庭院都收拾得非常整齐清洁，珍妮还买了一件柳条布新衣服。经过一番劝说和磋商，所有的美以美会和长老会的黑人教徒都答应到浸礼会教堂去参加一个隆重的欢迎会；临近那个日期的时候，各处都发生了热烈的议论，大家纷纷揣测约翰究竟有了一些什么成就和多大的成就。他是在一个阴暗多云的日子的中午回来的。全镇的黑人都拥到车站去，人群的边上稍有几个白人——那是欢欢喜喜的一群人，大家说着"你早"和"你好"，笑声不绝，还开着玩笑，热热闹闹地挤成一团。母亲坐在那边的窗台上眺望着；珍妮妹妹却站在月台上，神经紧张地摸弄着她的衣服——高高的身材，轻柔的体态，细软的棕色皮肤，一头蓬松的头发里闪出一双多情的眼睛。火车停住的时候，约翰郁郁不乐地站起身来，因为他想起了那种"黑人隔离"车；他走到月台上，又停下来：一个肮脏的小车站，一群服装俗艳和龌龊的黑人，一条半英里长的弯弯曲曲的泥沟，两旁有许多东歪西倒的木棚子。这一切都有一股惊人的鄙陋和狭隘的意味，涌上他的心头；他找他的母亲，没有找到，冷冰冰地和一个把他叫做哥哥的生疏的高个子姑娘亲吻了一下，到处说一两句简短而冷淡的话；然后他既不愿意继续和人家握手，也懒得和人家闲谈，就只顾默默无言地往街上走去；他对最后碰见他的一个热心的老大姆只举了举帽子，使她张口结舌、大为惊异。人们分明是感到莫名其妙了。这个不声不响的、冷冰冰的人——他就是约翰吗？他的笑容和热烈的握手哪儿去了？美以美会的牧师沉思地说："好像是很晦气的样子。"浸礼会的一个女教友说："简直是骄傲得要命。"但是人群边上那个白人邮政局长把他本族人的意见说得很清楚。他一面扛起邮件，在烟斗里装好烟草，一面说："那个可恶的黑鬼，他到北方去学到了一大套荒唐的念头,可惜在奥尔塔马霍用不上。"于是人群就散开了。

浸礼会教堂里的欢迎会也失败了。那一天偏巧下了雨,淋坏了烤全猪,雷声又使冰淇淋里的牛奶变酸了。晚上到了讲话的时候,全场拥挤得水泄不通。那三位牧师都特别做好了准备,但是不知怎么的,约翰的态度似乎是给一切都笼罩了一层阴影——他显得非常冷淡,想着心事,还有一副拘泥得出奇的神态,因此美以美会的牧师简直提不起精神来讲话,连一次也没有引起听众说一声"阿门";长老会牧师的祈祷也只获得微弱的响应;连那位浸礼会的牧师,虽然稍微唤起了一点热情,说话也说不顺口,他把他最爱说的一句话说得乱七八糟,结果他只好比原来预计的时间足足提前了十五分钟,就把他的讲话结束了。约翰起来致答词的时候,人们在座位上不安地扭动着身子。他说得很慢,有条有理。他说,我们这个时代需要新的思想;我们与十七世纪和十八世纪的人大不相同——我们对人类的友爱和命运具有比较广大的理想。然后他又谈到慈善事业和民众教育的兴起,特别谈到财富和工作的扩展。然后他望着那变了色的低矮的天花板,以深思熟虑的态度接着说,那么,问题就在于我国的黑人在新世纪的这场奋斗中承担什么任务。他给这些松林当中可能兴办的工业学校描绘了一个模糊的轮廓,详细地谈到了可能组织起来的救济工作和慈善事业,可能储蓄起来开办银行和企业的钱财。最后他呼吁团结一致,特别反对宗教方面各教派之间的争吵。他微笑着说:"今天一个人只要是善良和真诚的,不管他是浸礼会教友或是美以美会教友,甚至根本不管他是否宗教信徒,社会上都不大在乎。一个人究竟是在河水里或是脸盆里施的洗礼,或是根本没有施过洗礼,那有什么区别呢?我们还是不管这些细节,把眼光放高一些吧。"然后他想不起别的事情,就慢慢地坐下了。拥挤的人群中笼罩着一阵令人苦恼的沉寂。大家对他所说的话不大理解,因为他说的是一种陌生的语言,他们只听懂了最后关于洗礼的话;这一点他们倒是明白,大家听着时钟滴答滴答地响,鸦雀无声地坐着不动。后来过了很久,终于从教堂前部那些热诚的信徒的座位上传来一声低沉的抑制着的怒骂,一个驼背的老头站起来,跨过那些座位,一直爬到讲坛上。他满脸皱纹,皮肤很黑,头上披着一绺一绺的花白头发;他好像中了风似的,声音和手都发抖;但是他脸上露出一副虔诚教徒的狂热神气。他用他那双粗糙的大手拿起《圣经》;两次把它举起,一言不发,然后粗鲁而严厉地迸发出一些愤怒的话来。他颤抖着,一时摆动着身子,一时弯一弯腰;然后非常庄严地站得笔挺,一直等到大家痛哭流涕,连骂带嚷,四面八方都传来一阵狂吼声,发泄那憋了一个钟头的愤怒,吼声震动了会场的空间。约翰始终没有把那位老人所说的话听清楚;他只觉得自己遭到了大家的轻蔑,挨了一顿臭骂,为的是他践踏了真正的宗教;他惊讶地醒悟过来,知道自己无意中蛮横无礼地伤害了这个小小世界奉为神圣的东西。他默默无言地站起来,向一片茫茫黑夜走出去了。他在闪闪的星光下向海边走去,简直不大觉得还有一个姑娘腼腆地在他背后跟着。最后当他站在断崖上的时候,他才向他的小妹妹转过身去,伤心地望着她,一面忽然感到一阵难受,想起他太不把她放在心上了。他伸出手去搂着她,让她尽情地把她的热泪洒在他的肩膀上。

他们一同在那里站了很久,眺望着起伏不定的阴暗的海面。

"约翰,"她说道,"是不是每个人都这样,只要念了书、有了许多学问,就一定——不快活呢?"

他停了一会,微笑了一下。"恐怕是吧!"他说。

"那么,约翰,你念了书还是觉得高兴吗?"

"高兴。"他慢慢地、却是断然地回答说。

她凝视着海面上闪烁的波光,沉思地说:"我情愿我也不快活——并且——并且,"她伸出双手抱着他的脖子,"我想我现在就有一点儿不快活,约翰。"

几天之后,约翰才到法官家里去,要求让他当黑人学校的教师。法官本人在大门口遇见他,向他瞪着眼睛望了一会儿,然后毫无礼貌地说:"约翰,你到厨房门口去等着吧。"约翰在厨房外面的台阶上坐着,凝神注视着田地上的玉米,简直不知怎样是好。他究竟是遭了什么噩运啊?他每一步都得罪了别人。他原是回来挽救他的本族人的,但是他还没有离开车站,就把他们得罪了。他打算在教堂里给他们讲一点道理,结果却激起了他们最深的反感。他上学原是想对法官表示尊敬,却又冒冒失失地走到他的大门口去了。他的用心一直都是很好的——可是,可是,不知怎么的,他觉得自己很难适合过去的环境,总觉得很陌生,在这个世界里找不到适当的地位。他记得从前的日子过得快快活活,简直想不起曾经有过什么困难。那时候一切都好像很顺当、很自在。也许——可是正在这时候,他的妹妹到厨房门口来了,她说法官在等着他。

法官坐在餐室里,身边放着早晨拿回来的邮件;他并没有叫约翰坐下。他开门见山地谈起正事来。"我想你是来谈学校的事吧。好吧,约翰,我要给你把话说明白。你知道我是你们一家人的朋友。我帮过你和你家里的忙,要不是你异想天开地离开了这里,我还会帮你更多的忙。我喜欢黑人,对他们合理的愿望是很表同情的;可是,约翰,你我都知道,黑人在我们这个国家必须始终处于附属地位,永远休想与白人平等。你们黑人只要安分守己,倒是可以老老实实,叫人看得起;天知道,我会尽力帮你们的忙。可是你们如果想要违反自然的法则,想统治白人,想和白种妇女结婚,想在我的客厅里平起平坐,那么,向天发誓,我们就要制伏你们,哪怕要把全国的黑鬼个个都用私刑处死,也不在乎。约翰,现在的问题是,你受了教育、学到了北方那一套荒唐思想之后,是不是打算接受这个教师的位置,教那些黑孩子像你们的祖先那样,当忠实的仆人和工人呢?——约翰,我知道你的父亲,他是我哥哥的黑奴,倒是个好人。我问你——我问你,你是打算像他那样呢,还是打算给那些小家伙脑子里灌输一些荒唐思想,叫他们造反,叫他们要求平等,使他们不满意、不快活呢?"

"汉德逊法官,我决定接受这个职务。"约翰回答说,他的答复这么简单,这没有逃过这个精明的老头子的注意。他迟疑了一会,然后简慢地说:"好吧。我先试你一下。再见。"

黑人学校开学以后,整整过了一个月,另外那个约翰才回家来:他是个高身材的、逍遥自在、性情急躁的人。母亲哭了,姊妹们唱起歌来。全镇的白人都很高兴。法官扬扬得意,他们父子二人一同顺着大街摇摇摆摆地走去,真是令人羡慕。但是他们父子之间并不是一切都很如意,因为这个年轻的小伙子并没有掩饰他对这个小城市的轻视心理,他一心一意只想着纽约。而法官内心的愿望却是要叫他的儿子当奥尔塔马霍的市长,当州议会的议员,然后——谁说不行呢?——当佐治亚州长。他们两人争论得很激烈。"天哪,爸爸,"吃完饭之后,这个年轻人点上了一支雪茄烟,站在壁炉旁边说道,"这个被上帝忘了的小市镇,除了泥巴和黑人什么也没有,难道您打算叫我这么一个青年人永远在这儿住下吗?""我原是这么打算的。"法官简单地回答说;在这个特别的日子,从他脸上那副不高兴的神气看来,他似乎还要再说几句更厉害的话,但是邻居们已经开始来赞赏他的儿子,因此他们的谈话就暂时停止了。

"听说那个约翰叫黑人学校热闹起来了。"过了一会,邮政局长首先说道。

"出了什么事吗?"法官严厉地问道。

"哦,没什么了不起的事——只是他神气十足、目空一切。我想我听说过他给学生讲法国革命和平等这类的话。他就是我所说的那种危险的黑鬼。"

"你听说他还说过什么不对头的话吗?"

"哦,没有,——可是我们家里的丫头萨莉倒是跟我太太说过一大堆胡说八道的话。我可是不爱听:他说什么某某黑人不称白人为'老爷'喽,或是——"

"这个约翰是谁?"法官的儿子插嘴说。

"嗐,就是那个小黑崽子,佩吉的儿子,从前和你常在一起玩的。"

这个年轻人气得满脸通红,随后他又大笑起来。

"啊,"他说,"原来就是那个小黑鬼,他想赖在我陪着的一个姑娘旁边那个座位上……"

但是汉德逊法官等不及听下文了。他已经生了一整天的气,现在一听这话,他就暗自发了一个誓,站起身来,拿着帽子和手杖,一直往那所学校去了。

约翰煞费苦心,拼命干了很久,才在那所学校歪歪倒倒的旧木棚子里把一切安排就绪。黑人们分成拥护他和反对他的两派,学生的父母都是粗心大意的,孩子们又乱又脏,书和铅笔、石板多半都不齐全。尽管如此,他还是满怀希望地努力干下去,后来仿佛看到了一线曙光。最近这个星期里,上课的学生比较多一些了,孩子们也稍微干净一点了。连班上那些最不会读语文课的傻子也表现了一点点令人快慰的进步。所以那天下午约翰重新拿出耐心来,安心工作。

"哦,曼第,"他高高兴兴地说,"这样念得好一点了;可是你别把你念出来的字一个个分开,像这样:假——如——那——个——人——去——了。嗐,连你的小弟弟也不会像这样说故事呀,是不是?"

"普对，山生，他普会说话。"

"好吧；我们再试一试看：'假如那个人……'"

"约翰！"

法官那张气得通红的脸在敞开的门口出现的时候，全班的人都吃了一惊，老师想站起来，却没有站直。

"约翰，这个学校停办了。叫你这些孩子回家去干活。奥尔塔马霍的白人不能为黑人白花钱，叫他们脑子里装满一些胡说八道的东西。滚出去！我要亲自把门锁上。"

在那座有廊柱的大房子里，年轻的儿子在他的父亲突然离开之后，毫无目的地晃来晃去。那所房子里面没有什么东西能引起他的兴趣；那里的书都是陈旧的，本地的报纸也毫无趣味，女人们有的因为头痛，有的要缝东西，都走开了。他想打打瞌睡，可是天气太热了。于是他就蹓跶着到田地里，郁郁不乐地抱怨道："仁慈的上帝！这种坐牢似的日子还要过多久呀！"他并不是个坏蛋——只不过有点娇养惯了，有点任性，而且像他那骄傲的父亲一样，性情急躁。这个年轻人在松林的边上，坐在一个黑色的大树墩上头，懒洋洋地甩着腿、抽着烟，倒是叫人看了很高兴的。"嗐，连一个够得上资格调调情的姑娘都没有。"他抱怨地说。正在这时候，他一眼看见了一个高高的、苗条的身影，在那条狭窄的小路上向他这边匆匆忙忙地走过来。起初他很感兴趣地望着，然后他突然笑起来，一面说："哦，怪事，这不是在厨房里帮忙的那个棕色小丫头珍妮嘛！嗐，我从来没注意她是多么标致的一个小家伙。喂，珍妮！你瞧，这次我回家以后，你还没亲亲我哩。"他厚着脸皮说。那个年轻的姑娘吃了一惊，慌慌张张地瞪着眼睛望着他——她吞吞吐吐、含含糊糊地说了一句什么话，便想走过去。但是这个年轻的浪荡子的任性脾气又发作了，他揪住了她的胳臂。她吓了一跳，连忙溜掉了；他有点恶作剧地转过身去，在高大的松树当中尾追着她。

靠海那一边,在那条小路的尽头,约翰低着头慢慢地过来了。他从学校里无精打采地往家里走;他想要瞒着他的母亲,不让她受刺激,于是就往她的妹妹下工回家的路上走,希望碰见她,向她透露他被辞掉的消息。"我要离开这里,"他慢慢地说,"我要上别处去找工作,然后再接她们去。我不能在这儿再住下去了。"于是那股猛烈的、隐藏着的怒火涌上他的喉头了。他挥动着胳臂,疯狂地顺着那条小路赶快往前跑去。

棕色的大海平静无波。空中几乎一点风都没有。夕阳照着弯弯扭扭的橡树和高大的松树,使它们披上了一层黑色和金黄色。空中没有警告的风声,无云的天空连一点低微的声息也没有。只有一个伤心的黑人匆匆忙忙地往前走,他既看不见太阳,也看不见海,但是他像从梦中惊醒似的,听见一阵响彻松林的惊叫声,看见他的黑妹妹在一个高身材的金发男子怀里挣扎着。

他一声不响,拿起一根倒下的树枝,用他那只积恨极深的大黑胳臂使劲向他打下去;对方那个人就在松树底下惨白地躺下了,一动也不动,全身鲜血淋漓,浴着阳光。约翰仿佛做梦似的望了望那具尸体,然后赶快地回家去,低声地说:"妈妈,我要离开这儿——我要去寻找自由。"

她用蒙眬的眼光盯着他,结结巴巴地说:"到北方去吧,宝贝儿,你又要到北方去吗?"

他望着外面,看见北极星在海面上发出苍白的光芒;他说:"是的,妈妈,我要到——北方去。"

于是他再也不说一句话,便走出门去,到了那些笔直的松树旁边那条狭窄的小巷里,再走上那条弯曲的小路,坐在那个黑色的小树墩上,望着那具尸体刚才躺着的地方的血泊。从前他和这个死了的小伙子曾经在那里玩耍,一同在那些庄严的大树底下嬉闹过。夜深了,他想起了约翰斯敦那些小伙子。他惦记着布朗，不知他怎样了，还有凯雷呢？还有琼斯——琼斯呢？嗐，他自己就是琼斯呀；他想象着，他们在那个又长又大的饭厅里，闪着那几百只愉快的眼睛，假如大家知道这件事，不知会说些什么。随后，当星光悄悄地照到他身上的时候，他想起了那个大音乐厅里的金漆天花板，听见美妙的天鹅骑士曲的声音隐隐约约地向他飘起来。听！那是音乐，还是人们奔跑和喊叫的声音呢？对，一点不错！那美妙的旋律隐隐约约地飘过来，像一个生物似的拍着翅膀，连大地都颤抖起来，仿佛是马队的蹄声和愤怒的人们抱怨的声音一般。

他把身子往后靠，向大海微笑着，那奇怪的乐曲就是从那边飘过来的，奔驰的马队的声音也就是从那边的许多黑影里传过来的。他使了一把劲，把精神振作起来，身子向前弯着，定睛向前面那条路的远处张望，轻声地哼唱着《新娘之歌》[①]——

愉快地引导，继续前行。

在朦胧晨光中的树林里，他注视着那些跳跃的影子，听见那些马发出震耳的蹄声，向他狂奔过来，后来那些人像一阵暴风雨似的从他前面冲过，他终于看见那个头发花白、面容憔悴的老头在前面，眼睛里闪射着怒火，啊！他多么怜悯他——多么怜悯他呀——不知道他是否带着一圈卷着的绳子哩。等到那阵风暴从他身边刮过去之后，他就慢慢地站起来，他把那双闭着的眼睛向大海那边转过去。

周围的世界在他耳边呼啸着。

[①] 瓦格纳歌剧《罗恩格林》中的乐曲。——编者注

十四
悲 歌

我穿过教堂墓地
　　去埋葬这具尸体；
我知道月亮已经升起，星星已经挂起；
我在月光下行走，我在星光下行走；
我愿意躺在墓里，伸出我的两臂，
我愿意在今晚就受审判，
我的灵魂和你的灵魂将在那天相遇，
　　只等我把你的尸体埋葬下去。

——《黑人歌曲》

　　过去时代那些在黑暗中行走的人常常唱歌——悲歌——因为他们心里痛苦。因此，我在本书中写下的每篇文章前面，都

插有一些乐谱,它们是那些怪诞的古老歌曲缭绕的余音,从那些歌里,我们可以听到黑人奴隶的灵魂向人类吐露的真言。从我孩提的时候起,这些歌曲就深深地打动了我的心。它们每一支都是在南部出现的,都是我所不熟悉的,但是一进入我的耳朵,就好像都是我自己唱出来的一样。几年以后,我来到了纳什维尔,看到了这些歌曲所建成的伟大教堂耸立在灰色的城市之上。在我看来,这个"欢乐厅"就是用歌曲砌成的,它的砖瓦一片殷红,是血和苦役的颜色。早晨、中午、晚上,都有一阵阵奇妙的音乐从那里飘扬出来,充满着我兄弟姊妹的声音,充满着过去时代的声音。

除了上帝自己赐给美国的那种粗犷的美以外,美国很少对世界作过美的贡献;在这个新世界里,人的精神表现在具体的活动和创造发明里,不是表现在美里。因此,命运使然,黑人民歌——奴隶的有节奏的呼声——在今天不止是成了美国的唯一音乐,而且也成了表现大西洋这一边人类生活的最美的艺术。它曾经受到忽视;它过去受过,而且目前仍受到一些轻视,此外它还经常受人误解和曲解;但是尽管这样,它依旧是全美国难得的精神遗产,是黑人民族最伟大的贡献。

在三十年代,这些奴隶歌曲的旋律曾经在国内轰动一时,但是歌曲本身很快就被遗忘了。有些,像《在杨柳低垂的湖畔》,演变成了现代的流行曲调,但它们的来源早被忘掉了;另一些曾在"黑人歌曲游唱团"的舞台上被加上滑稽的成分,但人们对它们的记忆很快也就消失了。到了南北战争时期,在北军攻克希尔顿角之后,王港发生了一个令人振奋的事件:北部人和南部奴隶也许是第一次没有第三者在旁,脸对脸、心对心地相见了。在他们见面的卡罗来纳的海岛上,到处都是原始的黑人,这些原始黑人受外面世界的影响,要比"黑人地带"以外的任何黑人都少。他们外貌粗糙,言语滑稽,但是他们心地善良，他们的歌声很有力量，打动了人们的心。托马斯·温特华斯·希金逊①急急地把这些歌曲传播出去，麦克基姆小姐②和其他一些人都催促世界注意它们罕有的美。但是全世界的人只是半信半疑地听着，直到后来费斯克欢乐歌唱团所唱的奴隶歌曲深深地打入了世界的心坎，世人才很难完全把它们忘却。

从前有一个铁匠的儿子，出生于纽约州的加的斯，他在那多变的时代曾在俄亥俄教过书，也曾出力保卫过辛辛那提抵御寇比·史密斯（Kirby Smith）。后来他在昌塞洛斯维尔和葛底斯堡作战，最后在纳什维尔的自由民局里任职。一八六六年他在那里为黑人孩子办了一所主日学校，他先是跟孩子们一起唱歌，教孩子们唱歌，但到后来，是孩子们教他唱歌了。当这些美妙的欢乐歌曲一旦深入到乔治·怀特③的灵魂深处以后，他就知道自己终生的工作应该是让这些黑人去向世界歌唱，就像他们向他歌唱一样。因此，在一八七一年，费斯克欢乐歌唱团的旅行就开始了。他们往北向辛辛那提进发——四个半裸的黑人孩子和五个少女——领队的是一个有理想有目标的人。他们在威尔伯福士，那所最古老的黑人学校，停了下来，一位黑人主教在那里为他们祝了福。随后他们继续北上，跟饥寒搏斗，经常被关在旅舍外面，受尽了种种冷嘲热讽；但是他们歌声的魅力始终深深地打动了某些人的心，直到后来，欧柏林的公理教会会场上的一声喝彩使他们受到了世界的注意。他们来到了纽约，亨利·华德·皮吉尔（Henry Ward Beecher）居然还敢欢迎他们，

---

① 托马斯·温特华斯·希金逊（Thomas Wentworth Higginson，1823—1911），美国作家和军人，南北战争时黑人第一军团的团长。
② 指露西·麦克基姆·加里逊（Lucy McKim Garrison），1867年曾与艾伦和瓦尔合编《美国奴隶歌曲》。
③ 乔治·怀特（George L. White，1835—1895），美国音乐教师，费斯克大学欢乐歌唱团的指导人。

虽然当地报纸都在挖苦他的"黑人游唱团"。这样，他们的歌声征服了人们，直到后来他们穿过大陆，渡过海洋，在王后和皇帝面前，在苏格兰和爱尔兰、荷兰和瑞士歌唱。他们唱了七年，带回来十五万美元，创立了费斯克大学。

自从费斯克欢乐歌唱团出现以后，就一直有人模仿他们——有时候模仿得很不错，例如汉普顿和亚特兰大大学的歌唱团，有时候模仿得很糟糕，例如那些乱七八糟的四重唱合唱团。有些人再度给这类歌曲添上滑稽成分，破坏了这种音乐的奇特的美，使得许多拙劣的乐曲充斥各地，在某些不懂音乐的人听来，简直难辨真假。然而真正的黑人民歌依旧活在那些真正听到过这些歌曲的人的心里，也活在黑人民族的心里。

这些是什么歌曲呢，它们到底有什么意义呢？我对音乐懂得不多，很难从音乐艺术的角度说话，但是我对人还有一些了解，由于我了解人，我才了解这些歌曲都是奴隶向世界发出的清晰的声音。它们在今天这个熙攘的时代里告诉我们，黑人奴隶的生活是欢乐的、无忧无虑的、快活的。这在某些歌里和许多歌里，我都很容易相信。但是即使南部的过去历史全部重现，那也不能否认这些歌曲的缠绵悱恻之处。它们是一个不幸民族的音乐，是那些满怀失望的孩子的音乐；它们谈到死亡、痛苦和对一个更合理的世界的无声渴望，它们谈到迷雾中的徘徊和隐秘的道路。

这些歌曲的确是经过多少世纪淘汰后遗留下来的精华；乐曲要比歌词更古老，我们从音乐上可以或多或少地找到一些发展的痕迹。我祖父的祖母在两世纪前被一个罪恶的荷兰奴隶贩子所获；她来到了哈得逊河和霍萨托尼克河流域，是一个又黑又小、活泼可爱的姑娘，在凛冽的北风下发抖、畏缩，如饥如渴地望着那些山峦，常对她怀里的孩子哼着这样一个异教的旋律：

> 杜 巴-那 可-巴，吉-纳 米，吉-纳 米！
>
> 杜 巴-那 可-巴，吉-纳 米，吉-纳 米！
>
> 班德 纽-利，纽-利，纽-利，纽-利，班 德 里。

她的孩子把这支歌唱给他的孩子们听，他们又唱给自己的孩子们听，这样过了两百年，就一直流传到我们耳里，而我们也照样唱给我们的孩子们听，而且跟我们的祖先一样，并不知道歌词的意思，却很清楚音乐的意思。

这是原始的非洲音乐；它更具体的形式可以在作为《约翰的归来》序曲的那支奇怪的歌里看到：

> 你可以把我埋葬在东方，
> 你可以把我埋葬在西方，
> 但我要在那天早晨听到号角鸣响。

——这是流亡者的声音。

我们从这个旋律之林里也许可以采下十支杰出的歌曲——这些都是确切无疑的黑人歌曲，曾经广泛流行，这些也都是富于奴隶的特征的歌曲。其中一首就是刚在上面提到的。另一首叫作《我痛苦的经历有谁知》，其中有几节我插在本书的第一篇。美国由于突然受到贫困的袭击，拒绝履行它的诺言把土地分给获得自由身份的黑人,它派了个陆军准将到海岛去传达这个消息。一个在人群里靠外站着的老太婆开始唱起这支歌来;全体群众都跟着她一起唱,一边摆动着身体。后来那位军人哭了。

第三首歌是大家都知道的死亡的摇篮曲——《慢慢跑啊,亲爱的马车》——这支歌的乐谱就印在《亚历山大·克伦迈尔》一生事迹的开头。另一首四海流行的歌,叫作《流吧,约旦河,流吧》,是一部有好几个乐章的大合唱。此外还有许多逃亡者的歌曲,如印在《亚塔兰塔的翅膀》之首的就是,也有一些更普遍的像《老在听》。第七首歌是关于世界的末日和开始的——《我的主,多苦啊!晨星开始陨落了》;其中的一小节印在《自由的曙光》之前。那首摸索之歌——《我的路烟雾弥漫》——印在《进步的意义》前面;第九首是本篇的歌——《斗争中的雅各啊,天快亮了》——一首关于有希望的斗争的赞歌。最后一首杰出歌曲是歌中之歌——《溜走》——出现在《宗教信仰》一篇里。

黑人民歌里像这类卓越的、富有特征的歌曲还有不少,例如本书第三篇、第八篇和第九篇里的三段歌就是;还有其他的歌曲,我想如果用更科学的方法来分析,一定可以很容易地选出一个集子来。此外另有一些歌曲,似乎离那类较原始的歌曲远了一步:例如那首极复杂的混合歌曲《灿烂的闪光》,其中的一小节就在《黑人地带》的开头;那首复活节的颂歌《尘土,尘和士》;那首挽歌《我的母亲带她逃回家去了》;还有在《头生子的夭折》上面飞翔的那首满是旋律的歌曲——《我希望我母亲就在上面那个美丽的世界里》。

上面这些歌代表着奴隶歌曲发展的第三阶段,《你可以把我埋葬在东方》代表发展的第一阶段,而像《前进》(第六篇)和《溜走》之类的歌则代表发展的第三阶段。第一阶段是非洲音乐，第二阶段是非洲-美国音乐，第三阶段则是黑人音乐和在美国土地上听到的音乐的混合。混合的方法是原始的，混合的结果是清晰地保留着黑人音乐的本色，可是其基本特色是黑人音乐和白人音乐的混合。我们也许可以更进一步，在这个发展中找到第四阶段，其中美国白人的歌曲不是明显地受着奴隶歌曲的影响，就是把整节的黑人旋律都吸收了进去，例如《天鹅河》和《老黑人乔》。随着民歌的发展和成长，也产生了一些拙劣作品和赝品——那些"黑人歌曲游唱团"的歌曲，许多"福音"赞美歌，某些当代的"黑人"歌曲——在这类音乐里，一个新学音乐的人很容易迷失方向，从此再也找不到真正的黑人旋律了。

我已经说过，奴隶在这些歌曲里向世界说话。这种声音自然有所掩饰，若隐若现。歌词和音乐彼此遮掩，从神学上引来的一知半解的新词句和术语代替了原有的感情。有时候，我们还能听到一两个属于某种陌生语言的奇怪字眼，例如"伟大的米奥"，意思是死亡的河流；很多时候，毫无意义的字眼或拙劣的诗句和非常优美的音乐配在一起。丝毫不带宗教色彩的世俗歌曲为数很少，推其原因，一部分是由于许多这类的歌曲改了歌词，变成赞美歌了，一部分是由于黑人的狂欢会很少为外人听到，其音乐更少为外人所知。然而，差不多所有这些歌曲都明显地带着悲伤的调子。我上面提到过的十首杰出歌曲用歌词和音乐表现了痛苦和流亡，斗争和躲藏；它们摸索着寻找某个看不见的神灵，叹息着想在"末日"中得到安息。

那些遗留下来的歌词也不是毫无趣味可言的，它们没有陈词滥调，在因袭的神学和没有意义的狂文下面，隐藏着不少真正的诗和意义。像所有的原始民族一样，奴隶们比较靠近大自然的心。生活是个"汹涌澎湃的海"，就像海岛边棕色的大西洋一样；"旷野"是上帝的家，"寂寞的山谷"是通向生活之路。

"冬天不久就会过去"是热带人民幻想中生和死的图画。南部那些骤然来临的大雷雨使黑人害怕，给他们的印象很深——有时候隆隆的雷声在他们听来很"悲哀"，有时候又很有威力：

> 我的主在唤我，
> 他在用雷声唤我，
> 号角在我的灵魂里发出回声。

单调的苦役和露天中的风吹雨打，在不少歌词里都有描绘。我们可以看见一个犁田的奴隶在炎热、潮湿的畦沟中唱着：

> 没有大雨淋你，
> 没有烈日晒你，
> 往前推吧，哦，信徒，
> 我要回去了。

一个压弯了腰的驼背老人用重复三次的悲声哭喊：

> 主啊，不要让我堕落。

然而灵魂的饥渴在于：野蛮人的不安，流浪者的呼号，这种悲声只用一句歌来表达：

我的 灵魂 要求 一 些 新 东西，新 东西

在奴隶们的思想深处，在他们彼此的关系中，一直有恐惧

的阴影笼罩着,所以我们只能隐约窥见一些真情,从省略和缄默里窥见一些不言而喻的心意。这些歌曲里常常歌颂母亲和孩子,但很少歌颂父亲;常常歌唱逃亡者和疲乏的流浪者要求怜悯和同情,但很少歌唱求爱和结婚;常常描写岩石和山峦,但不常描写家乡。爱情和束手无策这两者的奇特混合,可以在下面的叠句中见到:

> 那边是我的老母亲,
> 她望着山头很久了;
> 她就要翻过山去,
> 回家的日子快要到了。

此外还有"无母的孤儿"的呼声和"再见吧,再见吧,我的独生子"。

爱情歌曲很少,可以分成两类——朝三暮四的和悲痛的。对于深厚的、成功的爱情,常常保持着不祥的沉默,有一首最古老的情歌里含有很深刻的意义和历史背景:

哦 罗茜,可怜的姑娘;哦 罗 茜,
可怜的 姑娘; 罗 茜 已 碎了 我的 心,
天堂 将 会 是 我的 家。

一个黑女人曾这样谈起这首歌:"如果没有一颗沉重的心和满腔的忧愁,是唱不出这支歌的。"唱这支歌时必须用唱下面这首德国民歌的音调:

我走到泉边,但喝不下水。

对于死,黑人很少显出恐惧;他反而亲切地甚至是喜爱地谈到死,好像仅仅是渡过一重海似的,也许——谁知道?——只是重新回到他的古老的森林中去。后来,他把自己的宿命论理想化了,做着苦工的奴隶在垃圾和尘土中唱道:

尘土,尘和土,在我墓上飞扬,
但上帝把我的灵魂送回了家。

那些显然是从周围世界假借来的事物,到了奴隶嘴里,也起了质的变化。特别是《圣经》里的用语更是如此。"哭吧,锡安的女俘"奇怪地变成了"锡安,轻轻哭吧",以西结的轮子[①]在奴隶神秘的梦中有各式各样的转法,直到后来他说:

有一个小小的轮子在我心中直转。

在早年间,这类赞美诗里的歌词都是宗教乐队中某个主要歌手临时凑成的。然而,唱歌时的环境,歌的节奏,思想的限制,这些都使大部分的诗局限在一二行之内,很少有发展到四行诗或者更长的诗节的,虽然其中也有少数例子说明曾经向这方面作过不断的努力,主要是《圣经》章句的意译。有三组短诗

---

① 见《圣经·旧约·以西结书》第 10 章。

一直很吸引我——一组是冠于本篇的那首歌,托马斯·温特华斯·希金逊曾对其中的一行说过这样很贴切的话:"依我看,自从人类生存在世界上、经受各种痛苦以来,对安宁的无穷渴求没有比在这行诗里表现得更哀怨动人的了。"第二组和第三组是描写末日审判的——其中一组是后来凑成的,带有一点外来影响的痕迹:

> 哦,天上的星星在陨落,
> 月亮化成了滴滴的鲜血,
> 赎了罪的人回到了上帝身旁,
> 赞美在天之父的荣耀。

而另一组描绘的是更早的、更温暖的海边低地:

> 迈克尔,把船拖到岸边;
> 你就会听见仙乐齐鸣,
> 你就会听见号角响起,
> 号角声响彻世界各地,
> 号角声把穷人和富人召齐,
> 号角声宣布永乐之年,
> 号角声也召唤我和你。

在这些悲歌的哀怨里,都带有希望之音——对终极正义的信仰。这些充满绝望的短调的结束乐章常常转变成胜利和镇静的信心。有时是对生的信心,有时是对死的信心,有时是对死后某个美丽世界的无穷无尽正义的信心。但不管是什么样的信心,意义始终是明确的:在某个时候,某个地点,人审判人是根据灵魂,而不是根据肤色。这样的希望是不是有道理呢?悲歌所唱的一切是不是真实的呢？

这个时代里，有一种信念在悄悄成长，它认为对种族的检定已经过去了，今天的那些落后种族是确确实实庸懦无能的，是不值得拯救的。这种信念只是某些种族骄傲自大的表现，他们没有时间观念，也无视人类的功绩。在一千年前，这类信念也可能发生，如果发生的话，当时条顿族恐怕就很难证明自己有生存的权利。两千年前这类的教条如果受到欢迎，那就会使人讥笑白种人能领导整个文明的想法。社会学的知识是那么可悲地杂乱无章，结果，进步的意义、人类的事业发展得"快"和"慢"的意义、人类可以完成的事业的限度——这些都成了坐在科学之岸上的一些戴着面罩、没有得到答案的斯芬克斯[1]。为什么埃斯库罗斯会在莎士比亚诞生前的两千年歌唱？文明为什么先在欧洲昌盛，闪出光芒，冒出火焰，最后在非洲熄灭？如果整个世界在这一类问题之前只能装聋作哑，那么这个国家为什么又要坚持它的无知和猥琐的偏见，拒绝把均等的机会给予那些唱悲歌的人呢？

这是你们的国家？怎么会是你们的呢？在新教徒们[2]还没登陆之前，我们就已经在这儿了。我们给这儿带来了三样礼物，和你们带来的礼物混在一起：一样是故事和歌曲——给一片没有谐音和旋律的国土增添了轻柔的、动人的音乐；另一样是汗水和膂力，来开发荒地，征服自然，在你们孱弱的手能够担负起这个工作之前两百年，就为这个巨大的经济帝国奠定了基础；第三样礼物是精神。这片土地的历史在我们周围积聚了三百年；我们曾激发这个国家的良心，唤起一切最好的东

---

[1] 希腊神话里狮身人面的妖怪，坐在岩石上让过往的人猜谜语，猜不出的人都要被它撕碎。
[2] 指1620年避英国教祸来到美国建立殖民地的新教徒。

西，让它去克服和压制一切最坏的倾向；火与血，祷告与牺牲，曾经在这个民族的头上翻腾，他们只是在正义之神的祭坛上才找到了安宁。而我们这个精神的礼物也绝不是消极的。我们积极地把我们自己和这个国家交织在一起——跟他们并肩作战、有难同当，把我们的鲜血和他们的鲜血掺混在一起，一代又一代，我们总是在劝导一个固执的、不顾前后的民族不要轻视正义、仁慈和真理，否则全国就会有横祸临头。我们怀着亲兄弟的感情，把我们的歌曲、我们的苦役、我们的欢乐和我们的警告奉赠给这个国家。这样的礼物是不是值得一赠？这难道不是工作和奋斗？如果没有黑人民族，美国能不能成为美国？

所以，我祖先的歌曲里所歌唱的希望是很有意义的。如果在这纷纭混沌之中，确有慈悲为怀、力量巨大的"至善"存在，那么不久以后好日子将会到来，美国将会撕裂那幅帷幕，让被禁锢的获得自由。自由，像跟晨光一起泻入我这些高大窗户来的阳光一样的自由，像从下面那些灰和砖砌成的洞穴里向我传来的年轻清晰的声音一样的自由——那是嘹亮的歌声，富于直觉的生命力、颤抖的最高音和越来越弱的低音。我的孩子们，我的幼小的孩子们，在向阳光歌唱；他们这样唱着：

让 我们 鼓舞 那 疲劳 的 远 行 人，

于是远行人整了整衣装，面向着晨光，大踏步往前走去。

后 语

　　请倾听我的呼声，哦，读者上帝；千万不要让我这本书像死产的婴儿一样降生到这世界的荒野。哦，敬爱的读者，让我的书的每一页都能激起思想的活力和由思想化出的行动吧，那就将是美好的收获。在这惨淡的日子里，当人类友情已变成笑柄和陷阱的时候，让有罪的人的耳朵里响着真理的呼声，让七千万人为盼望那推动一切民族前进的正义的来临同声叹息吧。这样，就可以在你的升平之年让无限的理智解开这错综之结，而这单薄的一页上的几行歪歪扭扭的符号也就不会真正表示一切均已告

终

五十年后

在十九世纪末叶,有人在芝加哥积极活动,要在中西部建立一个文化出版事业的中心。于是布朗父子,即麦克勒格出版公司的编辑,开始四处寻求还未成名的青年作者。我那时刚出版了我的最初两部书:一本是关于《制止非洲奴隶贸易进入美洲》的历史,那是作为新编"哈佛史学丛书"的第一卷在一八九六年出版的。一本是《费城黑人》,于一八九九年由宾夕法尼亚大学出版。此外我也写过几篇论文,在《大西洋月刊》《日晷》和其他杂志上发表。

大约是在一九〇〇年,麦克勒格公司的编辑们写信给我,问我有没有什么材料可以编成一本书给他们考虑。那时我在亚特兰大大学正开始写一部我希望可以算作我的终生之作的作品;我准备在那部书里对美国黑人问题作一番广泛详尽的研究。我把这个计划提纲挈领地告诉了那里的编辑,但他们自然只需要一些篇幅较小、能供广大读者阅读的东西。于是我就着手把我的一些已经发表和未发表过的论文编成一个集子,另外加了几篇新的。

他们表示很喜欢我所提出的这部书并同意出版。我却犹豫起来了,因为我知道,如果让我有更充裕的时间多考虑考虑,我一定能够写得更好一些;而这本书在许多方面都不够完善,不能令人满意。但最后我终于鼓起勇气把稿子送出去了,于是,在五十年前,《黑人的灵魂》便出版了。当时它颇受欢迎,并为后一代的读者又重印过许多版。

有好些次,我曾经计划把这本书修订一下,使它合乎我今天的思想水平,同时也对别人的批评作一点答复。但我犹豫了一阵,最后仍决定让这本书保持它初版时的面貌,以作为我在一九〇三年时的思想感情的一座纪念碑。我希望把后来已改变的情况和我的思想反应放到我的其他作品中去。

在目前这个作为五十周年纪念的版本里,我坚持让我五十年前的思想完全按照当时写下来的情况再一次和读者相见。只有少数几篇我曾作了三五处字句的改动,但那并没有改变原来的思想内容,我所以那样做,只是为了尽可能避免今天的读者误解我昨天所讲的话。

当我重读半个世纪前的这些话的时候,我注意到书中没有触及两件大事,但这与其说是遗漏,不如说是我当时对它们没有认识到或者说没有很深的理解:一是弗洛依德和他的同行在他们的心理学研究方面所发生的影响,一是卡尔·马克思对于现代世界的巨大影响。

在细心研究了詹姆斯(James)、桑塔亚纳(Santayana)和罗伊斯(Royce)的理论之后,我并非没有准备参加二十世纪给心理学带来的革命;但《黑人的灵魂》不能充足地讨论无意识的思想和在种族偏见的发展和影响下产生的固习。

我所受的大学教育并没有完全忽略卡尔·马克思。在哈佛大学常有人提到他,柏林大学更对他相当重视。马克思所讲的革命思想和革命行动,在我的老师们中间不是被忽略,而是没有得到应有的重视或理解,所以我也许可以这样简单地来结束我的这一段回忆:在今天,我仍然和昨天一样相信二十世纪的一个大问题是白人与有色人种间的界限问题。只不过今天我比昨天更清楚地看到，在这个人种和肤色问题后面还藏着一个更大的问题，它一方面掩盖着它，一方面使它更趋严重：那个问题就是许多已开化的人，不惜以大多数同胞的贫困、无知、疾病为代价，来取得自己生活上的舒适；同时为了维持他们的这种特权，他们就发动战争，到今天战争几乎已变成无时无地不存在的东西，而战争的借口仍大部分是肤色和种族的问题。

W. E. B. 杜波依斯

译后记

威廉·爱德华·伯格哈特·杜波依斯博士是美国当代杰出的和平战士，黑人解放运动的领袖，世界知名的学者和作家。最近，他以九十一岁的高龄，和他的夫人雪莉·格雷汉姆同来我国访问，受到了我国人民的热烈欢迎。在他访问期间，译者能完成他的《黑人的灵魂》的翻译工作，将这本久已成为美国黑人进步文学中的里程碑式作品介绍给我国读者，实在感到莫大的高兴。

杜波依斯博士于一八六八年二月二十三日生在美国波士顿，早年曾在田纳西州的费斯克大学念过书，后来毕业于哈佛大学和柏林大学。从一八九四年起，他就一直积极从事教育、研究和写作工作，坚持不懈地致力于反对种族压迫、争取黑人自由平等的斗争。六七十年来，他对美国历史和社会科学以及文学方面的贡献，为保障和争取有色人种的民主权利和保卫世界和平作出的努力，一直受到世界公正舆论的赞扬和尊敬。

这位年高德劭的学者曾经在许多著名的美国黑人学府——如威尔伯福士大学和亚特兰大大学——任教，他的许多学生后来都成了美国民主运动与和平运动中的战士。他也写过许多有关非洲和黑人历史的学术著作，如《制止非洲奴隶贸易进入美洲》(1896)、《费城黑人》(1899)、《约翰·布朗》(1909)、《黑人建设》(1935)、《黑人的过去和现在》(1939)、《肤色与民主：殖民地与和平》(1945)、《世界与非洲》(1947) 等等。这些书长期以来不仅鼓舞着黑人为自己的解放而斗争，而且一直是历史学家取材的来源。

在黑人的解放事业中，杜波依斯博士的成就更是值得称颂。远在一九〇〇年，他就曾前往欧洲出席在伦敦举行的泛非会议。一九〇五年，他和一批以《波士顿前卫报》为中心的黑人左翼知识分子，联合发起了有名的"尼亚拉加运动"，反对当时黑人解放运动中的投降路线，要求黑人享有一个自由人应有的公民权利和社会权利。一九〇九年美国成立了黑人最大的组织"全国有色人种促进协会"，杜波依斯博士不仅是这个团体的创始人之一，而且担任它的机关刊物《危机》的主编，前后共达二十五年之久。这份刊物至今具有四十年历史，每期发行数量在八十余万份以上。一九一八年，他在巴黎不顾帝国主义的阻挠和反对，发起和召开了第一次泛非大会，这个会议后来就发展成了现在的非洲人民大会。事实上，在最近几十年美国的每一次重要的反对种族歧视和种族压迫的斗争中，杜波依斯博士可以说都是站在斗争的最前线。

第二次世界大战后，美帝国主义向世界各地伸出了侵略的魔爪。杜波依斯博士虽然和其他美国进步人士一样，屡次遭到美国反动政府的迫害，但是他一直坚持反对美帝国主义的侵略立场，主张美国与苏联、我国和其他社会主义国家友好，不屈不挠地参加了保卫世界和平的斗争。一九四九年他发起召开了美洲大陆拥护世界和平大会，一九五〇年被选为世界和平理事会理事，一九五一年又当选为美国和平运动的中心组织"美国和平十字军"的名誉主席。由于他对世界和平事业的卓越贡献，一九五二年他获得了国际和平奖。

《黑人的灵魂》是杜波依斯博士发表于二十世纪初的一本散

文集，也是他的第一部文学作品。这本书一共包括十四篇论文、杂感、随笔和小说，由于书中浸透了真挚的感情，道出了黑人的悲哀和心愿，响彻着黑人要求解放的呼声，并且公开明确地反对黑人解放运动中的博克·华盛顿的投降主义，因此出版后立即受到读者的喜爱，不仅在美国黑人进步文学中起着广泛的影响，而且成了当时刚刚兴起的黑人解放运动的新潮流的宣言。

在这部具有独特风格的作品里，作者怀着沉痛的心情，叙述了美国黑人在南北战争结束后到十九世纪末这一阶段的经历，描写了住在所谓"黑人地带"的千百万黑人所过的奴役生活。他指出，奴隶制度对黑人说来，是一切痛苦的根源；然而南北战争以后，黑人"解放"的结果只是陷入了贫穷和灾难的深渊；他们没有土地，没有权利，实际上是重新被贬到奴隶地位。他指出，南北战争后，原来是农业地区的美国南部沿着资本主义道路发展，地主让位于资本家，资本家办了纺织工业，同时也取得了棉花生产的管理权，没有土地的黑人脱出了奴隶主的枷锁，又落入了这些资本家的虎口。作者还用充满诗意的笔触，着重地刻画了当时美国黑人知识分子在种族歧视和压迫下所作的艰苦惨痛的奋斗。作者的许多描写都是真实而生动的，具有巨大的艺术感染力，因此直到今天，当我们读着像《头生子的夭折》这样的抒情散文以及像《约翰的归来》这样的故事时，也不能不随着作者的笔而悲哀激动，并且痛恨美国的种族歧视和压迫制度。

当然，由于这本书写在二十世纪初，而杜波依斯博士又像他自己在《中译本序》中所说的，在当时还"不是一个社会主义者，对共产主义更所知无多"，所以书中有些观点，无疑是不能代表作者此后的思想的。比如书中所显示出来的认为教育可以克服种族偏见而使黑人获得解放，以及黑人的小农经济是防止资本主义罪恶的办法等等。杜波依斯博士在为本书五十周年纪念本所写的《五十年后》一文中,曾谈到将把他的思想改变情况放在其他作品中去谈。这个工作,我们在他一九五二年所写的《为和平而战斗》一书中已经看到了。实际上,从那以后,杜波依斯博士曾不止一次明确表示:黑人争取自由权利的斗争、美国人民保卫世界和平的斗争,只有同无产阶级密切合作并在共产党的领导之下,才能保证最后胜利。例如,他在来到我国以后为《人民画报》所写的《我们在中国的访问》一文中就说:"黑人在争取平等的斗争中是有进展的,但还没有取得胜利。原因是非洲贩卖奴隶的勾当虽已停止,而殖民帝国主义却产生了,它要把全世界大多数工人变为西欧和北美的奴隶,而且利用他们被剥削的劳动来建设文化。对于这种阴谋,苏联和中国的日益发展中的社会主义是一个致命的打击。"他在九十一岁生日向北京大学师生所作的演说中,更热情洋溢地向非洲人民发出召唤:"非洲,起来吧!挺起腰来!敢说、敢想、敢做,抛弃西方和五百年来你们所受的奴役和屈辱,面向升起来的太阳吧!"他告诉非洲,非洲可以从中国得到最多的友谊和同情。

这一切,都说明这位可敬的长者在不断前进,整个黑人的解放运动也在不断前进。

杜波依斯博士作为一位文学家,在《黑人的灵魂》出版后,还写过许多优秀的作品。他写散文,也写诗和小说,五十多年来不仅没有中断过创作,而且在文学上越来越结出更多丰硕的果实。继《黑人的灵魂》以后,他在一九一一年完成了第二部巨著——长篇小说《寻找银羊毛》。这是一部具有特色的、描写美国南部黑人与垄断资本家的斗争的史诗。一九二八年,他的另一部杰作《黑公主》在纽约出版。在第二次大战前夕,他又写了一部作品《海地》,这是一本描写十九世纪海地黑人解放运动的历史小说。从一九五五年起,杜波依斯博士更在积极创作他的新作——长篇小说"黑色的火焰"三部曲。这部巨著写一个美国黑人从一八七〇年到今天的经历,其中第一部《曼沙特的考验》已于一九五七年出版,它的完成将不仅是作者本人在文学上的一个光辉成就,而且也将是美国黑人进步文学的一个重大收获。

在《黑人的灵魂》中译本即将出版的时候,译者愿意借用中国作家协会主席茅盾同志的话:"敬祝高龄的杜波依斯博士将为人民的利益作出更多更大的贡献,敬祝他越老越勇、越加发挥他的生命活力!"同时译者也想引用中国人民保卫世界和平委员会主席郭沫若同志在首都人士为杜波依斯博士祝寿会上所说的一段话,作为这篇简短的后记的结语:"可尊敬的长者,您的健康情况正说明您还蕴藏着旺盛的活力。人类已经进入春天了。事物的发展,由于您今后的更进一步的不懈的努力,将会更加鼓舞和坚定美国人民、非洲人民、全世界人民对美好未来的信心。"

1959 年 3 月